我的100位
境外同事

中国石化党组宣传部　编

中国石化出版社
HTTP://WWW.SINOPEC-PRESS.COM

图书在版编目（CIP）数据

我的100位境外同事/中国石化党组宣传部编．—北京：中国石化出版社，2020.9

ISBN 978-7-5114-5710-3

Ⅰ．①我… Ⅱ．①党… Ⅲ．①纪实文学—作品集—中国—当代 Ⅳ．①I25

中国版本图书馆CIP数据核字（2020）第166210号

中国石化出版社出版发行

地址：北京市东城区安定门外大街58号

邮编：100011　电话：（010）57512500

发行部电话：（010）57512575

http://www.sinopec-press.com

E-mail：press@sinopec.com

北京科信印刷有限公司印刷

*

787×1092毫米　16开本　16.5印张　201千字

2020年9月第1版　2020年9月第1次印刷

定价：98.00元

序

PREFACE

“山海阻隔，唯心意相连。”

随着“一带一路”建设的不断推进，遵循“共商共建共享”原则，中国石化积极拓展海外业务，在油气勘探开发，石油和炼化工程服务，原油、设备材料及石化产品贸易等领域开展互利合作，带动当地经济发展和促进就业，截至2019年底，中国石化在全球60多个国家（地区）设有328个常驻机构，境外公共安全管理覆盖5.2万人。通过互利互惠、合作共赢，积极履行社会责任，坚持与当地社会共享发展成果，形成了利长远、惠民众的可持续发展合作模式，逐步实现“心相通、民相亲、利相融”。

中国石化在全球配置人力资源，建立与公司战略相匹配、具备适应地区差异弹性的全球化薪酬体系，吸引更多的国际化人才共同创造价值。引进和使用境外高管，探索用“老外”管理“老外”、“中外共事”的模式，尊重境外员工的风俗习惯和宗教信仰，加强情感交流，实施人性化制度，评选表彰“洋劳模”，组织优秀境外员工赴国内培训交流，到海外“送课上门”。真诚的关怀、真情的投入，换来了国际员工对企业的热爱和奉献，实现“心相通”。

“走出去”传播中国和中国石化优秀文化，又“引进来”国际惯例对传统模式进行调整，提升跨文化融合能力。项目建设前，传播好中国石化长期发展目标和价值观；项目推进时，持续向高管和员工介绍发展方向、目标、技术、管理、资金优势，传递和谐共进策略；项目实施后，“开门开放”与利益相关方沟通交流，形成融合发展。互相理解，携手共进，实现“民相亲”。

“为美好生活加油”，通过依法合规经营、支持社区建设、捐资助学等方式履行境外社会责任，提高中国石化品牌的国际影响力。坚持本地化用工、本地化采购，为所在国（地区）提供尽可能多的就业机会，带动当地经济社会发展，重视保护社区文化传统和遗产，带动员工参与当地社区志愿活动，推动社区进步，致力改善当地医疗卫生条件，赢得认可。共同发展，实现“利相融”。

全球各地的同事和员工，汇聚到中国石化的大家庭里来，生而不同，却如此相同。来自不同国家、不同地区、不同民族、不同语言、不同信仰、不同文化背景的思想和观念，给公司发展注入新鲜血液，带来了许许多多生动而多彩的故事。本书收集了部分境外同事工作生活的点滴，讲述了中国石化融入当地、服务当地、发展当地的务实行动。翻阅本书，可以看到境外同事与公司共同发展、拼博进取的精彩故事，感受到合作、团结、友爱、融合的良好氛围。

在向“打造世界领先洁净能源化工公司”扬帆起航的进程中，中国石化将更加注重与业务所在国（地区）互利互惠、依法合规经营，积极履行社会责任，与合作伙伴、全球员工携手共进，相融相通，继续书写更多新的篇章，联结起更悠远绵长的情谊！

是为序。

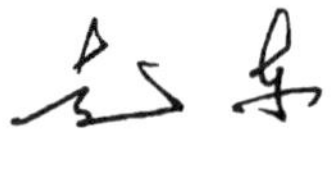

中国石油化工集团有限公司董事、党组副书记

2020年9月

目　录

CONTENTS

融合篇

成长篇

坚守篇

逐梦篇

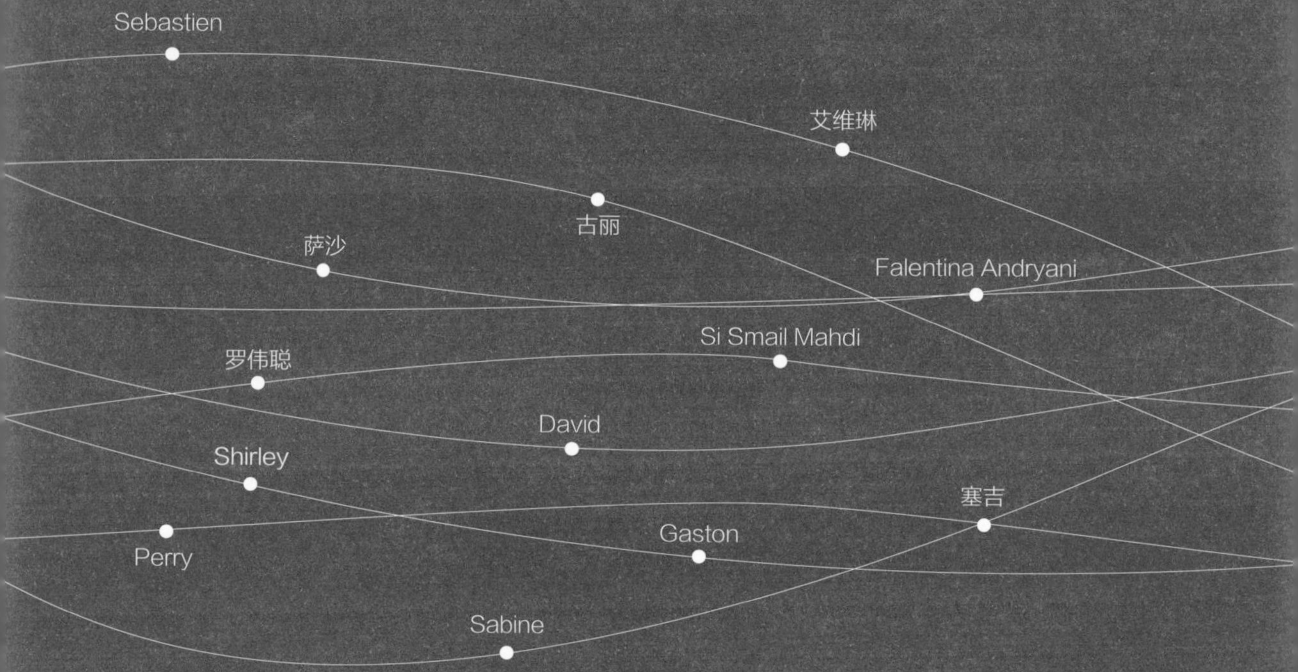
Sebastien
艾维琳
古丽
萨沙
Falentina Andryani
Si Smail Mahdi
罗伟聪
David
Shirley
塞吉
Perry
Gaston
Sabine

融合篇

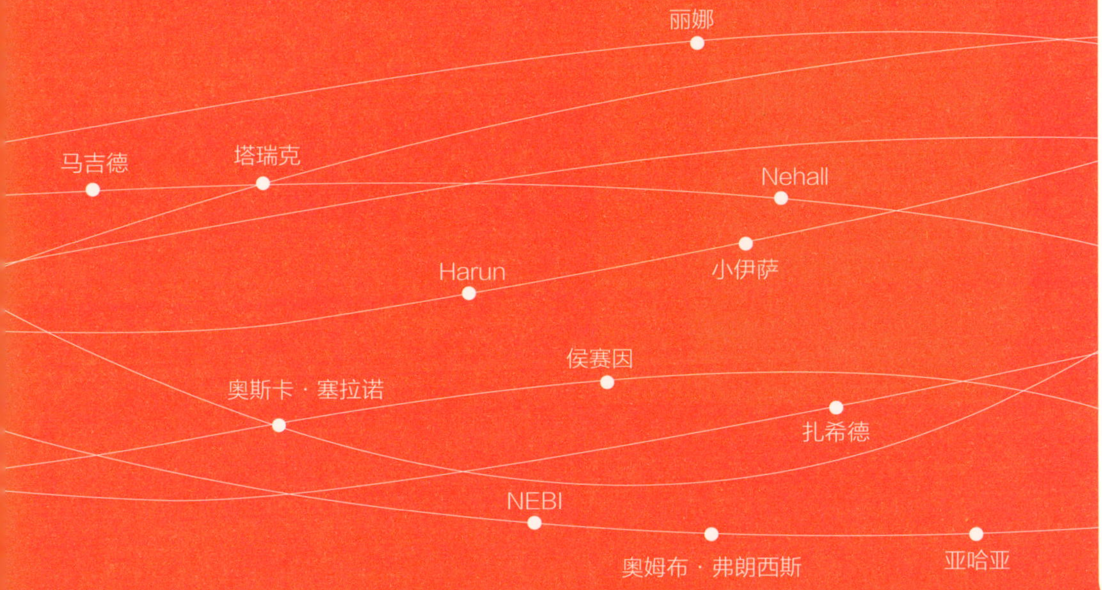

这位外来的『和尚』会念经

俗话说“外来的和尚会念经”，有人也许不服，我们本地和尚经念得也不错，但是在开拓中国石化海外上游业务的国勘公司，正是这些外来的和尚，带来了国际化的管理经验，推动了国勘的国际化发展，也带来了新鲜的气息，为公司人才队伍的国际化作出了突出贡献。今天我们要说的，就是这么一位会念经、好念经的“和尚”——国勘公司分管法律事务的高级副总裁Sebastien van Roosmalen。

Sebastien来自荷兰海牙，是非常典型的欧洲人，谦和又绅士，帅气又和善，在听闻他要来北京工作前，大家就对他丰富的工作经验充满好奇，也对这位“外来的和尚”充满了疑问，他能很好地融入中国国企的工作环境吗？

在加入国勘公司前，Sebastien曾在壳牌公司工作24年，有着非常丰富的能源行业法律工作经验，使得他在指导和处理各项法律事务时，总是能够精准地把握关键，给出专业、细致的意见和建议。他手上总是有多个法律事务项目在同时进行，这其中既有纠纷争议处理，也有资产运营项目运作。无论这个项目有多么紧急、法律关系多么复杂，他总是会结合法律、商务等多个角度考量，周全地考虑各风险点并在第一时间提出应对策略和建议。

在多个重大案件处理过程中，Sebastien深入项目了解情况，与律师探讨处理策略，事必躬亲地起草、修改了上百份文件，对诉讼仲裁程序的稳步推进起到了凝神定气的重要作用。Sebastien也很重视防患于未然的法律风险处置，比如在某项目潜在争议处理中，他就果断抓住关键要点向政府提出异议，及时阻止潜在风险转化为诉讼争议。

Sebastien虽然是分管法律事务的高级副总裁，但每天都能在加班的同事中发现他的身影。他经常会为了讨论法律纠纷的处理方案，和国外律师团队开电话会议开到深夜，往往这个电话会议刚刚结束，就要立刻接入另一个电话会议。即便是下班时间，他也会提着电脑回家工作，以便能够及时掌握最新的案件情况。对于紧急情况，Sebastien更是无论多晚都会第一时间进行反馈处理。

因为工作关系，他需要经常去海外出差，对于倒时差，他有一套非常“硬核”的方法——不睡觉。他总说：“当你有事情要忙的时候，你就不会困。”Sebastien敬业的工作态度，不但是法律合同部同事们的标杆，而且赢得了公司同事的尊重。

虽然Sebastien到公司总部工作的时间并不长，但他以专业实力与个人魅力得到了周围人的青睐和信任。他善于发现每个人的优点，并根据各人不同的特点配置恰当的岗位和工作，组成高效的工作团队。他善于倾听来自各方的意见，对于由于文化差异造成工作上的一些问题，他也乐于接受和适应。每天总是可以看到他迈着大长腿飞快地在法律部不同的办公室之间“穿梭”。他经常说：“无论是谁，无论是什么事情，只要你有疑问，都欢迎你随时来我的办公室，我们一起讨论，找出解决办法。”Sebastien还非常重视新员工的培养，无论在工作中还是在生活上都给予了很多的帮助，他竭力帮助新员工更快地融入部门，并尽全力传授给新员工很多非常有用的“干货”，在新员工犯错误的时候，他都会很耐心的指出问题出在了哪里，如何避免再犯这样的错误。

Sebastien说：“我和我的家人都很喜欢中国，也很喜欢国勘公司。”像Sebastien一样的外籍员工还有很多，他们都在公司的各个岗位上发挥着他们的光和热，正是公司良好的跨文化的氛围才把“外来的和尚”都凝聚在一起，在成就自我的同时，也推动着国勘的发展。

中国石化国际石油勘探开发有限公司

身兼数职的老司机

萨沙是中国石化国勘俄罗斯公司的老司机，2009年时，萨沙就开始在当时的“俄罗斯–中亚大区”工作。年近五十的他，身材魁梧，头发稀少。

萨沙的本职工作是司机。刚来的时候，他给大家的印象比较沉默，戴着墨镜，每天除了拉大家上下班，几乎不与人交流。等后来大家都熟了才知道，他当初来求职只是为了一时的生计，没打算长干。他不太了解中国人，他对中国人的印象只来自早年那些蹲市场的倒爷。现在身边突然出现这么多穿西装的，他有些茫然，不知所措。渐渐地，他发现这些人都挺友善，才开始慢慢与大伙熟络起来。

自此，热心的他除了开车以外，如果有中方代表团或新同事来，他会像导游一样主动给大家介绍莫斯科；如果有人需要买礼物，他会像导购一样推荐在哪儿买既便宜又好的东西；每当休息日大家一起出去郊游，他会像个专业厨师一样给大家烤一手香喷喷的中亚羊肉串；大家在俄语方面遇到疑问时，他又会像个外教一样耐心地给你讲解；平时不管跟中方员工出去干什么，他都会像保镖一样，时刻防着那些酒鬼什么的来管中国人要酒钱；如果谁有个头疼脑热，他像个暖男一样细心地问你哪儿不舒服，然后从家里拿来一点儿俄罗斯民间偏方制成的草药给你……我们的萨沙就是这样一个兼导游、导购、厨师、外教、保镖和私人医生于一身的司机。

2015年国勘公司海外项目人员调整后，萨沙成了俄罗斯国家公司在莫斯科的唯一员工，这下他的职务又增加了公寓管理员和文件邮递员。大家开玩笑说：萨沙现在又成了莫斯科办公室管家。这个管家可不好当。一次，莫斯科公寓17楼房间水管线坏了，水从17楼一直淌到12楼。当时屋里没人住，楼房管理员打电话给萨沙，他大半夜的从莫斯科另一端急忙赶到公寓，除了自己动手把管线修好，第二天还要挨家挨户地给人家赔不是。大半夜的折腾他，事后我们都觉得过意不去，他却说："人家都知道这儿住的是中国人，如果我不来处理，骂的是中国人。"这样，他又成了沟通中国石化员工与小区邻里关系的外交官。

萨沙长得很高大，性格却是粗中有细。一次，中国石化一个高级代表团来访，要与俄方合作伙伴签一个重要文件。把人送到地方后萨沙就到更远的地方停车。车停下后，他突然想起前一天有同事把几样东西放在后备厢，说是第二天代表团要用。虽然这几个卷轴是什么东西他不知道，但他想肯定与今天的会面有关。其实这是几幅中国油画，因为对方领导级别较高，我方领导特地从国内带过来的，但因为秘书心里一直想着把要签署的文件带好，把画的事给忘了。双方的会谈已经开始了……萨沙通过电话确认后，急忙赶往会场。因为当时刚好有外国领导人到访，莫斯科市中心开始全部戒严，萨沙只好丢下车子，三步并做两步，一路小跑地赶到会谈的地方。当秘书看到满头大汗的萨沙时，心里悬着的一块石头放下了，领导马上要送人家礼物了，我方拿不出东西来那可就尴尬了。我们的萨沙经常就是这样，是解人燃眉之急的"及时雨"。

萨沙没上过大学，年轻时在苏联驻东德空军地勤服过役，退役后一直在各处当司机。虽然对石油行业不懂，但他觉得身为中国石化的一员，参与中俄两国层面的合作是大事。为了更好地配合中方员工的工作，五十几岁的他又开始学起了汉语。除了早就知道的"你好""谢谢"和"不客气"以外，他又开始学一些常用的单词。在他的小办公室里，墙上和桌子上，钥匙板和打印机上到处都贴着黄色的小卡片。"你去哪？""需要水吗？""到地方了”……从问候语到生活用语，简单的汉语句子，标上正宗的俄语发音。他说，现在对中国文化越来越感兴趣，经常在一个叫“星期五”的频道上，看一些介绍中国的节目。从长城到故宫，从西藏拉萨的哲蚌寺到哈尔滨的索菲亚教堂，还经常问一些连我们这些中国人都不知道的问题。每次大家回国休假，他都让大家给捎点茶叶，每次他都会把茶叶换成小包装高兴地送给朋友和亲戚们。这样，他自然而然地成了中国文化的宣传员。

现在，萨沙已经成了地道的中石化人，心里想的、嘴上说的和手里干的也都是中国石化的事。在日常工作和生活中，他对中方员工有求必应；虽然一个人在莫斯科，但不管有任务没任务，每天早上8点都准时到岗；不管你是参加会议还是跟外宾出去应酬，忙到多晚他都在一旁等你，让你觉得心里很踏实。而他觉得自己在世界级的一个大公司工作，很有面子。他最大的梦想就是到中国看看，用他的话说：想看看长城到底有多长。

中国石化国际石油勘探开发有限公司俄罗斯公司

“千里马”Perry

加拿大公司的Perry最喜欢这句中国谚语——“世有伯乐，然后有千里马。”他认为中国石化是他的伯乐，这个工作平台让他能够接触到许多经验丰富的同事，学到更多的本领，所以他愿意作千里马，用自己的努力跨越文化鸿沟、融入团队、实现自身价值。

多年来，中国石化加拿大公司一直在与加拿大税务局（CRA）处理一项重大税务审计事项。从2019年1月起，加拿大公司采取了一种团队协作并专注于解决方案的策略，其中Perry提出的策略和做法获得了公司的认可和支持。2019年2月下旬，他专程赶赴北京，与国勘总部一起为解决税务审计问题进行研究和商讨。通过共同努力，他们最终提出了解决方案。在获得总部支持后，他返回加拿大向CRA提供了总部批准的和解报价。CRA热情地接受并批准了这一提议。通过与中国石化加拿大高管和国勘总部财务、法律和管理层的通力协作，他们能够以一种有利的方式集体共同解决长期税务问题，为中国石化2019年带来了现金流增量。

2019年春季，中国石化加拿大公司需要续签大量的外部银行债务。从再融资开始，该项目的目标就是为整个中国石化而不只是中国石化加拿大公司做最好的安排。在加拿大公司领导的支持和鼓励下，Perry组建一支拥有多学科团队成员的队伍来协助债务续期。无论是中方外派员工还是当地员工，他们一起并肩工作，向国勘总部介绍了各种再融资方案。此外，为促进再融资，国勘公司总部员工也是不遗余力，为此次融资与中国石化加拿大公司通过无数电话和电子邮件。他们希望与中国石化加拿大公司密切合作，实现最大的收益。由于时差的原因，Perry经常在深夜、清晨与国勘公司总部进行沟通。2019年5月，在大家的共同努力下，加拿大公司安排了有利的再融资，这将使中国石化2019—2020年的合并收益有所增加。

每个月财务团队都要花大量时间向SIPC（国勘公司的英文缩写）报告财务结果。因此，如何减少不必要的月度报告流程来提高效率，一直以来就是Perry思考的问题。根据他提出的改进计划，公司每年节约了大约一个月的工作时间，可以将资源和时间更好地用于其他更能创造价值的活动中。他还在美国公司和国勘公司总部之间的跨国项目中担任税务主管，与中国石化美国公司、国勘公司总部紧密合作，提出了一个税务结构，该结构将在所涉及的三个国家（中国、加拿大和美国）中受益。在确定了建议的项目结构后，该结构同时提交给国勘公司总部和中国石化集团，并获得了批准。Perry说，通过与总部团队一起工作并获得成功，这使他享受到获得感和喜悦。

中国石化国际石油勘探开发有限公司加拿大公司

一路盛开的『古丽』

中国石化国勘哈萨克斯坦公司是中国石化最早“走出去”的海外项目之一。在这里，中国石化不仅收获了海外上游的“第一桶原油”，更重要的是为哈萨克斯坦这个“一带一路”的首倡地培养出了众多的专业技术及管理人才。古丽就是其中的一位。古丽在哈语里就是花朵的意思。古丽也人如其名，成为了丝路带上一朵盛开的友谊之花。

2012年初，古丽进入中国石化国勘哈萨克斯坦公司，从此这个谦虚、得体的女孩便开始了与中国石化的这段不解之缘。因为本科学习的是汉语专业，所以入职之初古丽对采办相关知识了解甚少。为了更快、更深入地掌握相关知识，古丽主动要求去到油田现场。当时正值寒冬，古丽跑遍了SPC、SZK、PPC等公司各油田大大小小的全部库房。从小生活在阿拉木图市区的古丽终于见识了哈萨克斯坦西部的严寒天气，在零下40℃的条件下清点了大到采油树，小到螺丝钉的所有库存设备、配件。但正因这段难得的前线经历，使她对采油设备、流程有了充分的了解，为后续的事业进一步奠定了坚实的基础。

她常说书山有路勤为径，学海无涯苦作舟。虽然已拥有相对稳定的工作，但已经是孩子妈妈的古丽并没有放慢学习的脚步。为了不断提升自己，她还利用空余时间攻读了硕士学位。回首那段日子基本上就是：白天工作，晚上带孩子，深夜学习。每当有人问起，为什么要如此辛苦的时候。古丽总会露出她标志性的笑容，并淡淡地说："都要感谢周围中方同事的影响"。从此在哈萨克斯坦公司内部掀起了一股学习的高潮，众多同事纷纷效仿，利用空余时间去读书，为自己充电。目前哈萨克斯坦公司员工学历水平已远高于当地石油公司平均水平。

工作之余，身为公司文化融合小组成员的古丽，还常常利用休息时间无偿向中方员工教授俄语、哈萨克语，讲述哈萨克民族文化、风俗习惯等；向不懂中文的当地员工教授汉语，介绍中国传统文化和中国历史。直到现在，每逢休息日，古丽坚持向当地中小学生教授汉语并帮助其备战汉语水平测试，目前在她的帮助下已有众多的当地小朋友通过了汉语考试，也如同当年的她一样怀揣梦想去到了中国学习深造。此外，每逢重大节日，能歌善舞的古丽总是和同事们一道精心设计晚会或庆祝活动，而她既担任导演、主持人、翻译，又登台表演。古丽用实际行动告诉我们什么才是用文化消除隔阂、用语言让民心相通，在公司架起了一座连接中哈两国员工的心灵桥梁。在古丽的帮助下，中哈员工进一步增强了相互理解，彼此多了一份坦诚，少了一份误解。相互尊重、合作共赢的经营理念逐步深入人心。

2018年她还作为哈萨克斯坦公司的代表参加了国勘总部组织的物资采办及原油销售研讨会，向各位与会者介绍了哈萨克斯坦采办相关法律的特殊性。会上古丽以其活泼开朗的性格和爱岗敬业的职业素养赢得了众多与会各国员工的喜欢和领导的赏识。在个人的不懈努力下，在领导、同事的关心帮助下，古丽也从一名普通员工走上了哈萨克斯坦公司采办贸易部副主任的领导岗位。古丽常说：是中国石化给了她第二次生命，让她在拼搏和奋斗中实现梦想、实现自身的人生价值。她也会以自己的实际行动来表达对公司的感谢。

哈萨克斯坦公司还有很多像古丽这样的员工，他们在中国留过学，从毕业后留在中国石化工作，到慢慢爱上中国石化。他们已将个人命运与哈萨克斯坦公司联系在了一起，和中国紧紧地联系在一起。我们也希望能有更多像古丽一样的友谊之花开在哈萨克斯坦这片辽阔的土地上，开在中哈两国人民的心中。

中国石化国际石油勘探开发有限公司哈萨克斯坦公司

热爱多种文化的David

作为国勘喀麦隆公司的油藏地质主管，David Sorrentino的阿根廷成长背景在工作中给予了他极大帮助。他的职业生涯始于一家录井公司做地质录井工作，他负责在阿根廷巴塔哥尼亚的几个陆上油田中进行测井仪器安装工作。在此期间，他的同事来自阿根廷从南部到北部的不同省份，具有不同的文化背景。数据采集，岩样描述和气体监测是他的主要职责，这些工作也促使他更好地了解了阿根廷周边地区文化。

当David到首都布宜诺斯艾利斯工作时，他有更多的机会了解、熟悉阿根廷文化。此后，他在墨西哥一家公司的外籍任职经历，又给他提供了接触和熟悉墨西哥等其他几个拉丁美洲国家文化的机会。2005年，David Sorrentino与家人一起移居西班牙，这是一个漫长的坚持与适应期。2011年，他在沙特阿拉伯工作时又遇到了另一个重大挑战。在那儿，他了解了有趣的中东生活哲学，体验了文化和宗教的多样性。作为外籍顾问，他的主要职责是为沙特阿拉伯东北部下侏罗统碳酸盐岩的裂缝性前景识别建立高分辨率模型。他还参加了篮球比赛和为家庭举办的奥林匹克运动会游泳竞赛，积极参与公司国际员工日活动。

David于2013年加入喀麦隆公司，如今担任公司Mokoko Abana和Iroko区块的地质负责人已有6年的时间。在此期间，他不得不将家庭搬到杜阿拉，并在一个他不太熟悉的环境中工作。搬到杜阿拉的生活更丰富了他的经历。每天，他都坚持学习和了解喀麦隆的文化、习俗和传统，以及法语词汇。自2013年以来，来自美国、欧洲和中东的合作商，又给他提供了绝佳的学习机会，特别是公司内来自不同地区、具有不同文化背景的同事，他们相互学习和交流分享经验。随着时间的流逝，他深深意识到自己逐渐融入到喀麦隆公司这个大家庭中，通过语言学习，他逐渐适应社区生活方式，也渡过了人生中的诸多美好时光。他与中国、欧洲、美国以及非洲等地区的同事协同工作，认为这是一段非常美好的经历。

他与同事互动沟通的另一个重要部分是在纪念中国石化收购Addax5周年庆典文化节期间，来自拉丁美洲、亚洲、非洲和西方等地区的同事们都展示自己的地区文化特色，大家都从其他不同区域的同事那里学到了很多不一样文化。David的家人一直是促使他进行文化交融的核心。“我的妻子和孩子一直是我的动力，教会我如何变得更加灵活和更好做人，他们支持着我的职业生涯的每一天，促使我努力工作并做到最好。与来自不同文化和技术背景的同事协调工作，为公司管理层的正确决策提供意见，这是我们团队一致的工作目标，我对中国石化喀麦隆公司给予我的宝贵工作机会和经验深表感谢。”他总结道。

如今，David有许多来自不同国家、公司和学科的朋友，这些朋友帮助他成长为专业人士。他为自己以在石油和天然气行业拥有25年以上的工作经验而感到自豪。

中国石化国际石油勘探开发有限公司喀麦隆公司

为多文化融合而奋斗的HR——Sabine

喀麦隆公司不仅将员工视为重要资产，而且还将其视为实现公司目标的战略合作伙伴。作为人力资源部经理和喀麦隆公司领导团队的成员，Sabine Keme采用各种手段吸引、发展和留住人才，为实现公司发展目标做出了极大的贡献。

和许多喀麦隆人一样，Sabine在拥有200种以上不同族裔和语言的环境中长大，她深刻认识到，如果可以充分融合每个人的差异、技能、特殊性、不同文化背景，激发大家的工作热情，就可以创造出更大的价值。正是拥有这种理念，使得Sabine可以轻松地将自己融入喀麦隆公司的大家庭中，并将自我价值的实现与公司发展目标和宗旨紧密结合起来。

促进不同文化与价值的融合是Sabine担任人力资源经理以来做的最重要的事情。在APCC，所有新入职人员都要经过精心的入职流程培训，使他们有机会了解公司的价值观。入职后，这些来自不同背景的新员工将会深入了解APCC文化以及如何将其自身文化认同融入公司整体文化中，从而使员工真正成为这个为一个共同目标而努力奋斗的团队成员。

Sabine鼓励来自世界各地区的员工在喀麦隆参加英语或法语学习，以促进他们尽快融入APCC大家庭和整个喀麦隆社区。同样在鼓励其他APCC员工参加汉语课程学习方面，人力资源部也做了同样的努力，鼓励大家不仅学习语言，还要更好地学习文化融合。

Sabine还经常强调了团建工作的重要性。人力资源部门会不时地组织团建活动，大家共同回顾过去，规划未来。这些团建活动有助于改善员工之间的人际关系，提高生活质量，保持工作与生活的平衡，并促进文化融合以实现一个团队一个目标。APCC人力资源部定期组织文化活动，包括体育活动、休息日、文化周文化展示、舞蹈、音乐、美食分享等。2016年，在庆祝SIPC收购ADDAX五周年活动中，Sabine牵头组织了一次规模庞大的文化节展示活动，来自中国、西方、拉丁美洲和喀麦隆等不同地区的员工分周展示自己地区文化特征。这次活动在最后一天充满异国情调的节日晚会中达到了高潮。Sabine当时说："我从未见过具有不同文化和血统的员工能够如此和谐共处，这极大改变了我们以往的所有人为实现同一目标而捆绑的合作方式。"

此外，Sabine努力推动外籍员工参加喀麦隆当地的文化节。2018年11月她带领中国同事前往喀麦隆西部的富邦地区（Fumumban）参加了一年一度的巴莫恩人（Bamouns）年度恩贡文化节的活动，大家都为这有趣的文化活动所吸引，除了文化差异，大家也注意到了我们文化与他们之间还是有很多共同点的。

喀麦隆公司的员工来自世界各地，拥有各自不同的信仰、文化、思维、做事方式，Sabine通过自己的努力工作，把这些来自中国、欧洲和拉丁美洲等不同地区的同事团结起来，一起融入公司多元化的文化大熔炉中，帮助大家加深对中国石化、国勘及APCC的理解。特别是她最近到北京去参加第一届SIPC国际员工研讨会，使她有机会与来自13个国家，14个不同国籍的SIPC同事共同学习讨论，这次学习经历，更坚定了她为建立和促进SIPC独特的多文化融合而努力奋斗的信念。

中国石化国际石油勘探开发有限公司喀麦隆公司

异域公主艾维琳

狂野的非洲草原，莫测的幽深雨林……从亚洲到非洲，从中国到喀麦隆，身在大洋这头的我们总是对这片原始大陆有各种的精彩想象。在这里有一位尊贵的异域公主，她接受过良好的教育，精通多种语言，在我们的想象中应该养尊处优，出入都众星捧月。而艾维琳·娜姆索，这位出生于喀麦隆部落王室家族最受宠的公主，在中国石化国勘喀麦隆公司作为勘探部现场作业经理、社区协调员工作的9年，过得了沼泽、行得了雨林，做得了翻译、干得了调解，更是由于居民的爱戴差点被推选成了政府参议员。她拥有喀麦隆雅温得大学地质学硕士学位，精通法语、英语和当地土著语言，在为中国石化工作的同时，她将现代文明带入偏远部落，又将绿色和谐留给当地生灵，将合作共赢理念、互利互惠深深根植在西非土地。

喀麦隆自然资源多样，具有“小非洲”美誉，吸引了众多国际企业投资开发，但种族文化差异不同程度阻碍了这个国家部落的快速发展。很多自然资源富集在一些偏远地区，那里基础建设水平亟待提高，民众教育水平欠佳，思想保守，不愿轻易改变部落生活的现状。甚至是这位深谙民心的部落公主，在作为中国石化国勘喀麦隆公司勘探现场作业经理奔走游说于雨林之间时，有一次也因为当地居民的误解，同自己的团队一起陷入了危险的境地。

这场“意外之险”发生在喀麦隆红树林沼泽区，这里水域宽广，沼泽遍布。生活在这里的部落世代以打猎和农耕为生，人们大多没有接受过教育，对外界的认知欠缺。因为未来勘探区块的需要，艾维琳提前联系了部落首领，约好这日和自己的团队一起，拜访这个神秘的部落。搭载的小船渐渐驶近岸边，艾维琳正欲下船，却傻了眼：聚集在岸边的人们脸上并不是欢迎的笑脸，无论大人、孩子，他们一脸严肃、甚至有些愤怒，手持工具，推搡着这只在沼泽中，此时更是显得岌岌可危的小船。人群大声咒骂着、驱赶着，大小不一的石块扔过来了，船上的工作人员四处躲避，摇晃的小船一下子陷进了沼泽的淤泥中。艾维琳公主立在船头，强作镇定，用部落土语大声抚慰解释道：“我们不是来掠夺你们的家园的！”

幸亏艾维琳公主提前和部落的老酋长建立了联系，老酋长给大家解了围。一有机会和老酋长面谈，公主就赶忙询问部落居民对外国石油公司巨大的敌意从何而来。原来，以前曾经有别的石油公司违背了最初改善当地民生的承诺，还强行进行开采作业，背叛了当地居民的信任。“中国企业肯定是不一样的，一定能够给大家带来帮助。”艾维琳一字一句地说道。中国石化在喀麦隆的土地上，因为语言、文化、种族不同，诞生了多少误解，遇到了多少险阻，而正是因为企业出发时对这片土地、人民怀有的善意、互利共赢的初心，才能借助善用本地化人才的策略，不畏险阻，最终化解误解。艾维琳公主坚定的决心不仅被老酋长看在眼里，更以实际的行动走入了当地居民的心中。回到喀麦隆公司驻地，艾维琳公主汇报了这次造访的“意外经历”，此后，对此高度重视的公司制订了改善当地基础建设、援助当地贫穷家庭的计划。中国企业的承诺做出了，我们这位可敬的协调员公主是否就可以功成身退了呢？

不。此后50多次的走访，上千次的访谈协调，艾维琳公主又一次次回到了这片曾经对她充满敌意的土地。路修通了，她看在心中，却又犯起了嘀咕，这里的人们以渔猎维生、靠天吃饭，没钱上学，更没有走出去的欲望，贫困的根子不除，我们走了，他们又该走向何方？中国企业讲求合作共赢，艾维琳从中国古话“授人以鱼不如授人以渔”中得到了灵感，她打算通过自己的努力主动架起中国企业和部落沟通的桥梁，借助中国企业的力量，提升部落村民的教育水平彻底改变喀麦隆落后贫困的现状。自2009年中国石化首次来到艾薇林的家乡，进入喀麦隆作业近10年，公司先后在当地援助、援建了20多所学校、孤儿院、医院，并且在当地设立了奖学金，给努力学习的孩子提供书包、课本和学杂费。同时公司每年还提供一部分岗位，供当地大学毕业生和技术工人实习、就业，目前喀麦隆公司93%的员工都来自本土。更多心怀改善家乡壮志的喀麦隆人，像艾维琳公主一样，进入中国石化这样的中国企业，在担当我们与当地政府、居民之间的润滑剂的同时，更是学习到了中国企业特殊的经营智慧，获得了自己的职业成就；而中国石化，不但在西非开发出一个年产权益油百万吨的石油生产基地，还将合作共赢的理念深植部落心田。

中国石化国际石油勘探开发有限公司喀麦隆公司

神通“老麦”

Si Smail Mahdi今年58岁，2003年就入职中国石化国勘阿尔及利亚公司了，是公司的老员工，现任总经理助理。因为他每次都能帮助大家解决难题，公司的中方员工都亲切地称他为神通广大的“老麦”。

“老麦”平日里负责办理中方外派员工在阿劳动签证、各类居住证件等事宜，还协助公司处理与当地警察局、劳动局、海关、税务、机场等政府部门的公共关系。这些公共关系对中资企业在资源国的经营和发展有至关重要的影响，而处理这些关系对中方外派员工来说却是很头疼的事情。“老麦”专门接手这些“头疼”事儿。中方员工从国内带生产急需的工具或零配件入关，或因带回国内维修急需出关时，会先给“老麦”打电话，只要“老麦”出现在机场，就不会因为各种复杂的程序而耽搁事情。扎尔则地处沙漠腹地，部分生活物资需从阿尔及尔购买，“老麦”为了保证物资的运输安全，多次押车往返城镇与沙漠以防范盗抢，保障中方员工的生活需求。

2018年，阿尔及利亚公司需要延长商业注册期限，这又要与政府部门进行沟通协调。年近六旬的“老麦”正值腰椎间盘突出病症发作，公司不忍心安排他去沟通，而“老麦”得知此事后，架着双拐赶赴公司请缨出战。近三个月的时间，阿国商务部的办公楼里会经常看到这位架着双拐的老人，楼上楼下地疏通协调。最终商务部优先批准了公司商业注册延期的申请。

大家和“老麦”共事久了才发现，他并非真的神通广大，他的神通就是认认真真地去做每一件事，兢兢业业地去攻克每一项难题。“老麦”说：“公司于我有恩，我当报以忠诚。”早年间，老麦的家人遭遇了一场严重的车祸，备受打击的他无心工作，但现实的经济问题又迫使他不得不重返职场。他抱着试一试的心理参加了中国石化阿尔及利亚公司的招聘，凭借曾在阿国军营监管工程建设的工作经验成功入选。就这样与中国石化结缘了16个年头。“老麦”说：“公司的工作气氛极好，中方领导和同事都对我关爱有加，同事们就像一家人一样。”

中国石化国际石油勘探开发有限公司阿尔及利亚公司

Falentina Andryani
从懵懂少女到职场精英

2019年10月1日，在印尼公司文化活动室，当地员工们齐聚一堂，兴高采烈地观看国庆七十周年大阅兵，其中一位三十出头、身穿缀满小花朵连衣裙的美丽姑娘，就是来自加里曼丹岛的Falentina Andryani，她不时竖起大拇指连连称赞。Falen的祖父辈们在约一百年前为了生存从汕头迁徙到婆罗洲（现在的印尼加里曼丹岛）定居，至今在她的家乡，人们还在用汕头话交流。在印尼经过三代人的努力积累，Falen已是受过高等教育的知识青年。2011年，国勘收购雪佛龙东加深水项目18%的权益，这一年Falen就在雅加达加入中国石化国勘印尼公司，转眼间已是8年有余。从一位懵懂的花季少女，到一位职场精英，Falen见证了印尼公司的发展变迁。

在2014年公司开始调整优化初始，她心情彷徨，她后来发现中方外派员工的调整优化反而给予了自己和其他当地员工更多的学习机会和发展机会。根据公司需要，她从最初参与财务工作、再到税务工作、再到商务事宜，工作范围越来越宽，工作量越来越大，工作难度越来越高。她是个乐观开朗的女孩，凭着天生的聪明和出色的交流学习能力，很快就适用了一个又一个新的工作岗位。她说：“印尼公司越来越重视对当地员工的培训，我为自己8年来的成长成才而感谢中国石化！”8年过去了，印尼公司的中方外派员工轮换了一批又一批，而当地员工则大浪淘沙，以Falen为代表的优秀员工以高度的责任感和忠诚度选择留在印尼公司。他们内心始终热爱中国石化，把最美的时光留在这里。至今令她刻骨铭心的是“三闯”丹东（加里曼丹岛东部油气田设施，以下简称“丹东”），最令她激动的是协助国勘公司出色地完成了2019年的自主原油销售谈判。

Falen的家乡在加里曼丹岛西部，那里居民稀少，森林茂密，在岛的东部库特盆地，却蕴藏着丰富的油气资源，东加深水项目就在东部深水区。2014年，在中方外派员工的带领下，她第一次伴随前往丹东，到Balikpapan和Santan终端站进行为期1天的仓库盘点工作。2017年，雪佛龙因不愿承担油价和资金风险要求我方自行负责原油销售，要知道当时印尼公司并没有这方面的经验。面对难题，Falen等当地员工积极行动，参加与多家外国石油公司的销售谈判，申请原油出口许可，到北京参加总部组织的各方销售会议，并参与了从谈判到提油监督的全流程，从此Falen在一个全新的领域打开了工作局面。

第二次闯丹东，是2018年与合作伙伴ENI和PHKT的代表一同前往Santan终端站。当飞机降落到Balikpapan，Falen继续驱车6小时到达Santan终端站时，眼前的一幕让她有点不知所措，因为分配到该领域的大多数员工都是男性，而印尼公司的代表只是她一名弱女子，但Falen乐观的性格使她充满活力，她勇敢地坚持和适应，尽快与大家熟悉，虽然适应这么多不同角色的人对她来说是非常具有挑战性的，但她获得了更多关于提油流程等方面的知识，与各单位代表相处融洽。Falen也有机会登上了油轮，当她站在油轮高处的平台上，远眺着一望无际的大海，她说是中国石化让她站在这一高度，第一次看到丹东蔚蓝的大海。

2018年年底，印度尼西亚政府颁布了《油气内销法案》，要求所有石油和天然气公司将油气销售给印尼国家石油公司Pertamina，自此原油销售又进入一个新阶段。从2019年开始，印尼公司开始与Pertamina谈判，但谁都不熟悉Pertamina的套路，要知道政府往往都是很强势的。Falen充分发挥自身人脉的优势，向其他作业者学习了解Pertamina的销售谈判流程，在总部指导下尝试与Pertamina主管人员进行沟通，代表印尼公司参加了几乎所有的销售会议。经过艰难的大半年6轮次谈判，2019年6月，国勘总部派人赴印尼与Pertamina高层会谈，锁定了年度原油销售合同关键条款。印尼公司2019年混合原油销售价格在政府指导价格ICP基础上登上新台阶，尤其是以往销售价格大幅低于ICP的低品位原油品种BRC也取得与混合原油相同价格升水的新突破。Falen的努力付出，获得了总部领导的肯定和Pertamina买家的尊重。Falen说："中国石化的大品牌优势发挥了关键作用，印尼公司份额油虽然不多，但总部领导非常重视，这一份沉甸甸的责任与担当，让她心生敬仰。"

2019年，Falen再次踏上赴丹东Santan终端站的征程，但这一次没有任何人的陪伴，她独自乘飞机前往Balikpapan，为了节省成本而选择住宿在一家老旧的宾馆。第二天，她再驱车6小时前往Santan终端站，见证了我方混合原油的提油销售流程，签署了所有提油文件，让印尼公司提前4个月完成混合原油销售任务，提前将几百万美元现金汇回总部，为总部扭亏脱困贡献实实在在的现金流。然而这一次去Santan终端站，时值总部在国庆七十周年前夕举办"多语种祝福祖国"活动。Falen在Santan终端站现场，以巨大的储油罐为背景，在站里工作人员的帮助下，用手机录下了祝福祖国70周年生日的片段。在视频中，她说："中国就像早晨的阳光永远在照耀着，我们对一切美好的希望充满信心、心怀感恩！"

中国石化国际石油勘探开发有限公司印度尼西亚公司

塞吉的希望

塞吉2013年就加入了加蓬公司，是公司的PSC核算经理，加蓬公司在当地有5个区块，每个区块都和政府签订了PSC（产品分成协议）。PSC核算经理职责就是按照PSC的规定对公司获得的原油从生产到销售进行核算，同时配合政府审计，这个岗位非常重要，既需要对公司的每个产品分成协议都了然于胸，了解当地的财税制度，也需要有和政府合作及谈判的技巧。

加蓬公司和加蓬政府签订的PSC协议，有国内销售义务条款，需要向SOGARA炼厂供油，但是因SOGARA炼厂炼油能力有限，财务上亏损，导致炼厂无力全额偿还各油公司的内销义务油款。塞吉主动请缨，领导PSC核算团队解决这个问题，和石油局及炼厂开会10多次，对方要么是迟到，要么就是迟迟不表态，或者口头应付，不愿意把承诺落到纸面上。

“他和你说5分钟到，可能你要等5个小时，他说马上支付，那可能就是几个月以后支付，不过我们会有办法的。”塞吉意识到单凭加蓬公司，实在势单力薄，和政府谈判处于弱势地位，于是主动联系UPEGA（加蓬石油联系会），在其组织下，连同其他涉及欠款的石油公司，集体向政府施压，表示如果拖欠款项的事宜没有最终解决方案前，所有石油公司将断供。一旦断供，SOGARA炼油厂将无油可炼，会造成市面上柴油汽油紧缺，影响国计民生。

在巨大压力下，政府终于同意出面，代表SOGARA炼厂同UPEGA谈判，各家石油公司授权了UPEGA和政府签订了框架协议，明确了还款方式、期限和还款保障等条款。塞吉说："石油收入占整个加蓬GDP的50%，油价低迷，政府的收入少了，压力就大了。于是加蓬政府希望通过财务检查和环保检查从石油公司身上薅羊毛"。"他们无非想检查各项税费有没有少缴漏缴，只要咱们合规经营、及时付款，他们罚不到咱们。"塞吉一边说一边拿出一张纸，塞吉叫这张纸CASH CALL，上面清晰记录着每个区块每年要缴纳的各项税费的缴纳时点、时间、金额、方式，"即使我休假了，团队也能按时缴纳税费。"

在一个部门工作时间长了，就从同事变成了朋友，有时候下班之后，会开车在海边喝喝饮料聊聊天，谈谈理想和生活，塞吉有时会邀请我，到他在首都的家住上一天。加蓬人生活作风潇洒，没有积蓄的习惯，往往拿到工资后会挥霍一空，所以好多人月中会提前预支一半，月底再领取另一半。但塞吉没有如此，他非常珍惜自己的岗位，积攒薪水赡养父母和小孩，还计划盖一栋房子。

塞吉说："我加入ADDAX加蓬公司的时候，那个时候中国人很少，管理团队还是法国团队，自从换成了中国管理团队，我感觉带来了一股新鲜的血液，整个公司的氛围都变得更加积极了。"塞吉不仅对公司的中方干部员工非常友好，他对中国也赞不绝口。"我妻子是意大利人，我们经常讨论时事政治。我们认为中国是负责任的大国，以前加蓬在法国殖民统治下，被掠夺走了大量的木材和矿产，但是整个加蓬的经济并没有发展，连个像样的体育馆都没有，城市建设停滞不前，多少年都一样，但是自从中国提出了"一带一路"倡议以后，你可以看到让蒂尔的道路，利伯维尔的港口焕然一新，体育馆都是中国人建的，给我们带来了实实在在的好处，我作为SINOPEC的一名员工，希望SINOPEC在加蓬加大投资，获得更多的区块，只有SINOPEC变得更好，作为员工个体也才能变得更好，我还要在POG也盖房子，将来把老婆孩子也接来，我还要带着老婆孩子去中国看一看，转一转。"塞吉一边说着，一边用新买的华为手机展示着家里人的照片。

中国石化国际石油勘探开发有限公司加蓬公司

“爸爸，加斯顿”

“Yntchango，Gaston。”我用当地的土著语言向在天然气压缩站入口等待我的加蓬同事加斯顿问候。

今天上午我们要检查压缩机的大检修进展。在入口处进行完安全检查登记后，加斯顿注意到旁边的年轻保安不停地在玩着手中的手机。

他向保安挥了挥手，“来！年轻人我们来聊两句。”在询问了保安的家庭情况及工作经历后，加斯顿说：“你工作在一个具有各个方面专业人员的油田现场，周围都是可以学习的机会，你可以借机学习机械、电力、油田生产等各种知识。如果下次我看见你还没有改变，我就要打你了！”

“你看我自己，我给自己今年设立的个人目标是熟练掌握EXCEL。”加斯顿补充道。

作为一个在陆上和海上石油行业工作近30年、在中国石化国勘加蓬公司工作近5年的老石油工程师，加斯顿从没有停止学习的脚步，在生产、作业和设备维护方面积累了丰富的经验。

在任加蓬公司Tsiengui、Obangue油田经理期间，他把自己多年的油田生产经验与现场的年轻人积极地分享、鼓励他们进步、教导他们不要仅仅满足于岗位的要求，要掌握全面的油田生产知识，带着激情去工作。油田的年轻人尊敬地称呼他为："爸爸，加斯顿。"他始终认为个人和企业的利益是一致的，并把这个理念传递给周围的人，宣讲只有企业发展了，职工个人发展才有保证，只要还在岗上工作一天，就要保护企业的利益。

我们和加斯顿相处得非常融洽，曾经有一次开玩笑说要给和他关系比较好的中方财务经理起一个昵称叫"小加斯顿"。加斯顿笑着说："'小加斯顿'的昵称已经给了Akondo油田的中方经理了。"这起源于加斯顿乐于经常和Akondo油田的中方经理进行业务交流，和他分享Tsiengui、Obangue油田管理经验，共同探讨油田生产中遇到的各种问题，并亲切的称他为"小加斯顿"。

油田现场实行4×4工作制度，虽然加斯顿的家位于离加蓬公司仅25分钟飞行时间的首都利伯维尔，但他在担任油田经理期间，从来没有休息超过2个星期，由于没有代理的油田经理，他都是24小时待命，随时处理油田生产中遇到的各种问题。

加蓬位于非洲中部西海岸，横跨赤道。西濒大西洋，东、南与刚果（布）为邻，北与喀麦隆、赤道几内亚交界。国土面积26.8万平方千米，海岸线长800千米，属典型的热带雨林气候，而加蓬公司油田现场位于热带雨林深处，蚊虫肆虐，油田附近村落里居住的村民时不时会向油田提出各种利益诉求，矛盾激化时，村民甚至会截断道路，阻碍油田正常生产。加斯顿和村落的村长用当地的土著语言进行交流，向他们表达敬意，获得他们的信任，并解释村民利益的正确诉求渠道，寻求改善当地民生的机会，促进油田和村落建立和谐的社区关系，营造好油田发展的小环境。

非洲是"一带一路"建设的重要方向和合作伙伴。中国作为世界制造业中心，其产品质量、种类、价格对非洲当地的消费者非常有吸引力。中非经济合作已经影响到加蓬公司同事生活方方面面。现在，加斯顿及加蓬公司的同事家里盖房子，购买建筑装修材料、家具、门窗时都会跑来咨询我，询问哪个城市采购便宜、质量又好，回来后对中国的城市发展规模、人民生活水平都赞不绝口。有的同事已经多次前往广州、浙江义乌、佛山，他们兴奋地告诉我，他们去中国消费得超值。

中国石化国际石油勘探开发有限公司加蓬公司

奥斯卡·塞拉诺的零纪录

从我们到达油田现场的第一天起，多数都是晴天，空气中弥漫着热带雨林特有的闷热气息。这里的9月依然是雨季，瓜奇里亚河中深沉浑厚的水流，携带着柔软细腻的黄沙，无声无息地流向远方，最终汇入了构成哥伦比亚多个省份自然界限的梅塔河。平静的黄色水面，偶尔泛起一点涟漪，弄皱了白云的倒影。忽然间，河岸边的茂密树丛间飞来一只轻盈美丽的红蝴蝶，不停扇动的羽翼下仿佛隐藏着一个百年的秘密。

一名身着灰色衬衣、蓝色牛仔裤和咖色中靴的青年，默默地捡起丢弃在河边的塑料瓶，就像拾起偶尔飘落窗台的一枚枯叶。他的名字叫奥斯卡·塞拉诺，现任新格拉纳达项目商务部副经理，主要负责原油销售、库存物资管理、原油运输等业务。他为人低调内敛，心思细腻；他深深地热爱着哥伦比亚的土地和家园，同时也热爱着中国石化的海外油气事业；他工作严谨、细致、踏实，专业水平高，团队领导力强，业绩突出。加入新格拉纳达项目6年以来，他多次获得国勘公司各项荣誉称号。2017年奥斯卡被评为国勘公司十大劳模之一，2018年被评为国勘公司先进工作者。在他的带领下，整个团队凝聚在一起，呈现出了勤奋踏实、积极向上的精神面貌，为中国石化在哥伦比亚的油气事业做出了极大的贡献。

这一次，我和他一起来到油田现场，配合库存管理专项检查组进行物资盘点。项目自建的库房规模不大，却也整洁明亮，室内四个货架上整齐摆放着几千项的耗材物资，每个货架都清晰贴有货架号，每项物资都贴有一目了然的标签。中午的烈日炙烤着库房，连续盘点半小时之后，大家都已经汗流浃背。为了减少大家的劳累程度，他让我们轮流休息，而他自己却一刻也没有坐下，细致认真地盘点每一项物资。对于货架最顶层的物资，他也是亲自爬上梯子，有条不紊地清点检查。晚上，我们回到了营地会议室开始整理资料和分析数据。对于专项检查组提出的问题和要求，奥斯卡迅速进行答复。夜渐深，朦胧的月光洒在油田营地，多数油田员工已酣然入梦，而我们的会议室灯光依然明亮。

经过4天紧张有序的工作，项目两个油田的库房盘点全部结束。正是由于项目健全的库存管理机构、制度和流程，以及“严细实”的工作作风，最终让新格拉纳达项目获得99.98%的库存数据符合度检查结果。

库存盘点结束的时候，奥斯卡带我参观了原油装车平台。这里，负责原油运输的当地员工正在进行最后的装车操作。远处的夕阳已经染红了天边的云朵，夜幕即将降临。奥斯卡很喜欢站在平台远眺无尽夕阳的感觉，这里远离城市喧嚣，有他热爱的土地以及油气事业，也有他的淳朴油田兄弟。奥斯卡始终坚持以人为本、安全第一、严格管理的原则，保持了自公司成立以来原油运输零漏油、零伤亡的记录。尤其是去年的4～10月，油田现场遭遇了当地20年以来最强烈的雨季，原油运输路况条件极差，但是奥斯卡通过带领团队进行细致的路况研究分析、严格的运输车辆检查、司机身体状况检查、避免夜间行车等一系列措施，实现了零漏油和零伤亡，该成绩远超哥伦比亚的其他油公司。

不过，奥斯卡最突出的成绩和贡献，还是在于项目原油销售方面。市场营销专业背景的他，注重基础研究工作，对数字分析极为敏锐。在所有商业谈判开展前，他都会先扎实做好市场调研，收集分析大量信息。他始终以合作共赢为出发点，以价值创造为目标，扎实管控销售回款风险，与原油销售商不断开展艰苦谈判。2014年下半年国际油价断崖式下跌至今，通过持续不断的谈判，北部油区油田原油销售价格贴水累计减少12.5美元/桶以上，南部油区原油销售价格贴水累计减少5美元/桶以上，为项目公司直接创造效益1000万美元以上。

每当谈起这些骄傲的成绩以及这么多年来的辛苦付出，奥斯卡总是淡然一笑，也不愿多提及，因为前方还有更漫长的道路在等待。多少年如一日，他只想带领着他的团队，和新格拉纳达项目、和中国石化紧紧团结在一起，脚踏实地，做好每一天工作，向下一个目标更迈进一步。

今夜的星空格外闪亮。

中国石化国际石油勘探开发有限公司哥伦比亚公司

塔哥，我们为你而骄傲

塔瑞克是我们国际石油工程公司科威特分公司财务部的经理，是一名科威特人。我们都亲切地叫他“塔哥”。他于2011年9月加入科威特分公司，见证了分公司的一路成长，并为科威特分公司的成长壮大做出了巨大贡献。

塔瑞克非常聪明、反应快，而且极其善于与人沟通。但凡我们与当地人协调业务不顺利时，他一出面，对方的态度就会客气很多。问他缘由，他谦虚地说出了“秘密”。他说，科威特是个很小的国家，人与人之间交流都会提到自己家族的名字，而且大家都知道彼此属于哪个家族，又十分熟悉，这样交流起来就比较方便、顺利。

塔瑞克非常乐意去协调一些因法律、语言、文化等差异造成的沟通障碍，无论是去甲方询问工程款的情况，还是和当地事务所，甚至与科威特财政部的沟通，抑或协调银行事务，总是耐心地解释为什么、建议如何妥善解决，出工又出力、尽心又尽责，不遗余力，处处为我们分公司着想。

曾经有一段时间，科威特分公司财务部派中方人员前往甲方财务部，协调工程预留款释放的事情，多次协调未果，进展甚微。那时，恰逢甲方审计月份，又是当地宰牲节的前夕，甲方财务部不少人员已休假，解决工程预留款释放的问题变得更加困难。于是，我们亮出“王牌”，由塔瑞克出马用阿拉伯语直接与对方的高级财务会计进行交流。塔瑞克讲述了科威特分公司近期收款缓慢、施工开展困难，需要尽快收到资金以确保顺利生产等情况，并表明根据科威特当地法律5%预留款符合释放条件，请甲方财务部尽快给予释放，以缓解资金压力……动之以情，晓之以理，对方最终提供了解决办法——以预估现金流的方式按周安排付款，同时推进预留款释放的流程。塔瑞克这次一下就解决了科威特分公司近三个月的资金流问题，功不可没。

塔瑞克招聘、管理外账会计也很有办法。他从筛选简历，到面试新的外账会计，再到培训新人掌握各项技能、熟悉业务，都有独到之处。塔瑞克还在财务部推行了轮岗制度，让每个外账会计都能成为“多面手”。这使得科威特分公司外账财务系统在这些年外账会计人员流动大的情况下，依然保证较好运转。

通过这几年和塔瑞克的接触交流，公司里真的是很多方面都离不开他。大伙儿高兴地说：我们有塔瑞克这样的员工，真是捡到了个“宝”。

塔瑞克在工作中是我们的一个“大宝贝”，在与大伙儿相处中也是个“讨喜宝”。他将阿拉伯人的好客之情诠释得十分完美。每次和他一起出门，他往往都会亲自开车并一定要尽地主之谊。一次我和他到甲方财务部交流，事毕已过了午饭时间。我们就在回来的路上，到当地一家网红快餐店买了两份午饭。当我刚刚点完单准备刷卡付钱时，塔瑞克在旁边对收银员说，能不能让我看看这张卡。他把我的卡要回还给了我，掏出自己的卡付了账。就这样，午饭他请了，我都没来得及拒绝。他说，科威特人从来都是这样招待客人的，接受他的好意就行。这种情况不是偶然的，只要和他一起出门办事，从来都不会让你掏腰包。一开始不太习惯，后来才明白，这是当地人热情好客的表现。

大伙夸赞他这些品德的时候，他总是说是中国石化的优秀文化、是中国人的善良美德影响了他、塑造了他，在这里他觉得人生的价值得到了充分体现、自身的品格实现了完美升华。

好样的，塔瑞克！我们为有你这样的塔哥而骄傲！

中国石化国际石油工程有限公司科威特分公司

『问题迷』丽娜

如果说中国学生在外资企业实习司空见惯，那么外国学生申请在SINOPEC实习让人觉得十分新鲜。

“期待今后去中国见你们！有机会给我介绍一个中国小伙子啊！”安详静谧的阿尔及利亚籍女孩阿布杜拉黑姆·丽娜结束在中石化地球物理公司阿尔及利亚项目的实习时，依依不舍地开着玩笑。

28岁的丽娜毕业于阿尔及尔石油大学地球物理学专业，精通阿拉伯语、法语、英语，刚刚应聘到阿尔及利亚国家石油公司索纳塔克从事地球物理师工作。

在中方同事眼里，丽娜是个地道的“问题迷”，非常有钻研精神。从地震采集的第一道工序开始，就在沙地上用不同的测量标志材料进行地形分类测量。当她看见有两台地震勘探仪器同时在撒哈拉沙漠工地施工时，格外惊奇，向中方同事刨根究底。

实习期间，中国工程师们带着她融入各个班组，手把手地教她学习现场施工经验。一段日子里，丽娜都是跟蔡存军在现场处理室里度过，现场处理员蔡存军耐心细致地向她解释地球物理和现场处理的不同之处。

实习可以了解SINOPEC的工作环境，感受SINOPEC的做事风格。实习之外，丽娜还对中国文化产生了浓厚的兴趣。

“中国的饺子真是美味，是怎么包的？你看我拿筷子这么近，用你们的话说，离筷子头儿越近，说明越想家，哦，原来我是个恋家的人……”丽娜说她喜欢中国文化，喜爱中国美食。与中方同事工作在一起，吃在一起，耳濡目染了许多中国元素，慢慢学会了熟练使用筷子。闲暇时，丽娜一边摇着头，一边时不时地哼唱中国民歌《茉莉花》《小河流水》《在那遥远的地方》。

“我的家乡在第二大城市奥兰，号称阿尔及利亚的‘上海滩’。在奥兰只有两个女人开过车，我便是其中之一。”丽娜谈起自己国家的文化津津乐道。“你看，我的戒指戴在右手，代表是父母和兄弟姐妹们送的，戒指戴在左手，才代表是订婚和结婚的。我还没结婚，订婚的时候需要写个类似‘我们的约会’之类的合同，然后才能交往”。

两个多月的实习，让丽娜见证了SINOPEC的竞争实力。她参加了项目上举办的阿拉伯语培训班，表示有时间可以直接过来给大家授课。同时丽娜也坚定了学习汉语的决心。“如果机会合适，我一定去中国学习、旅游和工作。浏览长江，不到长城非好汉！”丽娜紧握着拳头，兴奋得手舞足蹈。

丽娜的到来，只是SINOPEC开拓国际市场的缩影。“引进来”与“走出去”，积极拓展海外业务，实现与外资企业、外国人才的对接交流是SINOPEC与世界接轨的必经之路。

“我有幸与你们相遇，希望我们能在不久的将来再次相见。”离开SINOPEC营地后，丽娜写了一封感谢信：“中方工程师教会我很多知识，有问必答。我在个别外资公司实习时，他们有些会显得不耐烦。实习期间，我感受到了书中读过的热情的中国人和你们的文化，你们的文化素养和微笑，都表现了中国文化的价值。”

中石化石油工程地球物理有限公司国际业务发展中心

优秀『翻译官』小伊萨

“感谢你来参加我的婚礼，感谢中石化为我提供的工作，我一定会更加努力的工作，做中沙友谊的桥梁。”这是在参加小伊萨的婚礼时他说的话。

小伊萨已经在中石化胜利石油工程公司沙特项目管理部工作五年多了，2014年初，只有18岁的伊萨怀着对神秘中国文化的好奇来到SP165队从事场地工工作，由于队上叫伊萨的人很多，而他是其中最小的一个，又是最机灵幽默的一个，所以大家都喜欢叫他小伊萨。

五年前他还是个连抡榔头都能把自己带飞，吊叉车也不认识的只会傻笑的小伙子，五年后在中国师傅们孜孜不倦的教导和帮助下，他不断学习业务，增强本领，如今早已是能独当一面的成熟副司钻了。有一次他在巡查泥浆泵时，听到1号泵在运转期间有微弱异响，立即判断是活塞刺了，他马上通知司钻停泵，并用最短时间更换了活塞，从而最大限度保障了设备的正常运转，同时也没导致损失时间的产生；在立足于本职工作的同时，他还能协调帮助其他岗位的工作，有一次钻井时发生全井井漏，需要大量人员到循环罐配浆，顿时循环罐上显得人满为患，平台经理安排小伊萨为临时井漏指挥官，指导泥浆工、场地工、钻工等人工作，只见小伊萨穿好指挥服，将人员分好组，每一组按照泥浆工程师要求加入准确数量药品，在小伊萨的协调下使得配浆得以很快顺利进行。他的工作能力得到了中石化及阿美高度认可，队上也决定重点培养他，下一步将他转为实习司钻。

小伊萨是个优秀的“翻译官”，队上绝大部分沙籍员工都不会讲英语，于是他就当起了翻译官，生产安全会是为了让每位员工都能知晓工作内容，了解安全风险的重要会议，需要同时用汉语、英语和阿语等三种语言进行讲解，小伊萨为了能翻译翔实准确，每次开会前他都会找队上先咨询今天的工作及相关注意事项，每次翻译都让所有沙籍员工既能听懂又能容易记住，沙籍员工们都很感激他，而他却说能为大家服务感到特别开心，而且这也大大地提高了自己的业务水平及英语水平。有一次一名中方员工牙疼难忍，需要到医院就医，也是小伊萨陪他去了当地牙科医院，在他的翻译下医生很快给开了药，并治愈了牙疼。

小伊萨还是一名优秀的“阿拉伯语老师”，下班洗漱后他就会开始阿拉伯语小课堂了，从阿拉伯民族风情、生活习俗，到商场购物、家庭做客等，小伊萨都会通过英语和阿拉伯语给大家细心讲解，为中方员工了解阿拉伯文化打开了一扇窗户。同时他也教大家学习阿拉伯语，如今很多中方员工都会说一些“您好”“谢谢”等阿拉伯语了，有的员工已经能读甚至写阿拉伯语，今天“高级班的同学们”已经学到“中国的长城在全世界都很有名”及“国庆节快乐”了，他不仅让我们走进了阿拉伯世界，也把中国文化传播到了沙特。

由于工作表现优异，小伊萨成为项目部最早一批去中国参观学习的沙籍员工，他爬上了长城好汉坡，去了天安门广场，参观了胜利油田的“华八井”，到钻井队观看中国的钻井技术。返沙后，他对其他员工骄傲地说，“我去过中国，中国真的是太美太大了”。他也感慨道，“中国地大物博、风景秀丽，物华天宝，资源丰富，中国人民勤劳勇敢、热情好客；中国的大河山川让我流连忘返，中国的灿烂文化让我叹为观止，中国的悠久历史让我终生难忘，中国的所有一切都让我大开眼界。”他说他会继续努力工作，争取以后还有机会去中国，将来还要带家人去中国。

在中石化工作了五年，极大地改变了小伊萨的经济状况，在完成了三层小别墅装修后，今年一月份小伊萨步入了婚姻的殿堂，他盛情邀请我去参加他的婚礼，我为他准备了一份中国式礼物——中国茶叶及茶具，并在他的婚礼上送给他一份祝福：感谢你的邀请，祝你新婚快乐，愿你以后的工作时光里能更加发光发热，愿我们的友情长存，愿中沙友谊长存；我们之间的桥虽然小，但千千万万的友谊小桥一定能构筑起中沙友谊的大桥。

中石化胜利石油工程有限公司沙特项目管理部

一份生命的礼物

一轮浑圆的落日紧贴着沙漠的棱线，大地虽显暗沉但透出一层深红，托着落日的大漠瞬间凝固，仿佛睡着了的大海。突然，一辆汽车飞驰在一望无际的沙漠，扬起漫天沙尘，而司机则异常淡定，似乎早已习惯。这就是我们今天的主角——扎希德。

扎希德是来自巴基斯坦的一名司机。2013年应招进入中石化胜利石油工程公司沙特项目管理部，成为项目部的专职司机。在这之前，虽然他熟练掌握英语、乌尔都（巴基斯坦国语）、阿拉伯语，却不懂一点中文。于是他开始努力学习中文。令他困惑的是，自己在汉语发音上似乎一窍不通，翘舌音总是读不出来，声调也不知道标在哪个拼音上面。在口语表达上，他对于一字多意、一音多意、一字多音、一音多字的情况很难区分。比如“他”“她”“它”，扎希德很难分辨出来，就更不用说中文中不同语气句子产生的不同意义了。他开玩笑地说，就如同在听天书。尽管如此，扎希德还是非常喜欢学习中文，他常常说：“中国的文字很有意思，我感觉非常有趣”。在他的努力学习和中方员工的帮助下，他目前已经可以用中文和我们互相开玩笑了。

扎希德是沙特项目部的一位司机，他的驾驶技术非常出色。大家平时出门，都喜欢要他开车。他自己也非常得意，常常向我们传授他的安全司乘经验。有的中方员工说，回国后自己驾车出行，遇到一些特殊车况时，按照扎希德传授的方法，确实在安全前提下保持了车辆平稳。以扎希德为代表的项目部的外籍司机们，交出了一份5年行驶2000万千米零重大事故的优秀成绩。

沙特宗教习俗复杂，加之语言不通等原因，扎希德平时除了保证车辆行驶安全，还兼带着帮助项目部职工熟悉当地风土人情、与沙特外籍人员进行沟通交流。此外，在当地拉马丹等节日时，身为穆斯林的他白天不能吃饭喝水，项目部表示他可以休息一天。但是扎希德仍然坚持完成当日的行驶任务。

扎希德在工作之余，会不停地擦拭他心爱的车辆。他说，这是他用来吃饭的家伙，要好好对待，而且不能丢了公司的脸。为什么这么说呢？因为项目经常要与甲方公司打交道，车辆进出代表着项目门面，车辆保养的好坏直接影响着阿美对项目部的感官及工作评价。

有时，我们问他加入中国石化感受如何。他会非常严肃地说，“加入SINOPEC，对我来说不只是一份工作，更是一份生命的礼物。我珍惜这份礼物，愿意为它付出。”他说，他在巴基斯坦是很穷的，那里的经济也不发达，以前他在别的公司上班，薪水低又没有保障。后来听说中国一家大公司要招聘司机，他就抱着试一试的想法来了，最终成功入职项目部。他说，以前的生活就是每天除了开车就没什么事了，什么也学不到。有时甚至第二天能否领到工钱、能领多少都是未知的。他知道，这样的生活是不会有未来的。

我问他，你当时知道中国吗？扎希德毫不犹豫地回答说：“我当然知道，我们家乡的人都说CHINA是一个负责任的大国，因为他们帮助我们修建了一条条宽阔平整的公路、一座座大桥。还有很多的中国公司，比如我们中国石化，雇了很多外籍员工，而且平等相待，尊重我们的风俗习惯。大家都很羡慕那些能够在中国公司上班的人。”他笑着说道，“现在又多了我一个。”

扎希德说，在中国石化工作的这几年，他攒下一些钱，和妻子在老家买了房子，还拥有了自己的一辆车，不过可惜不能常常回家。是的，这些外籍司机们一年只回家一个月。当问到扎希德想不想家时，他幽默地说：“想！不过，中国石化是我第二个家！”

中石化胜利石油工程有限公司沙特项目管理部

中沙文化的传播者

YAHAYA，中文名亚哈亚，一个地道的沙特阿拉伯帅气的小伙儿，毕业于北京交通大学机械工程专业，现就职于中石化胜利石油工程公司沙特钻井项目管理部人力资源部，担任人力资源主管兼政府关系协调员，负责沙籍员工日常管理、招聘及培训工作。

中国的美好回忆

亚哈亚2009—2014年在中国留学。他在中国待了5年，这5年他在学习之余游历了北京、上海、广州、深圳、青岛等多个城市。谈起对中国的感受，他认为中国的发展速度真的是令他吃惊不已。坐在飞速的高铁上，硬币竟然屹立不倒，高铁既快又稳，非常舒适。谈起美食，他对北京烤鸭印象最为深刻。谈起中国朋友，他说中国人都非常热情友善。他很喜欢中国，喜欢北京。

中沙文化的传播者

近年来，沙特阿拉伯逐渐成为中石化海外石油工程服务规模最大，前景最好的海外市场之一。随着习近平主席访问沙特，中沙经贸关系不断加强。

中国石化也与沙特阿美石油公司建立战略合作伙伴关系，中国石化积极践行“一带一路”倡议，助力沙特2030愿景。2019年8月15日，中国石化在沙特东部城市达曼正式发布《中国石化“一带一路”可持续发展报告》，致力于推进中国“一带一路”倡议和沙特政府2030愿景的有机对接，实现可持续发展。亚哈亚在当天的活动当中，作为中国石化的优秀沙籍员工代表畅谈了自己的感受，他表示愿意作为中沙两国文化的纽带，为中国石化在沙特做大做强贡献力量，为服务两国的可持续发展贡献力量。

亚哈亚2014年毕业后，选择回到家乡沙特阿拉伯工作，他把简历投给了中国石化。进入中国石化工作后，他首先在一线井队工作；然后调动至人力资源部，负责沙籍员工的招聘和日常管理。由于井队平台经理不会讲阿拉伯语，井队多数沙籍员工只会基本的英语，在中国石化2013年底首次大规模进入沙特市场后，文化冲突显得尤其明显。在日常管理中，亚哈亚经常作为平台经理和沙籍员工沟通的桥梁，一方面向沙籍员工介绍中国的风土人情和中国人的性格特点，如何更好地与中国人相处；另一方面帮助平台经理用阿拉伯语与沙籍员工进行沟通，使沙籍员工熟悉中国石化的沙籍员工管理规定，为整个项目的沙籍员工管理付出了大量心血。

中国雇员在沙特工作，难免出现水土不服、身体不适等情况需要前往医院就诊，由于语言不通，经常出现沟通不畅，每当这个时候，亚哈亚总是第一时间出现在最需要帮助的地方，帮助中国人和当地医生进行沟通，然后把医嘱通过汉语翻译给中国雇员，最大限度地减轻他们的精神压力。由于周围的同事大部分是中国人，亚哈亚把和这些同事交流看成一个极好的锻炼汉语的机会，因此虽然他离开中国，但是汉语水平依然没有退步，和中国人进行基本的汉语沟通没有任何问题。

谈及对未来的憧憬，亚哈亚说他在中国石化工作五年多，已经完全融入这个大家庭，和身边的中国同事结交了深厚的友谊，对于未来的工作目标，他希望继续留在中国石化，为中国石化招聘到更优秀的沙籍员工，同时为沙籍员工更好地在中石化工作创造条件。希望通过他的勤奋工作，真正践行“为美好生活加油”！

中石化胜利石油工程有限公司沙特项目管理部

『常胜将军』马吉德

马吉德，大大的眼睛，浓密的八字胡，标志性的宽松的巴基斯坦长马褂，肥袍子，大大的将军肚，这就是我们SINOPEC124队的巴基斯坦司机。

马吉德在我们队工作5年了，虽然英文不是很好，这丝毫不影响我们的交流，只需要几个单词或者几个动作，我们就彼此明白、配合默契。马吉德可以开应急大班、迷你中巴、皮卡车、救护车，所有的车辆都可驾驭。他除了驾驶技术过硬，还懂得修理车辆，因为他在来中石化工作前，是一位有着十年从业经历的机械师，拥有非常丰富的维修经验。这样的多面手，是我们SP124队的宝贝。

在沙特，驾驶员是非常高危的一个行业。每年的交通事故相当频繁，骑在骆驼上的阿拉伯民族，当突然有了汽车，就喜欢把油门一脚踩到底，刹不住车了。

马吉德来到SP124队以来，保持了5年零事故，安全行驶80万千米的记录。大家肯定会问，怎么这么多？马吉德的一天是这样的：从阿布海德里亚出发到库巴买料，再到胡福福接送班，每天都是满负荷工作，司机的活可并不轻松。只是单纯的开车就已非常辛苦了，但有时司机出行时还肩负着其他的任务，比如到达曼送氧气充气，或者去库巴街买点急料，同时还要去Yard-1保养车或者领料，去胡福福接人。库巴街非常难停车，买料时还需避开祈祷时间。碰到这样的情况真的是分秒必争。马吉德一直坚持工作优先，错过正常饭点是常事。

马吉德每次出门前填写出车单时，回来的时间，误差不会超过15分钟，统筹安排时间非常到位，中方人员出门或者休班都愿意让马吉德出车，因为他的工作有合理计划，能处理各种突发情况，很有匠师的感觉。

有一次，甲方阿美季度检查要求更换空调护罩，可是当地很难买到，在其他司机都找不到的情况下，马吉德经过一番努力，为队上买来了空调护罩。否则按照甲方阿美要求就得购买新空调了，成本就会大大提高。

在一次次工作难度系数加码的情况下，马吉德能够既安全又高效地完成任务，所以大家都亲切地称他为巴基斯坦的“常胜将军”。

中石化胜利石油工程有限公司沙特项目管理部

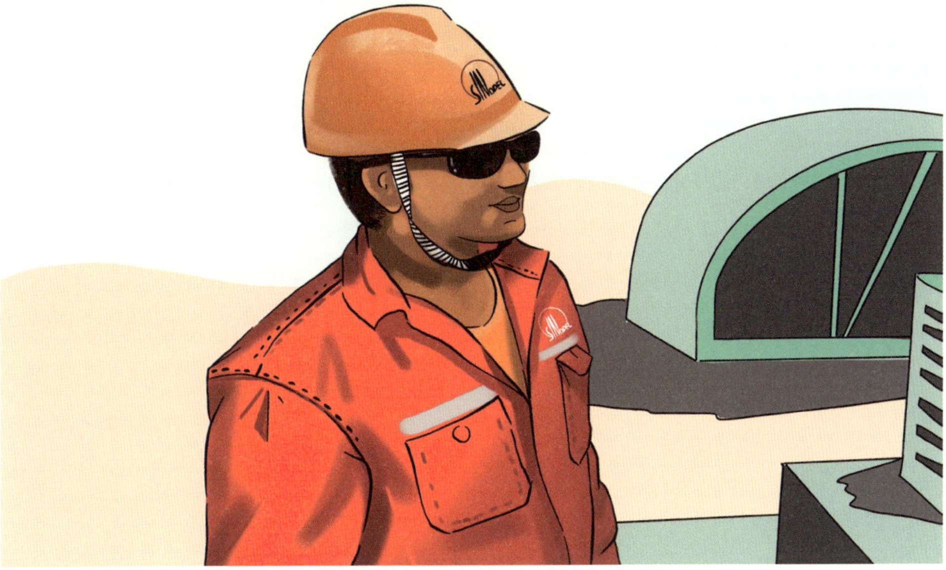

中孟兄弟情

世上没有消除不了的隔阂，如果有，那就投入更多的情感。

当国内进入一场秋雨一场寒的季节时，远在万里之遥的孟加拉却刚刚进入最热的日子。继上个项目顺利施工四口井之后，这次中石化胜利石油工程公司孟加拉项目部SP200队成功中标Kanchan-1井的施工，该井地处偏远的荒岛，周围三面环山，仅有一条很窄的进井路。每天早上醒来，火辣辣的太阳早已等候多时，大暴雨也时不时地采用“四不两直”的方式来一次“大普查”。

只是，这一切就像是西行取经路上必经的困难罢了，现场的中孟员工用兄弟般的感情让这一切消弥于无形。

项目有一位叫Harun的孟加拉员工，以前在这个队干过，他利用自己独特的语言优势，帮助中国人熟悉周围的环境，及时告知一些必要的禁忌和注意事项。Harun说，“你们中国人到这儿肯定要住很长时间，出入井场这个村是必经之路，所以必须要与他们搞好关系，真正的融入我们孟加拉人的生活，这样才是最安全的。”正是秉持着这种坦诚相待，与人为善的态度，中国人才赢得了当地村民的信任，他们把进出村口大门的钥匙亲自送到了井场。

中国人刚到施工现场，由于暂时不适应当地潮湿的环境，身上起了许多的湿疹，奇痒无比，备受煎熬。正在一筹莫展之际，热心肠的Harun带领孟加拉员工及时送来了当地的痱子粉，既便宜又起到了很好效果。

Harun作为雇佣员工的组长，他说，再多的工作我也不怕，我不想落在后面，因为你们不远万里来到孟加拉，帮助我们建设国家，我们有什么理由不好好工作呢。他不仅努力工作，还善于做孟加拉员工的思想工作。许多中国员工一时难以适应当地气候，他动员孟加拉人主动承担繁重的体力劳动，凡事听从指挥，而中国员工也是知无不言，将自己浑身的本领毫无保留地悉数传授，兄弟般的情谊也促使现场整改在有条不紊地推进着。

Harun带领孟加拉员工每天都主动收拾干净施工现场之后再下班，他们用自己的勤劳和淳朴感动着现场的每一位中国人。血浓于水的兄弟情，为开辟孟加拉项目的新天地，同时也为中国的“一带一路”倡议增砖添瓦，谱写了新的赞歌。

中石化胜利石油工程有限公司科威特项目管理部

土耳其『小胖哥』苗条了

在中石化胜利石油工程公司土耳其项目管理部有一名商务经理，名叫NEBI，因为不爱运动，还特别爱吃烤肉，所以肚子大，就像怀胎十月一样，大家都亲切地称他为“小胖哥”。NEBI从土耳其知名大学地质学毕业后，一直在现场做地质工程师。土耳其项目在储气库一期即将结束的时候，由于他具有丰富的现场经验，且在钻井市场上人缘颇广，项目部聘请他作为商务联系人，处理好与各大业主和潜在客户的联络事宜。

NEBI工作能力很强，无论走到哪里都能够跟客户打成一片，为项目部拓展市场立下了很大功劳，找到了很多需要钻井服务的客户，发送了很多推介和技术商务方面的函件；处理好了2019年项目部与BORDRILL公司关于储气库合同的往来接触，争取到了2018年BORUSAN公司的日费制地热合同，并于2018年当选为中石化优秀外籍员工，来到北京和胜利油田学习。从中国学成归来以后，NEBI天天自学中文，从此办公室就少不了充满异域风情发音的“一二山，事五六”，以及无论早上中午晚上都会来一句喜感的“早上好”。

NEBI因为体型稍胖，出差总是走走停停，跟不上大家的步伐。终于有一天，他说，“我喝茶不放糖了，中午饭也不吃烤肉了，我不要当小胖哥”，我们连忙问原因，他说他看到中方员工都喝绿茶，茶里也不放糖；中午吃饭吃一点肉的同时还吃不少蔬菜，所以大家都很健康，也不胖。为了跟大家融为一体，不拖大家后腿，他也要在饮食方面跟中国员工学习。经过6个月的坚持，他的体重成功减轻了5公斤，连他媳妇也经常开玩笑和他说，你的中国朋友做什么，你就跟着做什么，准没错。

中石化胜利石油工程有限公司土耳其项目管理部

『刺头』弗朗西斯的改变

2018年2月13日，中国烟台迎来了春节前最后一场大雪，万吨拖轮振华34号背拖着两条钻井平台起航渤海湾，历时42天跨越两个大洲三个大洋累计航行11692海里，抵达尼日利亚几内亚湾。这是中石化胜利石油工程公司首个西非钻修井项目，要说零的突破是喜悦，那么零的起步带来的却是不折不扣的压力，市场不熟悉、文化不了解、标准要对接、管理要落地，所有难题扑面而来。人，永远是最难的那一道题。然而，最精彩的答案也永远只会是人。这个人叫奥姆布·弗朗西斯，新胜利一号平台一名普普通通的外籍焊工，他带来了一个关于认同与改变，或者说关于被认可与被鼓励的故事。

实现跨文化管理，无疑是开拓海外的必经之路，然而，文化风俗、思维认知、行为习惯都是纵穿千年的印记，哪能分秒变迁。事情发生在招聘的首批45名当地新员工抵达平台的第一天，由于壳牌开钻日期在即，人员培训及装备验收时间紧迫，白天平台组织了安全培训与岗位环境熟悉，本想到晚上开展员工培训，以便追赶进度。晚上7点，平台技术人员正要打开顶驱操作介绍PPT的时候，一个满脸凶悍的大汉站了起来，“你好，赵经理，我想打断一下，现在是算加班嘛？现在是我们休息时间”。这是弗朗西斯与平台的第一次对话，傲慢无礼，说罢就带头离开了会议室，其他当地员工也纷纷散去。中国员工对此也只能摇头无奈，时间在流逝，进度不能停，中国人只能白天培训外籍员工操作，到了晚上就自己加班加点进行设备调试，平均每天只睡5小时，就这样，一忙就是一个月。

平台所处位置为当地福卡多斯河流入海口，海水泥沙含量极高，对平台冷却系统管线损伤较大。这一天凌晨冷却管路发生刺漏，中国人一股而上连拆带检进行抢修，“队长，是法兰内部焊接脱落导致！”“去喊焊工弗朗西斯！”“这么晚喊那个‘刺头’能行吗？”“都这样了，还能怎么办，就是再多加班工资咱也得付啊！”一同事正要去找，不料与弗朗西斯撞了个满怀，他正拉着焊枪赶来，这一幕让在场的中国人都瞠目结舌，“Please support me hold the pipe，lets do it（帮我抬住管子，我来焊接）”大家在一阵恍惚中，堵漏成功，管路恢复了正常。就在中国人有点懵的时候，他笑了笑，说“别这么惊讶，这一次，我不要加班费，是你们让我看到了什么叫团队精神，我来到新胜利一号，来到SINOPEC应该像你们一样做点什么”。后来，修空调、清沙池、搬设备，无处不闪现着合作的身影，与肤色无关，与文化无差。

原来，行动才是重建思想的密钥，经过一次午夜抢险，弗朗西斯接受了“中国方式”，中国人也改变了“非洲看法”，其他外籍员工也逐渐适应我们的模式，开始理解我们的困境，纷纷加入追赶进度的队伍，用时45天，“中非合军”完成平台八大系统调试，600余项问题整改，让壳牌对“合资品牌”点了赞。中国人决定举办一次表彰会，感谢他们的帮助和认可，平台根据每个外籍员工的表现和特点写了不同评语，证书上“新胜利一号代表中石化欢迎你的加入”印入了弗朗西斯的眼帘，这一天正是他们试用期结束，正式录用。他激动地在表彰现场拿出电话打给了他的妻子，“我和我的兄弟们被中石化录用了，我们将共同为壳牌打井”。这一刻，我们才知道，原来弗朗西斯的奥姆布家族是当地部落里比较显赫的家族，在员工中具有较高地位，很多外籍员工都是在跟随他的态度。

2018年7月11日，新胜利一号平台正式开钻，装备没有优势，标准有待提高，服务成为塑造铁军品牌的唯一筹码。履行本职工作能做好服务，但是要做精服务就得主动承担、解甲方所忧。然而，当地员工工作习惯向来是只做自己分内工作，对于无关工作向来旁若无事。在Forcados-TXZK-8井焊接隔水管时，由于第三方焊工人力不足，焊接时效较低，现场监督有点急躁，不料他又主动拖着焊枪加入隔水管连接工作中。“你怎么上来了，弗朗西斯？”队长问道。“我刚才听对讲机监督埋怨第三方焊接效率低，我就过来了。”弗朗西斯喘着气，拔起焊枪就加入焊接。“可，这不是你的工作。”队长有点故意逗他。“哎，你们能帮第三方修设备，我也能和他们一起加快进度啊，这不是咱上次聊的服务意识嘛”。随即，钻台传来了“中非”爽朗笑声。

轰隆隆钻台在大西洋巍峨伫立，一片和谐共建的画卷在西非汪洋中逐渐描绘。零的突破，为发展带来了更大机遇，零的起步，终究需要更多付出与努力。胜利石油铁军随着市场开拓的号角散落在世界每个角落，尼日利亚的“中国方式”感染着每一个相遇的非洲兄弟，弗朗西斯只是他们的缩影，他们用自己的认同与改变给我们的铁军品牌注入了更大的信心。

中石化胜利石油工程有限公司新胜利一号平台

言传身教“猴”先生

“侯赛因”是一个典型的阿拉伯名字，典型到你站在街上喊一声“侯赛因”，立马会有一群人茫然地望着你。在华北石油工程西部分公司沙特SP106队，就有这么一名特立独行的沙籍员工侯赛因。他经常吃中餐，会一些简单的汉语，工作时和中方员工共进退，业余时间也经常和他们在一起聊聊天、开开玩笑。“能干、勤学、开朗、善谈”是大家对他的一致评价。

任何见过他的人，估计对他印象最深刻的就是他那口坏牙，听说他小时候爱吃巧克力，甚至半夜睡醒了都要来块巧克力塞塞牙缝。再加上小时候生活习惯不太好，长大后满口牙齿几乎没有一颗完整的。侯赛因的嘴不一定厉害，但牙是真的尖锐。此外，他还有一双黑亮的大眼睛、两圈羡煞姑娘的长睫毛，他那1.75米看似单薄的小身板，脱掉工衣却肌肉棱角分明，绝对称得上“穿衣显瘦，脱衣有肉”。

正因为他体型偏瘦，身手敏捷，动作灵活，加上名字发音接近，中国同事都亲切称他为“猴先生”。其他沙籍员工也叫他Monkey（猴），他本人也非常喜欢这个中国名字。

可别小看这位看似瘦小的沙特“猴”先生，他从对钻井一无所知到如今成为班组的顶梁柱，现在可胜任副司钻以下的任何岗位，也是井队迄今为止唯一的，可独自在二层台进行起下钻铤作业的沙籍员工。而这个过程他仅花了3年时间，其中还有一半时间在家休假；即便在现场工作，他还得克服语言障碍与身边的中国同事交流学习、积累经验。

在日常工作中，这位可爱的“猴”先生也在时刻用他的言传身教去影响和改变着身边的其他沙籍员工。在国外施工的队伍都存在这样的问题：一些沙籍员工对井队缺乏归属感，认为设备、工具都是中国人的，坏了就换新的，平时使用时不爱惜，甚至野蛮操作，更别提主动维护保养了。遇到这种情况，“猴”先生就会制止他们，教他们如何正确使用，并尝试改变他们的工作态度。

有极个别沙籍员工对此很不理解，“猴”先生会耐心告诉对方：“你说的没错，这是中国人花钱买的东西，我就不说咱们是和中国人在一个队伍里同舟共济了。就比如说这个液压大钳吧，你如果把它用坏了又修不好的话，就只能用B型钳了，那样的话累的还是我们自己。所以你们要是不想受累的话，还是爱惜一点吧。”简单的几句话，却比井队负责人的批评教育更有效，更容易让他们接受。

“猴”先生还是一个热爱学习的人，他英语基础较好，闲暇时经常会到办公室借阅一些钻井工具书，生产中如果遇到新工艺，或者日常工作中遇到搞不明白的问题，他都会打破砂锅问到底。现在的他正在尝试学习基本的刹把操作，也许不久的将来，他会成为队上一名沙籍副司钻。

正是有了像侯赛因这样的沙籍员工，才能使这支多国部队相处融洽，团结一心，为井队的优质高效安全生产打下坚实的基础。

中石化华北石油工程有限公司西部分公司

『80后』小伙阿聪的故事

Low Wee Chong罗伟聪（同事们都叫他阿聪），他于1986年出生于马来西亚柔佛州居銮县巴罗镇，2006年到新加坡发展，并先后从事柴油发动机及重型机械维修、巴士维修以及电梯维修工作。2016年加入中国石化润滑油（新加坡）有限公司。

爱上润滑油

之前的工作经历，让阿聪几乎每天都能接触到润滑脂和润滑油，并渐渐地对它们产生了好奇心和兴趣。一个偶然的机会，他看到中国石化润滑油（新加坡）有限责任公司的招聘信息，于是便过来应聘，并成功加入了润滑脂班组。

几年的时间过去了，阿聪说，“我已经喜欢上了这里，喜欢这份工作，更喜欢有中国特色的文化氛围！”

当上新线长

在工作上，阿聪利用以前的工作经验，加上快速的学习能力和主动的钻研精神，很快就从一个普通的灌装员工成长为润滑油一楼的灌装组代理线长，之后经过公司的考核，正式转职为线长，负责润滑油两条200L生产线和一条1000L生产线的生产和管理工作。工作担子重了，他更加以身作则，根据每天的任务，合理安排人员分工，带领他的小组进行高效率的生产。在遇到任务过多，比较紧急的时候，他都会主动要求留下来，加班加点生产，避免影响发货时间。

阿聪工作非常仔细，特别在包装物的入厂检测中，他都能够发现一些细微的问题。200L大桶的桶身凹陷、掉漆、刮花，甚至是桶内的小颗粒杂质都逃不过他的双眼。在一次生产时，他按例检查包装桶，桶身表面、油漆都没有问题，在拿手电照射桶内的时候，发现了一点小小的黑色杂质，不仔细看的话是根本发现不了的。经过全面的检查，发现这一批桶都有这种状况，于是紧急联系供应商解决问题，避免出现质量问题。

聪明的维修工

在生产过程中，经常会碰到各种设备故障，他之前维修方面的工作经验就发挥出来了，只要他会的，他都会主动去修理，而当遇到超出自己知识范围的情况时，他则会跟在维修人员后面，主动帮忙并学习新的维修技能。他也非常喜欢去了解、摸索各种生产设备的性能和构造，以便在出现故障时能第一时间排查到原因，极大地缩减了维修时长，进一步提高了工作效率。

前一段时间，公司新引进了两台200L灌装线自动贴标机，他主动协助厂家技术人员，通过近半个月时间的学习，以及不断地跟技术人员探讨，让他从源头上了解了贴标机的技术构造以及工作原理，还提出了一些改进的建议，让设备能更加符合我们的生产要求。

爱上大家庭

阿聪从喜欢润滑油开始，就喜欢上了这个团队大家庭。在自己掌握了技能和知识后，他都会无偿地分享给他的组员，对他们进行培训，让大家都能够尽可能快地成长起来。在培训中，他会采取理论和实践相结合的方式，通过理论知识的学习让大家先记住操作的要领和方法，在随后的实际操作中，让他的组员们能在最短的时间内快速地掌握并熟练上手。

阿聪靠着自己勤奋的双手和吃苦耐劳的精神，跟大家一起为中国石化第一家海外生产基地的发展而努力。他说："我们供应链部就是要努力做好产品，确保质量。我相信中国石化润滑油的明天会越来越美好！"

中国石化润滑油（新加坡）有限公司

柴荆花开

香港，繁华时尚的国际大都会，难以抵挡的购物天堂，同龄的姑娘正在尽情购美衣、享美食，在维多利亚公园边的办公楼里，冠德公司当地员工Shirley正在琢磨如何促进社会参与，增强员工融合。

从青涩少女到综合经理，在融合中成长成才

Shirley大学毕业后就投身仓储物流国际化和专业化大潮。不知不觉，已过7个年头。曾经那个对石油、对中国石化、对央企不太了解，并且对内地较为陌生的懵懂少女，如今已成长为一名优秀的综合经理。综合工作千头万绪，Shirley就从工作中学，跟领导同事学，向其他合作伙伴学。“这几年的快速成长得益于公司多年以来提供的培养平台，以及不时组织的各项爱国主义活动，增强了自己的责任感和使命感”，Shirley如是说。“要去了解一个地方，就是要自己亲身去感受”，这是Shirley加入公司以来第一年赴四川考察时的

带队领导说的，她对于此话记忆尤深。她珍惜每一次“三爱”活动的机会，饱览祖国大好河山，感知祖国的文化底蕴，了解中国悠久历史，体会仁人志士前赴后继为国开拓的艰辛历程，熟悉中国石化的企业文化及业务发展。不仅如此，她还将自己的亲身经历和所见所闻，积极与身边的香港同事分享感受，阐释社会的变迁与国家的发展，每一次提起这些，她都无比自豪。许多香港当地员工对内地社会发展感受不深，见闻不多。通过她的努力，大大增加了当地员工对祖国发展的了解，较好地促进了两地员工的文化文流。

从参与者到组织者，诠释社会参与与社会责任的丰富内涵

过去，Shirley只是自己参与多项社会责任活动，包括卖旗义工活动、探访独居老人、面包回收、清洁海滩和中秋老人院探访等关怀香港社会等。近年来，为了让更多员工更了解内地和香港，她积极转变身份，从参与者变成组织者，协调组织多次爱国主义活动。她组织员工步行参观（孙）中山史迹径，带领大家缅怀孙中山先生的足迹，加深对中国近代史的了解，增强了当地员工对中国历史的了解及对国家的认同感。

今年，她配合公司积极组织各项庆回归活动，包括组织大型维园嘉年华活动，“同是追梦人——港澳同胞奉献祖国70周年大型展览”和“现代化之路——共和国70年”展览，大大激发了香港当地员工投身祖国现代化建设的热情与激情。

针对香港近期发生的风波，她与同事们自发组织参加“全民撑警日”“守护香港，停止暴力”“反暴力、救香港”添马公园大集会等爱国爱港活动。不仅是在公司内部，Shirley还积极“走出去”，走进社区，利用自己多年在社区的友好关系和群众基础，广泛动员，深入宣传，为爱国爱港选举等做出了自己应有的贡献。

“我觉得自己得到的不仅是在业务能力上的提升，更是文化上的认同，在冠德公司的七年，让我明白了责任和使命的意义，每个年轻人都应该要履行社会责任，弘扬优秀传统文化和爱国爱港的精神。”如今，她正在为如何进一步推动社会参与，促进员工融合做出进一步积极的努力。

中国国际石油化工联合有限责任公司

印度『学霸』成长记

“Nehall，Good job！”因项目现场施工急需试压泵，历经多天终于完成设备报验，项目设备管理员刘龙远远地给他竖起了大拇指。

他的名字叫Nehalludeen，是一名来自印度的小伙子，今年刚满25岁，去年加入炼化工程集团十建公司科威特GC-32项目部时，还是一名刚毕业的大学生。

从了解到熟悉　前路难但不畏难

2018年6月，Nehall从印度南邦排名第一的安纳大学机械工程系毕业，如此名牌高校的“香饽饽”自然少不了用人单位的青睐，还没毕业时他就已收到印度国内多家知名企业向他抛来的橄榄枝。因为父亲早已在科威特稳定工作，经过再三权衡，他毅然放弃了国内诸多好机会，选择离开印度来到科威特，一来是为了和父亲团聚，二来也是为了自己能够走出去看一看、闯一闯。凭借熟练的英语水平、热忱的工作态度以及灵活的处事方法，他顺利通过公司多轮面试，正式成为SINOPEC GC-32项目部物资采购部的一员。

然而当他满怀喜悦地将这个好消息告诉家人时，家人却颇为他担心：大学刚毕业的第一份工作，就选择了中国公司，“你会说汉语吗？”“你听得懂他们讲话吗？”“你能够理解甚至融入中国的文化吗？”。但彼时的Nehall却不以为然，原来Nehall从小就对中国这个同样位于世界东方的文明古国很感兴趣，时常学习中国的历史文化，上大学时，只要一有机会他就会找中国留学生交流，从他们口中加深对中国的了解。于是，带着这样一种懵懂的认知，Nehall开启了在SINOPEC 的工作旅程。

从孤独到融入　转变痛但却快乐

中国有句古话叫：“万事开头难”。“刚开始时我真的有些不适应，我说的你们听不懂，你们说的我也听不太明白，当语言不能交流清楚而必须辅以动作时，也就闹出来了不少笑话，甚至是误会……不善于表达自己的想法，没有办法取得领导和同事的理解，有时会觉得委屈。”回忆起刚来项目部的那段日子，Nehall这样说。虽然当时采购部总共也就7个人，但却是来自中国、印度、巴基斯坦、尼泊尔四个国家，不同文化背景下人们的生活习惯和处事方式存在较大差异，这导致Nehall内心的孤独感渐渐产生，并开始不自觉地选择“回避沟通”。“幸亏有熊，一直在帮助我放下自己不开心的情绪，融入这个团队。”他口中的“熊”是项目部物资采购部的部长，在熊部长的帮助下，Nehall终于走出了最初的迷茫，渐渐融入SINOPEC这个大家庭中。

为了彻底融入这个大家庭，Nehall利用工作之余下载中文学习软件自学中文，同时主动了解中国文化和中国同事，从最开始的只会说“你好”“谢谢”，到慢慢学会了说长句子，自信心的提升也促进了他学习中文的热情。工作生活中他积极帮助他人：同事与外籍人员沟通出现障碍时他会主动担当翻译；同事生病时担心在医院里描述不清，他主动申请陪护；同事休假回国需要买点当地特产，他主动陪同逛街砍价；每逢节日他还会邀请同事参加家庭宴会，将自己的朋友和家人介绍给中国同事……渐渐地，他成了同事们依赖信任的“热心人”，“有事找你好”成了项目部一句通用的口头语。

在SINOPEC提供的广阔舞台上，Nehall信心满满。正如他所了解感悟到的，他希望中国的“一带一路”倡议能够继续更广更深地推行下去，给沿线更多的国家带来实惠，希望能有更多类似SINOPEC这样的大企业提供平台，来实现他们的价值与理想。

“梦想自己未来能够到中国，去北京、学汉语、爬长城、吃火锅，要把自己的孩子送到中国去留学，如果有机会，自己就在中国找一份工作，把家定居在那里。”说到这儿，Nehall哈哈大笑了起来，这也许就是他的中国梦吧！

中石化第十建设有限公司

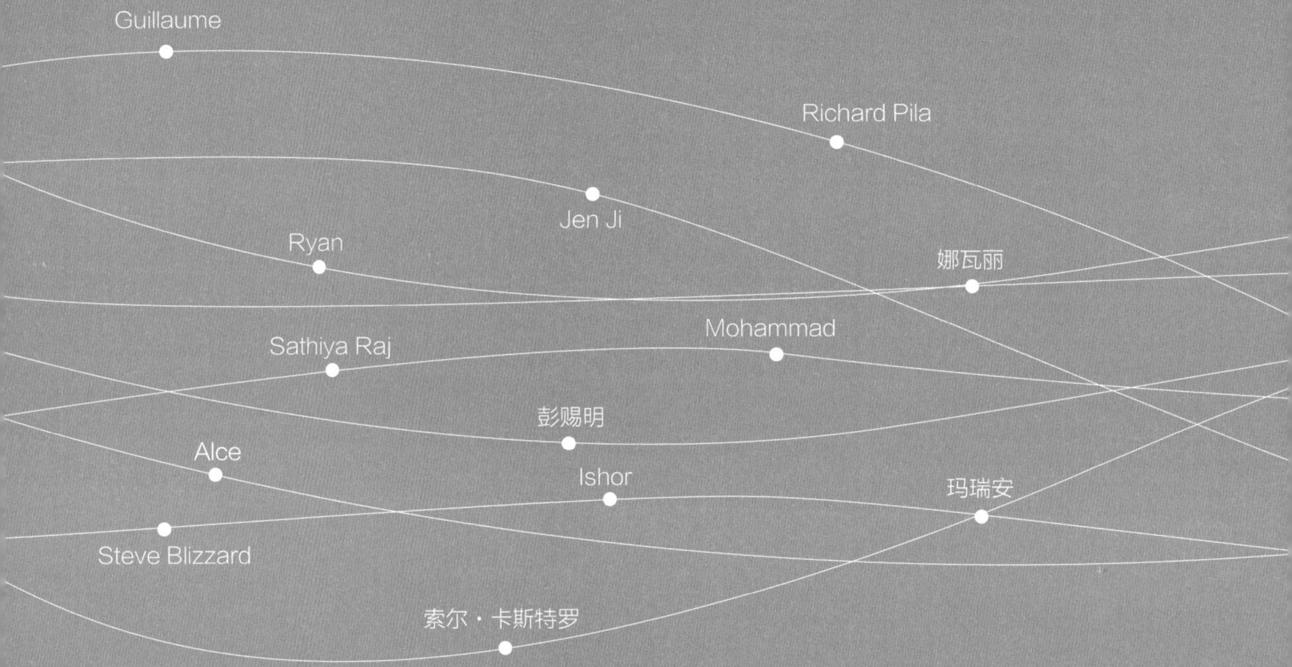
Guillaume
Richard Pila
Jen Ji
Ryan
娜瓦丽
Mohammad
Sathiya Raj
彭赐明
Alce
Ishor
玛瑞安
Steve Blizzard
索尔・卡斯特罗

成长篇

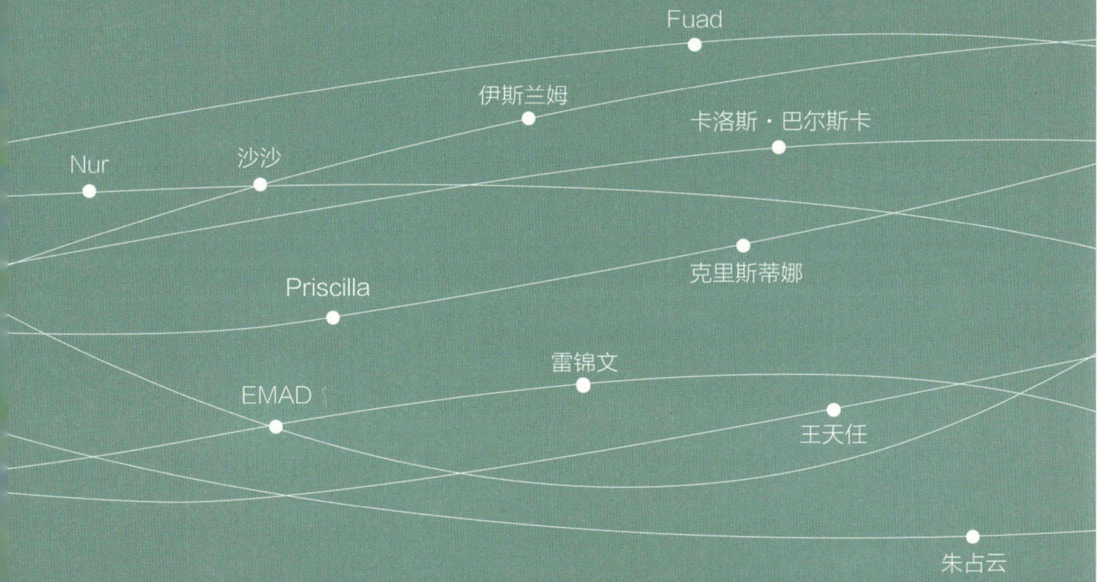

记保险管理专家的二三事

2019年10月，国勘公司法国籍员工Guillaume兴致勃勃地去影院观看了电影《我和我的祖国》。国庆假期结束一上班，他对同事认认真真地说：“我不是中国共产党员，但‘不忘初心、牢记使命’同样激励了我！”对此，大家深信不疑。

作为财务资产部风险保险专家，Guillaume将“开拓创新，勇于质疑，永不放弃”的价值观应用于自己的初心和使命中。“保险工作很枯燥，也很有挑战性，我们的目标就是保护国勘公司的资产，这是初心。加强与各部门的沟通合作，解决保险领域难题是使命。”Guillaume说的这句话不是空话。保险工作在推进过程中，经常会遇到各种各样的困难和挑战，他从不退缩，而是斗志昂扬想尽各种办法去推进和解决。

某作业者公司在过去几年里一直未按要求提供投保资产明细，我方发邮件催促却石沉大海。项目组对此一直很头疼，却拿作业者没办法，只能根据既有资料估计资产价值。如果这个问题不妥善解决，会引发一系列严重后果，包括拒保、无法有效索赔、国勘在国际保险市场信誉受损等。Guillaume得知此事后，采取了有力的反击。他迅速研究了特多区块的联合作业协议，请公司法律专家协助，起草了一封正式信函，有理有据地表达了我方合理的诉求，并提出合作愿景。该信函发出后，作业者仍未给予积极反馈。他就持续不断联系作业者施压。最终，作业者同意召开电话会讨论此事。在电话会上，双方经过充分沟通后，作业者向我方道歉后提供了明细数据，我们及时更正了投保价值，避免了潜在的风险。类似这种合作伙伴不配合的事件还有很多，但Guillaume总是怀着一颗赤子之心，本着“办法总比困难多”的永不放弃的精神，以自己的专业知识据理力争，帮助国勘提升保险管理的话语权。

保险管理是一场复杂博弈，需要斗争精神和斗争智慧。如何在多方博弈中最大程度维护公司的合法利益，是保险管理最具有挑战性的部分，也是索赔管理创造价值的体现。2016年加蓬某油田发生爆炸案，Guillaume负责索赔工作，他与公估人一起勘查现场，面对多达10G的资料和数据，与财务、地面、钻井、法律、HSE、采办等部门的30多个同事一起，逐个审查数据合理性，与保险公司据理力争，质疑保险公司的专家们提供的数据，最终将理算人认可损失金额由最初预估的1900万美元提高至3170万美元。当大家对Guillaume竖起大拇指时，他却将成就归功于项目：“加蓬公司当初申报投保价值明细时是实事求是的，没有低估也没有高估，为索赔打下了很好的基础。另外，如果没有这个团队成员卓有成效地合作，我们也不可能取得对我方有利的索赔金额。”

Guillaume的工作经历十分丰富，曾在巴黎、伦敦、日内瓦工作，精通法、英、西班牙三国语言，来到国勘公司总部财务资产部工作后，他从零开始学汉语、学写字、了解中国文化，现在已经能用汉语进行一些简单的交流。他说他的心愿就是把国勘的保险管理推向国际化水平，让国际保险市场了解国勘的资产，显著提升国勘在全球保险市场的地位。所以他有一系列“步步为营”的计划，比如去伦敦保险市场进行路演，在全球范围内招标最具有竞争力的经纪公司，等等。他正在用他的初心和使命推动国勘保险管理在国际化的道路上不断前进。

中国石化国际石油勘探开发有限公司

深爱中国文化的俄罗斯小伙子

2019年2月份，我来到俄罗斯UDM项目工作。UDM公司行政部年轻的中文翻译给了我深刻的印象，他一米七几的个头，一副清瘦的面孔，身材略显单薄，中文说得非常流利而自信，工作认真，热情而不张扬，这就是我的俄罗斯同事－利奥尼特，平时我们都习惯叫他的中文名字“飞龙”。

飞龙，1988年出生在俄罗斯萨哈共和国雅库特市，这里以美丽的自然风景区和雅库特人的热情好客而闻名，据说这里还是世界上最冷的地方。2006年，一个偶然的机会他来到了中国石油大学（北京）环境工程专业学习。他说，在北京学习的这五年是他一生中最难忘的一段岁月，就是这里把他和汉语紧紧联系在了一起。在大学期间，他学习刻苦，成绩一直名列前茅。毕业时他写的论文《西伯利亚冰草和燕麦对石油污染土壤修复研究》获得了石油大学本科生毕业论文一等奖，石油大学还给他提供了免费攻读硕士学位的机会，但考虑到家里上了年纪的父母需要人照顾，被他婉言谢绝了，每次说到这里，他脸上都露出了一丝遗憾的神情。

大学毕业后，他回到俄罗斯参军服兵役。在部队的日子里，他在中国的学习和生活经历成了空闲时他和战友们的共同话题，在中国养成的独立习惯也帮助他顺利完成了军旅生涯。退役后，他来到中国福耀集团在俄罗斯设立的分公司担任中文翻译，这是他的第一份工作，也是第一次在中国企业里工作。在福耀公司工作一年后，他期待着能有更好实现自我价值的机会。

2016年，缘分把他带到了更大的发展平台UDM公司。UDM公司是俄罗斯乌德穆尔特共和国最大的石油公司，原油年产量占整个共和国产油量一半以上，也是这里唯一一家中俄合资的能源企业。

刚来UDM公司的时候，他还是不懂油气专业的“青瓜蛋子”，但一有空就跑到我们的办公室向中方同事学习，谦虚谨慎的工作作风很快就让他成长了起来。用他自己的话说，中俄两国的文化存在一定的差异，在工作中不可避免会出现文化和观念上的冲突，我的任务就是在不同文化间建立促进对话和交流的平台，在中俄专家之间发挥对话和协调的作用，使中俄双方成为一个团队，实现共同的目标。在日常工作中，无论是帮助我们办一些琐碎的小事，还是参加公司的董事会，他都表现得兢兢业业。

飞龙在UDM公司工作这三年来，他认真的工作态度、高超的翻译水平、乐于助人的性格很得中国同事的喜欢。2018年春节，我们邀请他全家到公寓一起过春节，一起吃饺子，一起看春节联欢晚会。一想起这件事，飞龙就很感动，他说和你们在一起我觉得非常温暖，感觉我们就像一家人一样。说起工作，飞龙说UDM公司是中国石化和俄石油两大跨国公司合作的典范，给当地社会带来了实实在在的好处，将来中俄双方的能源合作肯定还会进一步扩大。

谈到将来，他希望能学到更多的专业知识，成为公司不可或缺的人才。他还有一个小梦想，希望有机会到国勘总部培训和学习，扩大自己的视野，学习新的知识，早日达到中方同事这样高的专业水平。

中国石化国际石油勘探开发有限公司俄罗斯公司

Ryan的职场成长记

Ryan还是一个小男孩的时候，和祖父母住在一个小农场，他们教给他两件事，一个是谦虚并待人友善，另一个是努力方能成功。年幼的Ryan当时并不知道，这两件事培养了他优秀的素质和良好的习惯，使他获得了周围人的肯定和赞许，并于2012年4月加入中国石化加拿大公司。

农场生活充满了新奇和挑战，可以学到很多技能，积累到不少生活经验。晨起后就要在田间劳作，解决各种各样的耕种问题，白天还要修理损坏的机器，照料牲畜，有时在恶劣的天气来临前深夜也要收割农作物。Ryan认为，从农场生活中获得的勤劳品质一样适用于岗位工作，他坚信将农场生活的智慧运用到工作中一定会成功。2015年，Ryan团队与北京总部团队合作，通过了DMS / Stage Gate流程的审核，获得了加拿大公司Wapiti（Stage1a）第一阶段开发的批准。Stage1a批准是大规模非常规资源开发的第一步。作为批准的一部分，他自己能够参加一个新的中游酸性天然气处理工厂的建设工作，该工厂于2019年2月投入生产。他还代表中国石化与政府成员以及其他生产者代表共同参与该厂的开幕式。这一新的世界级项目管理流程被首批应用于海外项目，令Ryan感到非常自豪。通过应用DMS流程，他也获得了宝贵的知识和技能，并且与北京总部的同事建立了良好的关系。

在中国石化加拿大公司任职期间，Ryan多次去北京，体验了不同文化并结识了许多新朋友。2018年10月，Ryan参加了第七届国际经理人研讨会。作为研讨会的一部分，他与来自英国、沙特阿拉伯、尼日利亚、澳大利亚、新加坡和阿尔及利亚等世界各地的同事进行了会面，并分享了在中国石化工作的经验和个人故事。

除了职业生涯，在中国石化加拿大公司的工作也使他有机会专注于自己一生中重视的其他事情，包括与家人共度时光，回馈公司和社区。Ryan目前是卡尔加里牛仔节（Calgary Stampede）的30人委员会主席以及中国石化加拿大YOUnity的管理层代表。两者都需要额外的工作，但他非常重视，利用业余时间参与活动，贡献自己的一份力量。“在中国石化加拿大公司工作，我觉得很幸运。公司不论从职业发展、个人成长和文化认知，都给我提供了许多的支持，使我的工作和生活充满了价值，教会我从不同的角度看待事物，让我有机会与中国石化共同成长。”目前Ryan已经是Wapiti项目开发部的副总裁。

中国石化国际石油勘探开发有限公司加拿大公司

Steve的新工作

2011年10月9日，当Steve Blizzard得知所在的日光能源公司同意被中国石化国勘公司收购时，他和许多同事一样，对新工作感到既忧虑又兴奋。接下来的8年时间，Steve的新工作并没有令他失望。

8年中，Steve一直有机会学习许多新业务。能够不断进步与成长，是Steve评价对一份工作是否满意的非常重要的依据，因为他不断受到激励，使他能够扩展自己的技能，同时又能为公司作出自己力所能及的事。同样，他的工作满意度中的重要部分也涉及他与同事的互动和完成领导交办的任务。中国石化建立了包容和尊重的氛围，在这种文化氛围中，他的工作得到了高管们的大力支持。中国石化加拿大公司成立后，他们获得了难得的机会，可以在具有加拿大与中国文化融合的环境中工作。

中国石化加拿大公司通过YOUnity企业文化融合方案提供许多跨文化活动和学习经验的机会，进一步增强了文化交流、团队建设。中国石化还为9年级学生举办“带孩子上班”活动。他的大儿子两年前参加了这项活动，他的小儿子非常希望将来也能参与活动。对于他们当地员工以及所有的孩子和父母来说，这样的经历很棒。Steve说："中国石化加拿大公司整个团队都是一流的，能与这样出色的团队合作非常高兴。"

Steve在中国石化参与的重大项目之一是他们的企业报告项目。该项目的目的是使用户能够更轻松，更有效地访问数据。通过这个项目，加拿大公司能使公司的报告程序实现最大程度的自动化从而进一步节省大量时间，并使报告截止日期更易于管理。公司报告软件和他的个性化解决方案在7年后的今天仍在使用，这些成绩让他感到很自豪。他参与的其他一些主要项目是实施两个采购付款系统。首先是开放发票系统，这大大提高了他们在发票处理时间和授权控制方面的效率。第二个是今年完成的SAP的Ariba系统，这是一个更加全面的系统。从头到尾，项目团队都按时且按预算在4个月内使Ariba正常上线运转。这是一次重大的胜利，尽管仍有许多微调工作要做，但中国石化在这里的团队完全可以应对挑战。

现如今，Steve Blizzard已经成长为中国石化加拿大公司会计部主任。他说，感谢中国石化一直以来的支持和信任，与这个伟大的团队一起在这个出色的公司工作，是一种荣幸。尽管总是有需要应对的挑战和困难，但他庆幸有机会为解决问题贡献力量。

中国石化国际石油勘探开发有限公司加拿大公司

崇尚快乐工作的Jen Ji

姣好的容颜，动人的嗓音，温婉大气的举止，这是Jen Ji给人留下的第一印象。再深入接触，她耐心细致、善解人意、认真勤勉的性格为全体员工一致认可。

白驹过隙，Jen Ji在澳大利亚公司财务部已工作了9个多年头。2010年8月，Jen加入中国石化澳大利亚公司从事财务工作。这项工作繁杂而又平淡，然而“干一行就得爱一行”，她始终以“确保营运资金流转顺畅、确保项目经济效益、优化财务管理手段”为目标，以女性特有的严谨、细致的作风，认真对待每一项工作任务，从财务基础工作做起，严格按照当地会计法律制度办事。无论晚上还是周末，她加班加点，积极投身到各项细致的工作中，埋头于财务分析和业财融合的研究里，协调处理了各项会计处理、项目预算及投资管理、审计及风险控制、税收筹划等系列工作。工作固然辛苦，但是每次能顺利完成工作后的喜悦和满足，激励着她每天以感恩与真诚的心态，以热切而饱满的精力，去迎接新一天的工作。

凭借着这份热情和努力，2013年她担任了中国石化国勘澳大利公司财务部经理。海外项目财务工作覆盖面广，财务人员有限，她一个人承担着烦琐的工作，既要做好对日常会计基础工作的监督，又要完成各项财务数据分析和税务合规及筹划工作，还要参与APLNG合资公司财税、预算及审计事项的处理。这对财务人员的整体素质和专业技能都是有严格要求的。工欲善其事，必先利其器。为了适应财务工作新要求，为了不断拓宽业财融合，及时与国勘总部财务部门接轨，她带领当地财务团队认真学习新法规新制度，深入项目业务领域，努力将澳大利亚公司财务工作做得更加精致，更加专业和规范。新的会计核算办法、新税法、项目作业流程和一些商务事宜、各类数据库的应用，被一一啃下。海外项目财务工作责任重大，她更是坚持财务职业操守，熟悉法规，依法办事，客观公正，希望以出色的工作回报同事的信任和帮助。

近年来，澳大利亚及世界财税监管体系日趋严苛，跨境关联融资的税务风险和税务成本均呈大幅上升趋势。本着“经营企业就是经营风险”的理念，Jen带领澳大利亚公司财务团队针对可能触发的高额预扣税成本、资本弱化风险、转让定价风险等问题，周密组织税务顾问和律所，认真分析、论证，并逐项落实各类风险的应对措施，最终确定创新合同模式和条款安排，成功为公司打通了回款渠道。

考虑到国勘扭亏脱困的资金压力和对现金流的需求，澳大利亚公司把降本减费作为各项工作的重中之重。Jen带领财务团队凭着一腔热情、一股追求、一份责任，迎难而上，积极发挥股东影响力，全程协助APLNG与中国进出口银行进行谈判，并利用中国石化集团公司发债的经验和成本对标，敦促并监督合资公司通过发债再融资，置换现有的高息贷款，降低资金成本，减轻还本付息压力。

Jen Ji始终坚信工作是船，快乐是帆，只有扬帆，才能顺利起航。她崇尚快乐工作，坚持积极的心态和爱岗敬业的观念，把工作任务的完成当作一种拼搏进取的过程，把自身的岗位当作实现人生价值的舞台，在辛苦付出中感受收获时的喜悦，在中外员工间的团结协作中感受集体的温暖，在公司的持续发展中感受自豪与骄傲。

中国石化国际石油勘探开发有限公司澳大利亚公司

“合文化”的践行者

北京时间19：30，刚刚结束与喀麦隆公司的视频对接会，国勘公司马来西亚籍专家彭赐明就不顾疲惫立即返回办公室，将对接会上与项目公司商定的工作计划形成纪要，以便后续跟踪落实。对于61岁的彭赐明来说，这种“白+黑”的工作模式早已成为习惯。彭赐明曾长期担任马来西亚壳牌石油公司高管，来到国勘公司后，他不仅将国际化的经营管理理念引入年轻的国勘公司，而且努力成为“合文化”的践行者，促进跨文化融合。

2001年成立的国勘公司刚刚年满18岁，与国际同行相比，是一家非常年轻的公司。彭赐明在壳牌石油公司任职期间曾同国勘公司有过业务交流，他非常关注起这个从零起步且迅速成长的“黑马”企业。2014年，他辞职来到中国发展，加盟国勘公司。经过几番细致的调研，他发现这家年轻公司国际化程度还有待进一步提升。曾深耕于马来西亚石油行业的彭赐明特意研究过马来西亚国家石油公司的国际化之路，他深知员工的成长是企业成长的基石。于是他发挥个人优势，通过举办各类讲座为公司员工讲授国际化经验，宣贯一切围绕价值增值、一切以油气资产为中心，实现资产全生命周期价值的国际化管理思维与理念，并在各业务部门的配合下着手开展一切以价值管理为核心的国际化综合管理体系IMS以及配套流程的筹建工作。

可是当“洋文化”遇上“本土壤”的初期，水土不服自然是无法避免的。国勘公司在国际化管理体制、国际化项目管理人才等方面均存在短板，没有现成的案例可以直接应用。彭赐明就一步一步地从头做起，与技术部门商讨勘探开发生产全流程国际化管理体系的技术细节，与风控部门研究关键业务环节的把控措施，与企管部门梳理现行各项规章制度的时效性。此外，还针对国勘公司非作业者项目多的特点，牵头澳大利亚、埃及、喀麦隆等非作业者项目实施策略管理的试点工作，将壳牌石油公司的管理经验融入国勘公司海外项目的发展中去，逐步理顺了总部部门、海外项目、支持单位的管理界面和有效衔接，初步建立了一套实用且适用的国际化管理体系。

2019年，公司为了加快人才队伍建设步伐，开展了“双导师带徒”工作，彭赐明作为具有技术、商务及人力资源多重工作背景的第一批外籍专家被列入导师备选库，与具备专业技术教育背景和海外项目工作经历的80后小伙蒲云超结成师徒“对子”。按照国际石油公司人才培养惯例，彭赐明虽然草拟了一份极其全面且专业的经营管理人才培养计划表，但是也让这位“洋导师”犯了难，这份培养计划的覆盖范围虽然是全面，但因时间有限，无法保证每一项的精细化传授，而且小徒弟对其中部分内容并不“感冒”。经过几番沟通与交流，师徒二人最终达成了“以策略为重、以规划为主、复习计划管理、加深经济评价”的培养意向并重新拟定培养计划。

正是在彭赐明的指导与帮助下，由计划部牵头、多部门配合下，深入剖析各项目储、产、效等历史数据及未来趋势，结合所在资源国外部环境与行业市场分析，首次完整性地提出了具有针对性的资产整体经营策略，为国勘公司各资产下一步经营管理提供了参考。

中国石化国际石油勘探开发有限公司

新格拉纳达的太阳——“我们的索尔”

说起国勘哥伦比亚新格拉纳达项目公司的支持部经理索尔·卡斯特罗，公司中外员工都喜欢在她名字前面加个定语，亲切地说成“我们的索尔”，就如同说起下午咖啡时刻那一抹暖融融的阳光，而“索尔”这个西语单词本身就是指“太阳、阳光”。

索尔·卡斯特罗于2018年4月加入项目公司，主要负责人力资源、综合行政管理等业务。她给我的第一印象就是，专业的人力资源经理，待人热情友善，同时又是三个孩子的母亲，性格上温和细腻。

和多数新到岗的经理一样，索尔加入项目公司后的第一件事，就是尽快熟悉油气开发生产业务，与各部门员工沟通交流、听取大家的想法，了解公司人力资源管理现状，并充分运用她二十多年的人力资源管理经验，结合公司管理目标，制订项目公司人力资源管理改善提升的计划和方案，获得批准后即稳妥推进。没过多久，索尔优秀的人力资源管理能力和水平就被中外团队所认可，从而开启了她在新格拉纳达项目公司职业发展的新篇章。

当然，这些远不是故事的全部。在我看来，故事的真正开端始于2018年的万圣节。

2018年10月底，刚刚结束为期两个半月培训的我回到了项目公司。一进办公室我就彻底懵了，整个办公区域焕然一新，布置得像童话世界一样。还没来得及弄明白是怎么回事，支持部经理索尔就跑过来给了我一个大大的拥抱，热情欢迎我的归队，让我倍感家的温暖。原来，在她的精心组织和安排下，项目团队挑选了5个孩子所喜欢的电影主题，充分利用树叶、垃圾袋、剪纸、气球等随手可得的低成本物品，在办公室不同区域进行装饰和展示电影主题：梦幻般的爱丽丝梦游仙境、可可寻梦环游记的亡灵世界、小黄人大眼萌、充满童趣的玩具总动员、超级英雄超人。

万圣节当天下午，员工的孩子们都来到了办公室，齐声唱着万圣节捣蛋的歌要糖吃。项目公司中外员工们则化妆成电影主题里的各个角色，为孩子们表演了5场精彩纷呈的节目。负责此次活动的索尔告诉我，万圣节是当地非常重要的节日，我们所做的这一切都是为了我们的员工以及孩子们，希望通过这样的活动来增强中外员工的创造力与活力，提升员工对项目公司的认同感和归属感。索尔就像关爱自己的孩子一样，关爱着项目公司整个团队的中外员工。

2019年上半年，新格拉纳达项目公司启动了机构精简与岗位合并的调整，该项决策具体执行与落实的责任自然就落到了索尔的肩上。尽管员工辞退为人力资源管理的常规职责之一，但在注重劳工保护的南美地区，辞退工作稍有不慎，就会引起一系列劳工纠纷。由于此次调整幅度较大，还没正式启动，波哥大办公室与油田现场就已经充满了各种嘈杂与焦虑。毕竟，对于多数当地员工来讲，这是他们家庭中的主要甚至唯一收入来源，而他们更是从情感上深深融入了新格拉纳达团队。

面对这样的情形，索尔打破常规思路，在波哥大办公室、同时电话连线所有油田现场，召开说明会议，开诚布公地为大家说明公司所面临的形势以及当前的使命，让大家提前做好思想准备，平和接受公司的管理调整。在本次管理调整中，索尔始终以中国石化以及新格拉纳达公司为大局，通过动之以情、晓之以理的方式，极大安抚了团队的情绪，赢得了大家的高度认同与支持，最终顺利完成任务而无一例劳工纠纷。对于被辞退的员工，索尔还组织了心理辅导，让他们能够坦诚面对家人的疑惑，积极调整和适应人生中的重大变化。而对于保留下来的团队，索尔通过组织一些人文关怀与激励计划，反而极大提升了团队的战斗力与凝聚力。

正是由于索尔的出色表现，8月底，项目公司选派她参加了国勘公司举办的优秀外籍员工培训班，以进一步鼓励她为中国石化海外油气事业发展而努力。在培训课程的访谈活动中，她激动地说，尽管我们的生活和工作风格各异，但能够一起在中国石化工作真的是一件非常开心的事情，因为我们一直在一起学习和进步。我也正在学习成为一个更好的职业经理、成为更好的人。我以前从没有想过我能够有机会来北京参加培训研讨会，回到哥伦比亚项目后，我将向全体员工推广在北京学到的知识，并努力帮助我们的中国石化大家庭实现“一个团队、一个目标”。

中国石化国际石油勘探开发有限公司哥伦比亚公司

不让问题过夜的Mohammed

Mohammed Salman Al Shaib是沙特胜利钻井项目SP-165井队一名沙籍员工，2014年5月加入中国石化钻井队，任实习副司钻。2014—2017年期间，他多次参加了培训中心举办的各类沙籍雇员钻井技术培训，刚参加培训时只认识少量钻井专业英语词汇，不能流利地阅读，更难理解井控知识。但是，一方面培训中心做了大量基础工作，老师不断督促学员坚持每天早上安排1小时做钻井英语词汇拼写与阅读，课堂上一个单词、一个单词地重复训练，一遍遍地解释井控技术知识点与试题；Mohammed也非常努力，上课认真听讲、不懂就问，积极与老师、学员讨论，晚自习认真复习，周末离开时他一定会带资料回家学习，经过老师的帮助和个人不懈努力，他进步很快！

记得有一次，晚自习练习井控模拟器结束时，已经10点多，带班老师王建业到学员宿舍例行检查，看到他正趴在床上看资料，就问他“Mohammed，这么晚了，怎么还不睡觉？”，他说“今天上课时，讲的Fracture Pressure（井控知识）没弄清楚，我再看看”。老师看到沙籍雇员能有这种学习拼劲很感动，坐下来用半个多小时的时间进行解释，直到他弄明白为止。这就是Mohammed，一名普普通通的沙籍雇员，他不是最聪明的那一个，但他一定是最努力的那一个，他的勤奋好学感染了同期学员，树立了好的榜样，在培训中心也形成了良好的学习氛围。

经过师生历时近3个月的共同努力学习与交流，他顺利通过IADC Driller级井控考试并取得了IADC证书。培训结束时，他非常热情地握着老师的手，感谢老师在培训期间不厌其烦地认真解答。通过培训自己收获很大，了解了很多在钻井现场模糊不清的知识，并如愿考取了证书。

他在现场勤奋好学、踏实苦干，也带动了身边的很多沙籍雇员，能很好地完成领导同事交办的任务，井队领导对他的工作也十分肯定。2016年，他被评为胜利钻井项目优秀员工，并被选派到中国学习考察；2018年9月，经向上级申请并得到批准，他成为了沙特胜利钻井项目的第一个沙籍司钻。

Mohammed对中国石化企业文化非常认可，他说：中国人对沙籍雇员非常友好，井队领导非常重视我们的教育与培养，在现场安排中方员工指导沙籍雇员工作，经常安排我们参加一系列HSE会议、钻井技术和井控培训等，提供了比较好的提升机会，我很多朋友都从原来的基础工作岗位上升到高岗位，收入提高了不少。Sinopec就像一个大家庭，钻井现场工作虽然很辛苦，但每天都很快乐。我愿意在中国石化这个大家庭幸福工作一辈子！

中国石化国际石油工程有限公司沙特分公司

勤奋好学的『小默』师傅

提起科威特公司SINOPEC-20队的印度籍雇员“小默”，大家都交口称赞，纷纷夸他好样的，夸他不仅干活踏踏实实，而且夸他特别爱学习，善琢磨，他在雇员中已成为一个“师傅”样的标杆。

“小默”本名叫默哈穆德（MOHAMMAD），由于他很年轻，平时大家都喜欢叫他“小默”。每当别人叫起他的中文名字，他总是高兴地乐呵呵的。小默来20队工作已经一年多了，由于勤奋好学，他很快就从场地工晋升为钻工，还经常帮助身边的雇员一起进步，与工友分享他的工作经验、操作技巧。他讲的内容条理清晰，通俗易懂，其他雇员亲切地称他为“默师傅”。

升为钻工后，小默了解到钻台的风险级别高，需要更加注重安全操作，因此他更加注重学习，跟着中方师傅学，向书本学。队上安全官何港曾主动送给他一本培训材料《工作安全分析》，他如获至宝，下班后经常拿在手里翻个不停。每天交接班会，队上都会给外籍雇员单独讲解本班工况涉及的安全风险，小默不仅仔细听讲，有不明白的更会主动提问，还额外要求复印一份分享学习的安全简报，留给其他外籍雇员翻阅。井队与第三方联合作业开安全会时，他会主动将第三方的安全要求和注意事项翻译给其他雇员，小默不仅自己努力进步，还通过自己的经验带动着身边的雇员一起把活干好，不断提升安全操作技能。

有一次，井队与第三方公司合作下镀铬油管，因为油管刚下时自重不足，易发生下滑现象，需要使用第三方提供的安全卡瓦。现场缺少配套工具，小默一边先用手上紧安全卡瓦螺杆，一边对另一名外籍钻工说："阿里，快去拿38号的活动扳手。"过了几分钟，盯在现场的美籍监督贾里德还不见阿里回来，正准备叮嘱副司钻去查看。这时，阿里拿着扳手从偏房出来了，一根工具尾绳牢牢地连接在他的手腕和扳手之间。看到阿里拿回来工具，还采取了防工具落井措施，贾里德十分高兴！"阿里，为你的安全意识鼓掌，我为你感到骄傲。"贾里德称赞他说。阿里一边紧固着螺杆，一边笑着对监督说："谢谢您的称赞，贾里德先生。这要感谢我们的小默师傅，正是他平时热心地传授和耐心地讲解，我才会将安全措施与工序紧密的结合到一起。"

在第二天的早会上，监督贾里德着重对阿里和默罕默德进行了点名表扬。他说："在SINOPEC-20队，我们的外籍雇员都有如此高的安全意识，这说明安全意识已经渗入到我们井队的毛细血管里了。我为你们而感到骄傲，伙计们！"

平台经理孟令举带头鼓掌说："井队要实现安全生产，需要更多像默罕默德这样的雇员。我们要继续狠抓基础安全工作，将安全工作做得更细更实，努力实现安全高效生产，为公司的健康发展做出新贡献！"

中国石化国际石油工程有限公司科威特分公司

『哪里都有他』

“大家好！刚才各楼层安全协调员清点了人数，祝贺所有人员都安全到达指定区域，很高兴没有人员伤亡。大家都很好地按预定路线进行了疏散撤离，但需要强调的是今年我们撤离到安全区域的时间是7分钟，比去年相比多了近2分钟。时间就是生命，在保障安全、有序撤离的前提下，我们要求从办公楼8~12层下楼到1层，再撤离到安全区域，只有5分钟时间，说明我们部分员工存在懈怠。一旦发生地震、火灾，需要大家按照撤离预案快速反应，为生命负责，为家庭负责……”随着铿锵有力的声音，映入我们眼帘的是一位皮肤黝黑、身材硬朗、严肃认真的中年汉子形象，他就是国工厄瓜多尔子公司的HSSE部外籍经理Richard Pila。

Richard今年45岁，自参加工作一直在石油行业工作，已经有19年的丰富工作经验，其中有12年是在中国石化工作。“我是和中国石化一起成长的，中国石化对我来说意味着太多”，这是Richard Pila经常提及的一句话。2007年对他来说是生命中非常重要的一年，用他的话说：“这一年我的女儿出生，为我的生命增添了宝贵的色彩；同一时间，我有幸来到中国石化工作，为我的事业开启了新的篇章。12年来，中国石化给我提供了成长的平台，使我收获了专业的技能知识、丰富的实践经验、职位的晋升和稳定的收入，为我的家庭和事业带来了保障。”由于在中国石化工作的原因，他的爱人和女儿对中国的文化非常感兴趣，也为他在中国石化这样的大公司工作感到自豪。他认为这是一种奇妙的缘分，他由衷地感到幸福。

厄瓜多尔位于南美西北部，横跨赤道，有“赤道国”的美誉。厄瓜多尔多火山、地震，每年都发生洪涝灾害和泥石流，造成交通、道路、油区施工等困难。厄瓜多尔土地私有化，且油区多为当地印第安人聚集区，油田与地方利益之间容易发生冲突，如处理不恰当，会导致社区关系紧张，可能导致当地居民围攻作业现场，堵截入场道路，向油区业主和施工项目提出利益要求等。厄首都基多位于中部高原，人员容易产生慢性高原疾病；东部亚马逊雨林地区潮湿溽热，有疟疾、黄热、登革热、甲肝、寨卡、美洲锥虫病等传染病风险。同南美大多国家一样，厄瓜多尔社会治安状况较差，盗抢事件多发。厄瓜多尔北部与哥伦比亚边境地区常有反政府游击队活动，绑架事件、小规模冲突时有发生。厄瓜多尔整体医疗水平一般，除基多和瓜亚基尔等大城市公共医疗条件相对较好，绝大部分地区医疗水平落后。上述种种客观情况，都为厄瓜多尔子公司的HSSE工作开展带来很大的挑战。

我们的业主和客户对生产安全和环保要求非常严格，公司内部也制定有严格的HSSE责任目标。Richard深知肩上的责任重大，与公司领导、HSSE及相关部门、油田项目中外员工一起，按照法律法规、业主HSE规定、中国石化HSSE制度等要求，开展风险识别、制定隐患整改措施、监督并组织整改落实，制定和完善了公司HSSE管理体系，加强风险管理机制、落实分级管控，实现了HSSE系统化、体系化管理，为“人员零伤害、环境零损害、财产零损失”目标的实现提供了保障。尤其近几年来，公司业务升级转型，我们开展I-L-Y油田综合服务和Tiputini钻完井总包项目，HSSE管理工作任务更加艰巨。Richard硬是凭着“认真负责、勤勉坚毅”的精神，顶住压力，尽职尽责，出色地完成各项工作任务，在当地树立起中国石化绿色、环保、安全、健康的良好形象。

我们经常笑称“哪里都有他”，是的，“哪里都有他”：员工安全培训有他、预案演练有他、现场检查有他、督促隐患整改有他、与业主开会有他、处理社区关系有他、援救生病员工有他、公司团建活动有他，正是有他在我们的身边，我们才能更感受到踏实、安全。“付出总有回报”，厄子公司在HSSE方面的业绩获得上级和业主的认可。近年来，厄子公司先后荣获石油工程公司2016年境外公共安全和HSE先进集体、集团公司2018年度境外公共安全先进集体；SP908队获REPSOL公司十年无损失工时事故表彰、SP219队获PAM公司TIPUTINI项目2年无损失工时事故、SP156队获斯伦贝谢公司SHAYA项目2018年二季度全球优秀表彰、SP119队获斯伦贝谢公司SHAYA项目1000天无损失工时事故表彰……这其中离不开Richard的辛勤努力，提起上述荣誉，Richard发自内心露出灿烂的微笑，可以感受到这是他最幸福的时刻。

Richard除与业主保持良好的关系外，与中方人员也保持非常好的关系。他说:“我非常佩服你们中方人员在海外十年如一日的工作精神，也感受到公司文化中守时、守信、尊重、共赢的优秀品质。十年来，我亲眼看到很多中国员工从现场工地基层员工晋升到平台经理，再到项目经理，一步一个脚印我与他们保持了深厚的友谊。”也许正是这种友谊和对公司的感情，他非常乐意和中国员工一起参加新年等中国传统节日的庆祝，参与各种中厄文化交流，对中国文化充满了热情。

“人才国际化、用工当地化”一直是厄瓜多尔子公司遵循的人力资源管理模式，让员工“与中国石化一起成长”是我们的人才培养方向。我们在海外工程事业的发展离不开当地优秀人才的支撑，公司也要为优秀人才提供良好的成长平台，帮助他们实现个人价值。我们相信Richard只是中国石化海外项目众多优秀人才的“缩影”，在他们的努力工作下，中国石化海外事业一定能够在各个国家生根发芽，茁壮成长。

中国石化国际石油工程有限公司厄瓜多尔子公司

记忆超凡的『沙漠玫瑰』

“真让你说对了，我回去果然找到了免税证明。你的记忆力怎么这么好？”在地球物理公司国际业务发展中心阿尔及利亚项目部，当地一家经营车辆和推土机配件的公司员工走进财务办公室，对阿尔及利亚籍员工娜瓦丽大声说道。他递上拎着的两盒巧克力：“打赌我输了，这是给你的礼物。”

娜瓦丽抬起头，眉宇间透出灵气。她笑着解释：“我知道你们公司递交发票的规律，每月两张。我上次办理免税的时候办了12张，到目前为止还没有收到新的发票，所以很肯定。”

原来，此前这家公司前来索要2016年某张发票的免税证明，娜瓦丽看到该公司提供的发票号后肯定地说，这份免税证明已经给过了。当地公司怎么也不相信，还开玩笑地打赌：“如果你真的给过我了，下次我给你带巧克力。”

娜瓦丽很快找到那份免税证明，果然上面有当地公司的签收。对方心悦诚服，对她超凡的记忆力佩服不已。

不过在两年前刚入职时，娜瓦丽的记忆力可没有这么好。当时刚从提济乌祖市的穆卢德·马迈里大学工业电子专业研究生毕业的娜瓦丽，听说SINOPEC在招聘财务人员就前来面试。此前，她只在哈西·迈斯欧德一家机械修理公司有过两个月的实习经验。好在她精通阿拉伯语、法语、英语和柏柏尔语，这让她顺利通过面试，成为了SINOPEC的一员。

财务业务烦琐细致，需要很强的脑力和耐力。为了让娜瓦丽尽快熟悉并快速处理财务业务，财务部门的中方同事王海卿时常通过卡片游戏的方式，对她进行记忆力训练。王海卿抽空就拿出卡片让娜瓦丽进行集中识别，让她感觉既惊奇又佩服。

一段时间下来，娜瓦丽只要看到200多张卡片正面的公司名称，就能说出卡片背面的公司人员姓名、手机号和邮箱。“我现在感觉记忆力比以前强多了！”娜瓦丽非常开心。

如今，只要对方走进办公室，娜瓦丽就知道这个人来自哪家公司、需要办理什么业务。无论是前来办理付款或免税，还是核对考勤或递交发票，娜瓦丽都会在很短的时间及时快速处理，让对方满意而归。

中方同事对她的好记性也赞不绝口：“学东西比较快，一点就通，记忆很有持久性。”平时，中方同事郭广月帮助娜瓦丽总结业务规律，规范发票的登记和管理，没过多久，娜瓦丽处理免税、外账等财务业务就已经游刃有余。

在和中方同事共事的过程中，娜瓦丽逐渐从一个新手养成了良好的职业习惯，处理事务信心十足、准确全面，从不丢三落四或添枝加叶。

当地个别公司业务人员时间观念不强，递交发票不及时，为了避免免税证明的漏办和错办，娜瓦丽定期以邮件和电话的方式和他们沟通，反复督促和核对。由于娜瓦丽的长期坚持，当地公司业务人员也养成了按时处理业务的好习惯，配合她更好地做好税务工作。

可记性好的娜瓦丽也有被难住的时候——学起汉语，她像打了鸡血一样充满热情：“汉语有四种声调，二声和四声是我的难点，尤其是二声特别容易混淆。我不明白为什么不同的字都是一个发音，一个音好多字……还有，我总是纠结于一个苹果、一位老师、一张桌子、一台电脑……这么多量词，真难学！”中方同事教她写常用的汉字，娜瓦丽像个虚心的小学生。

“每个汉字对我来说就像一幅画，书写起来像写诗一样。”娜瓦丽读了一段自己在汉字本上写的汉字后说道。

因为认真细致和善于沟通，如今，娜瓦丽的工作职责增加了新的内容：负责协助哈西·迈斯欧德基地的对外协调工作。“我希望能在工作方面有更多突破，学好汉语后，去中国工作和旅游。”娜瓦丽喝着清香的茉莉花茶，安静的眼神中透出期待，如同一朵盛开的撒哈拉沙漠玫瑰。

中石化石油工程地球物理有限公司国际业务发展中心

玛瑞安的“三上三下”

“Good morning，Rig manager，早商（上）高（好）”SP110队平台经理欧林华早上刚进办公室，就听到了这声不算正宗的问好——玛瑞安，能这么早到办公室又说汉语走音的就只有他了。

玛瑞安是一名沙特人，他是中石化胜利石油工程公司沙特钻井项目管理部SP110队的一名安全小助手。说起玛瑞安，他在SP110队可有一段三上三下的曲折故事了。

2015年初SP110队进入沙特东部的阿布阿里岛区块，更换了新的门岗公司，玛瑞安就是该公司派到队上的一名门岗。刚来的时候，他的表现不算突出：时刻穿着一身干净的门卫服，正常上下班，不迟到也不早退，登记和检查也中规中矩，和我们交流也不多，我们对他的唯一认知就是这是个每天准点打卯的人。

没过多久，公司就更换门卫为公司自雇员工，玛瑞安离开了SP110队。隔了半年他主动联系井队，表示想回来工作。按以往经历来说，沙特人中主动要求工作的，还是比较少见，所以队上决定给他一次机会，不过，门卫是不可能了，只能是场地工。他同意了。

作为一名场地工，玛瑞安是个新手。什么都不会，需要接受培训，别人带着一点一点地干。但是玛瑞安有一股子劲，他愿意学，愿意干，不怕苦。按照他的话说，“既然井队给了我这个机会，我就一定要努力干好”。

为了证明自己，玛瑞安自己私下学习英语，从一个字母都不会，到能简单和我们沟通，他花了大半年的时间；积极和场地工长学习，对井上工具进行分类认知等。在这段时间里，我们见证了他的努力。他从一个钻井“小白”，成长为一个熟手。

一年后，我们破格提拔他为钻工。玛瑞安很高兴，那段时间，每天一见面，他的第一句话就是谢谢，而且还是说的汉语。

可是由于玛瑞安身体瘦弱，在钻台上干不了重活，因此无法成为一个合格的钻工。他努力想干好，却总是事与愿违，心里的焦急越来越明显突出。有一天，他自己来到办公室，主动申请降为场地工。看着他情绪低落的样子，我们也很难过。经过队部分析讨论，根据玛瑞安的工作能力和特点，我们将玛瑞安调整为“安全官助手”。让他每天跟着安全官，对井上的一些安全设施进行保养维护，跟着安全官进行安全整改等。

安全官带着玛瑞安干了一段时间后，他就已经能够独立干活了。灭火器的检查、各个地方的安全标语、药品区的牌子、每个季度的安全色、安全材料的整理等，他都按时检查整理。每天按照巡回检查标准，将各个地方检查一遍，同时做好常规的保养维护，让人挑不出一点毛病。

自从到了这个岗位后，玛瑞安像变了一个人，用他的话说，“井队就是我的家，这是我生活的地方，我要让他变得更好”。每天早上不到6点，他就已经出现在办公室，晚上8点以后，还能看到他在材料房中整理材料。平时，他还会和我们用简单的汉语打招呼，不过有点走腔。他的表现，让中方员工，甚至沙籍员工都竖起了大拇指，大家都称赞他说“Good job!”

中石化胜利石油工程有限公司沙特项目管理部

新工作 新人生

SP212队是中石化胜利石油工程公司科威特项目管理部在2019年新启动的钻井队伍。除了崭新的设备摆在中国员工面前，还有一群陌生的外籍员工。目前，一共有14名外籍员工与中国员工一起奋战在科威特的炎炎烈日下，Nur就是其中一员。

Nur，1978年出生，孟加拉人，是第一个到SP212队报到的外籍员工。在来井队工作之前在家务农，也在家附近打零工，因为父母年老多病，且由于是穆斯林信徒，家里孩子很多，因此生活日益困难，不得不选择出国务工，在朋友的介绍下，到中石化应聘成功后来到了井队。“在科威特有众多的钻井承包商，你为什么来中石化工作，而没有选择其他钻井公司呢？”入职教育时安全官问道。“因为我喜欢中国，我想和中国人一起工作，和中国人一起工作我才会有更大的进步，我才有希望成长成一名泥浆工程师。”Nur回答道。

作为钻井行业的一名新兵，Nur决心把固控师Zhou当作自己工作的榜样和奋斗的目标，把钻井队当作自己学习进步和成长的学校，努力做到能吃苦，敢于向困难挑战。由于以前没有在钻井队干过，初到钻井队工作，Nur很不适应繁重的体力劳动，几个班下来，累得浑身酸疼，工服到处是泥浆，理想和现实的差距在他心目中越来越大。就在他彷徨的时候，固控师Zhou对他说："我曾经读过一篇文章，大概的意思是说，我们的思想有多远，我们的脚步才能走出多远。心在哪里，努力就在哪里；努力在哪里，收获就在哪里。我们思考了，努力了，付出了，才可能有收获，才可能有我们所想要的一切。只要你想学，现在并不晚，而且还有我，还有整个井队，我们都会帮助你，关键要看你自己。"在Zhou的鼓励下，Nur逐渐适应了井队的工作与生活。

为保证在最短的时间内成长为一名技术过硬的泥浆工，在固控师Zhou的带领下，Nur勤学苦问，脏活累活抢着干。不论是加药品配泥浆，还是清罐搞卫生；不论是设备保养，还是现场标准化建设，Nur总是认真地学、反复地练。在上班两个月后，他已经基本熟悉循环罐的基本流程，能够接受固控师指令，熟练倒换闸门了。

"这次回家给家人带点什么礼物呢？"在第一次休班前，安全官问道。"我要告诉我的家人，我在中国井队很好，我在这里开启了我全新的人生。"Nur一脸幸福地回答。

中石化胜利石油工程有限公司科威特项目管理部

沙沙的骄傲

“如果可以，我会选择一直在中国企业工作，感谢SINOPEC帮我学到本领。靠自己的能力养活全家人，我很自豪。现在最大的心愿是大儿子能考上大学，学到技能，将来也到中国公司找份工作。”

谈起孩子，沙沙打开了话匣子。“我家里有四个孩子。大儿子正在读高中，明年就要考大学了。”不管井上工作多忙，多累，每次看到沙沙时，他都是笑容满面，活力十足。什么脏活累活，他永远都冲在最前面，他常挂在嘴边的两句并不流利的话就是“I am strong！”和“Yes，I know！”。

沙沙是中石化胜利石油工程公司乌克兰钻井项目井队的普普通通的一名外钳工。今年41岁，中等身材，黝黑的脸庞上常常挂着爽朗的笑容。他出生在乌克兰哈尔科夫州，是项目于2019年1月招入的当地劳工，之前四处打零工，没有钻井队工作经验。

来到队上后，他先从场地工开始干起，工资是每月8000格里（乌克兰当地货币），一段时间的工作中，他的机敏、勤恳、热情给人留下了深刻的印象。3个月后，他就成功晋升为钻工，岗位的晋升对乌克兰当地从事石油工作的工人来说，不仅是身份的象征，更重要的是工资直接涨到1万格里，高于当地平均工资水平一大截。这么短的时间从一个只干场地零活的场地工，一跃晋升为要直接参与到钻井施工的每一个重要环节并需要掌握液压大钳、B型大钳等基本井口工具的使用，这些都是对精力和体力的双重考验，诸多难题接踵而至。但沙沙不服输，他要学习中国同事那种攻坚啃硬、善始善终、一追到底的工作韧劲。每次遇到全新的施工环节和起下钻配钻具等工况，他都见缝插针虚心请教中国工人，连续一个多月，他就已经能掌握液压大钳、B型大钳等基本井口工具的常规操作和保养，同时还能在连续施工环节中与中方工人保持节奏、步调一致，从容应对，这些都与他坚持不懈的努力和付出是分不开的。

沙沙说："自从来到这里，专业知识与现场操作水平有了明显进步，'吃饭的饭碗'更结实了，心里更踏实了。"他模仿中国同事用上了地道汉语修辞，引来大家一阵掌声。那时候，大家已经亲切地称他为"老沙"了。

去年中国农历除夕，队上邀请当地员工一起参加聚餐。"能参加这个活动特别好，一是让我们感受到了中国传统文化的魅力；二是队上在节日也想着我们，让我们觉得和中国朋友并肩工作，我们是一家人。"沙沙说。与中国同事一起工作日子里，沙沙深深感受到了中国同事与人为善、乐善好施的那份热情，他自己也在日常生活中悄悄行动起来，经常帮助中国同事做些力所能及的事情。

在中石化钻井队工作几年后，乌克兰员工不仅专业技术得到了提高，还形成了很好的职业素养，严格执行现场安全规章制度。

这次中石化井队在乌克兰的钻井项目为当地提供了不少就业岗位，除了有男士从事的钻井工、门卫、司机等岗位，还有女士从事的后勤保障人员：厨师、帮厨、清洁工、医生等岗位，且严格按照当地的劳动法执行劳动制度。他们外出工作，既增加了工作经验，也能改善家庭的经济状况。他们打心里感谢中国企业。

"中国企业真是帮我们干了件大好事，能在中国钻井队工作，我骄傲！"沙沙发自内心地说。

中石化胜利石油工程有限公司乌克兰项目管理部

敢啃硬骨头的EMAD

EMAD，1971年出生，埃及人，毕业于Alexandra University经济管理专业，2009年1月起在中石化胜利石油工程公司埃及项目SBDC项目部工作，现任埃及项目财务经理，目前已经在项目工作了十年多。

“一带一路”上的埃及是非洲人口最多的国家，也是一个经济快速增长的发展中国家。近年来，在这片热土上，中国公司越来越多，不断创造着日新月异的奇迹：恢宏壮丽的开罗新首都、让人炫目的发电厂、大漠深处的钻井队……所有这一切，无不渗透着我们的智慧和汗水，包含我们的爱和青春，其中也包括EMAD——一个热情、坚毅、乐观的埃及人。

2009年刚来到公司和中国同事的语言沟通以及工作涉及的专业技术词汇先给了他一个“下马威”，项目的中国同事中，会说阿拉伯语的寥寥无几，好在EMAD在大学里学习过一些英语，除了在工作中注意积累钻井专业技术词汇，他工作之余又把学校里学的英语捡起来，也留意学习一些简单的汉语，决心啃下这块沟通的“硬骨头”。功夫不负有心人，对语言交流来说，环境是最好的学堂，很快，EMAD便能与中国同事无障碍沟通，并成了中国员工和当地人沟通的一座“桥梁”。

EMAD在工作中努力、勤奋，能合理安排工作，确保准时完成，不但帮助项目解决和处理不同的状况，而且竭尽所能捍卫公司利益。他对项目经理说：“我忠诚于公司，因为这是我踏入职场的第一家公司，而且是一家中国公司，我希望能够参与到公司未来更为成功的事业中。”

2018年年底，EMAD当选为埃及项目优秀外籍员工，拿到荣誉证书，EMAD非常开心，他对中国同事们说：“我还要继续在中国公司工作下去，我已经喜欢上了它，如果有机会，我还想去中国工作。感谢可爱的中国，给了我成长的一切。”

中石化胜利石油工程有限公司埃及项目管理部

福娃井队学习记

"Stop，stop！"沙特实习安全官Fuad（大家都亲切地称他为"福娃"）制止了钻台的安装下套管长吊环的作业，"Hold safety meeting first，"大家都一愣神，不知道发生了什么。Fuad讲解了作业过程中的不安全行为或者状态，他讲到每一项工作都要认真按照阿美要求来，即使耽误一点时间也不要紧，要始终把安全放在首位，并对不安全行为人进行批评教育。

记得三年前福娃第一次上钻台操作液气大钳，由于他刚操作液气大钳，还没看合上夹紧气缸就开始准备卸扣，钳子开始变歪。"Stop！"司钻立马制止了其不安全行为，并告诉他作业前不要慌张，将液压钳合上夹紧气缸后，再进行卸扣作业，否则上钳将扭矩全部传递至钳尾，严重时会将扶正绳或者钳尾其他部分扭断，非常危险。好，福娃认真地点了一下头。从那时起，福娃虚心学习操作程序和作业流程，揣摩每一个操作步骤。

在师傅杨超的带领下，福娃进步飞快。仅用两年时间就由场地工升至钻工再到井架工，无论二层台起下钻还是修泵他都能应付自如。尤其在听泵方面判断准确率高，他根据刺漏的声音加中心拉杆的位置立马判断上水缸还是排水缸凡尔体刺漏，通过摸缸套的磨痕以及转动活塞杆和冷却水是否浑浊判断缸套活塞磨损情况。理论知识也同步学习，他能通过钻具内容积、环空容积以及泵排量计算循环泥浆一周所用时间，和通过井深钻具尺寸和现有泥浆比重计算压钻杆所需重浆量。井控取证时福娃以96分通过监督级别的IADC，一位一同学习的美国井队经理说对他说带他去美国井队工作，他说不行，我的家是Sino，我所有的知识都是Sino师傅培养的。

由于福娃在大学土木工程系学习三年，所以他的英语在雇员中是首屈一指的。安全官陈小兵看在眼里，趁着公司培养沙籍安全官的机会，给他报上了名。通过安全官陈小兵的谆谆教诲，他从基本的佩戴呼吸器开始学习，一天内掌握呼吸器的检查和佩戴要点。一旦有新雇员到队，福娃都手把手地教雇员佩戴呼吸器、背带的整理、工作压力的检查、面罩的密封性实验以及旁通阀的功能和限时佩戴呼吸等。经过福娃的严格训练后，雇员基本能在30秒内佩戴好呼吸器，比规定的45秒还要短一些。

几乎在井队最忙的完井搬家时间他都在井上，安全官陈小兵教福娃拆装过一次硫化氢电缆和呼吸器管线后，他拿着小本做了笔记。第二次他就能单独拆装电缆和管线了。每次他工作都在一个月以上。他说，一来通过搬家可以学习知识和技能，二来他想多挣点钱。我随口问了一句，你还缺钱？他说除了自己开销，还要拿出一半来给父母，父母年龄大退休了，需要我的反哺。多么孝顺的雇员！

福娃需要懂的东西还很多，他正在进步中，福娃的工作精神是值得大家学习的。

中石化中原石油工程有限公司沙特分公司

“莽撞小伙”成才记

“在下油管作业中，油管对扣后，拉油管钳时要注意，手一定要拉着钳子活门外侧的安全绳，防止手被油管钳活门挤伤。”9月16日，在中原石油工程公司塔里木分公司SP-288钻井队的班前会上，埃及籍钻工伊斯兰姆正在向班组作下油管的JSA分析。这个英语表达流利、工作条理清晰的埃及雇员的成长进步速度，出乎了所有人的意料。

初出茅庐的鲁莽小伙

2016年年初的一天，一位22岁的埃及青年第一次走出国门，应聘来到了中石化中原石油工程公司塔里木分公司科威特项目SP-288钻井队。在向平台经理报到时，大热天里戴着鸭舌帽，急于想蹦出几个蹩脚的英语单词加上手舞足蹈的比划，使这个年轻人显得愣头愣脑。没过几天，营地经理向平台经理反映，新来的雇员伊斯兰姆在跟外籍营房管家要肥皂未果之后，公共卫生间的肥皂总是不翼而飞；西餐厅的桌子上老是剩下一个餐盒不收，盒子上赫然写着伊斯兰姆的名字；他的房间内乱七八糟，被上级部门检查时点名批评。司钻也向平台经理反映，新来的伊斯兰姆老是干着活时不跟班组沟通就跑去做祷告。“典型的小年轻，莽莽撞撞，日后要出大问题！”“来了不到一个星期，闯了好几回祸了，把这个雇员换掉吧。”好几个人跟平台经理建议。

成长改变中的进步小伙

平台经理在仔细分析了伊斯兰姆的种种表现和做法后，觉得这个小伙子还没有那么差。上班时，他见到平台经理总是挥手点头、害羞地微笑，见到班组人员总会亲热地问一句“你好吗？”，其他员工对他的种种不满，可能是他作为一名年轻人初来乍到表现出的生涩和语言交流障碍造成的。相信他在这个团队，这些问题会慢慢改变。于是，平台经理将他专门调至一名老雇员Taha所在的班里，并安排Taha和中方场地工长两人做他的师傅。每个星期平台经理都会亲自询问他生活和工作上的情况，从两个师傅那里了解他的种种表现。接近一个月的时间，他刚来队时的种种“莽撞”和坏习惯开始分崩瓦解，饭桌上的饭盒总是在用餐之后自觉地放进垃圾桶里，祈祷之前总是提前向司钻打招呼，大家对他的牢骚好像越来越少——他开始适应这个队伍和现场生活了。

满满责任心的敬业小伙

有一次，一口井在二开快速钻进过程中，意外发生严重井漏，如不及时补充泥浆，将会导致井控风险和井下故障，钻井监督和泥浆工程师非常着急，班组人员在泥浆罐区严阵以待，持续不停地配置新泥浆。此时，平台经理看了看手表，时间到了15：20，雇员马上又要祈祷了，这样配泥浆可能要耽误半个小时。正当平台经理着急地喊钻台值班人员下来配浆时，伊斯兰姆左手扶着泥浆药品袋子，右手拿着割刀，回过头对平台经理急切地说，“经理，现在井漏严重，今天我晚点去祈祷，真主阿拉会理解的”。平台经理一怔，在中东这边的穆斯林教徒，一天五次祈祷是很严肃的，哪怕是凌晨半夜的晨拜他们也会毫不含糊，迄今为止还没见过哪位穆斯林做出如此举动。平台经理对他报以赞许的目光，正准备离开时，发现伊斯兰姆到一旁磕了磕靴子，里面有一股水流了出来。原来他一直在配浆，天气太热，汗水从脊背顺着裤子流到脚底，虽然穿了袜子，但仍然存了厚厚的一层水。加完药品，漏速得到控制，伊斯兰姆询问井架工获得许可后，才高兴地向祈祷室走去……

技能出众的优秀小伙

“搅拌器防腐应该这样做，先除锈，再薄薄地刷一层底漆，最后上一遍色，那样才会和喷的效果一样。”“伊木然，你先去吃饭吧，我不饿，你回来了之后替我，我再去吃。”越来越多的“中国师傅作风”开始在这个年轻外籍小伙子身上展现。三年来，伊斯兰姆的英语开始变得流利，在中方员工和第三方之间交流起来更加流畅；同时，操作技能得到快速提升，成为同批次入职外籍员工中的佼佼者，他从一名新学徒变成了小师傅，也开始有了自己的徒弟。外籍员工刚来队，常因语言交流不畅、环境比较恶劣、劳动强度较大，一时难以适应钻井队工作，“师带徒”一度成为新员工适应钻井现场高频率、高强度作业的顺利过渡，实现技能提升的好形式。在队上“师带徒”活动中技能提升较快的伊斯兰姆被选为师傅，因此他常在他的家人面前炫耀，“我当师傅了，我教会了他们液压大钳及井口作业操作。”

有着中国情结的自豪小伙

2018年，伊斯兰姆经过SP-288队推荐，成为中石化国际石油工程公司“年度最佳雇员”。在询问起他的感想时，他说：“我在世界知名的SINOPEC工作感到非常自豪。我也有自己的徒弟和中国朋友，我的工资越来越多，奖金也越来越高。我的妻子和孩子非常崇拜我。我也有一个中国梦，我想有一天去中国看看，我的朋友们告诉我中国很漂亮。”

SP-288钻井队自2015年5月进入科威特市场以来，在异国他乡培养了一个个有着中国情结的外籍雇员，他们正一步步成为SINOPEC钻井队伍的中坚力量。

中石化中原石油工程有限公司塔里木分公司

『超人』克里斯蒂娜

2016年12月，我受命来到西南石油工程公司湖南钻井分公司厄瓜多尔项目工作，公司能在这边有项目的主要原因是此地有着可观的石油产量。

没来之前我对这个国家有着很强的好感，“香蕉之国”“白虾产地”“奇花异草”“玫瑰之都”“热情朴素”种种标签都让我对这个南美之国充满向往和憧憬。初到宝地后我才发现这个国家与国内的生活简直是云泥之别——厄瓜多尔通用西班牙语，天主教盛行，初来乍到的我从生活上表现出了很多的不适应，语言上、习惯上也与这个国家的节奏格格不入，但是这种状态慢慢因为一些人发生了改变，其中的主要原因是我遇见了她，一个柔弱且坚强的女人——克里斯蒂娜。

克里斯蒂娜是我们项目上的一名外籍员工，她的职位是项目协调员。我和她的初次相遇是我刚来厄瓜多尔项目办公室上班的第二天，我还记得当时办公室外面正下着瓢泼大雨，我的心情也因为当时的天气和初到的不适应而有点低落，为了让我尽快的熟悉工作环境，跟我交接班的同事给我一一介绍了工作上有交集的中外籍员工。当他将我带到克里斯蒂娜面前时，我记得当时她给了我一个大大的拥抱，并用英文对我说“Welcome Ivy，no matter what difficulties you meet，you can always come to me for help”，就这样她用热情拉近了我俩之间的距离，让我放下了防备和疑虑，这是我们第一次美好接触。

慢慢在工作中的一来二往，我们成为了朋友，对她也有了一个大体的了解。克里斯蒂娜是一名三十岁的已婚妇女，她还是两个孩子的妈妈，虽然其中一个孩子不是自己亲生的，但她视为己出，无微不至地呵护着两个孩子。她总是给人一种乖巧可爱的印象，清澈的眼神中没有丝毫的心事和城府，直来直往，热情周到是她最吸引人的地方。事实也正是如此，当每次知道有同事因工作调动离开时，她就会伤心的像一只受伤的小绵羊，那么惹人怜爱和心疼。刚接触时她的乖乖女形象深入人心，但接下来经历的事情却让我对她的印象大为改观，原来评价一个人真的不能只是光看外表。

有一次我病倒了，需要去医院做一系列检查。项目部没有合适的同事陪同一起，克里斯蒂娜知道情况后，她放下手头的工作，让同事开车将我送到了医院，并陪我看医生、检查身体。由于检查项目时间等待时间比较久，而我因为生病了浑身虚弱无力，加上身在异国他乡也没有亲人的陪伴，内心的凄凉让我悲从中来，心情跌倒了谷底。克里斯蒂娜察觉后，她帮我擦去额头上的汗液之时，轻轻地抱了我一下，并拍了拍我的背，恍惚间我似乎觉得她好像是我的母亲一样温柔，让我有一种说不出的安全感和依赖感。后来经医生检查后得知我无大碍，她又把我送回了住所，然后又折回了办公室继续她繁重的工作，这个外表娇小的乖乖女第一次让我感受到她内心的强大。

还有一次，厄瓜多尔时间的晚上11点多，国内公司通知我需要一些合同方面的资料。我担心自己第二天忘记，于是给克里斯蒂娜WhatsApp留言，告诉她明天我需要哪些方面的资料，结果不出十分钟，她就把资料通过邮箱发送给我了。我表示很疑惑，问她是不是在加班呢，她告知我最近新上了几个项目，为了快速熟悉新项目，她这几天把资料带回了家里。更让我吃惊的是，到第二天的时候，除了气色稍微有些差之外，完全看不出是熬夜的状态，一个元气满满的“超人”展现在了我的面前。我起初对她的这种做法表示不能接受，为什么不需要加班的工作非要如此，但她的一席话改变了我的观念。“你应该听过水滴石穿的故事吧，其实对待工作也是一样，专心地做好每一件事是我一个做协调员的职业操守，我不允许自己有所懈怠，况且我还有很多不懂的地方，更应该去不断完善自身的工作技能。我不认为自己熬夜，也不认为这是一种煎熬，在学习的过程中我十分快乐，长期的锻炼使我练就了超人的体力，看！去年的马拉松我还获过奖呢。”说着她笑着向我展示了自己的荣耀，同时也为我敲响了警钟，常人眼中的煎熬经过她一番说明后，变得如此简单轻松，她的强大让我看不到死角和边际，我想这种“工作狂”似的方式应该是天生的吧。但从其他同事那里了解了她的过往后，我释然了，原来她刚来的时候也非常不适应，能有今天的成就也是通过自己的努力换回来的，没有谁天生就是“超人”，她的强大之处不光如此，她用自己的方式让工作和生活从心中达成了一种和谐，真的好佩服她！

在厄瓜多尔项目上班也快两年了，我现在也已经完全适应了这边的工作环境，但是她的一言一行还经常影响着我，我很庆幸能遇到她这样的知己，也让我明白了一个道理，无论对待工作还是生活，与其抱怨，不如做最好的自己，让沉甸甸的敬业精神简单化或许是能够善待自己的最好方式。

中石化西南石油工程有限公司湖南钻井分公司

“赤道国”的卡洛斯·巴尔斯卡

“厄瓜多尔”，西班牙语的意思是“赤道”，Carlos Balseca，中文名卡洛斯·巴尔斯卡，来自厄瓜多尔，是中石化西南石油工程公司湖南钻井分公司在南美洲厄瓜多尔项目的一名外籍员工，自2016年5月进入厄瓜多尔项目工作已经三年多时间了。

在卡洛斯·巴尔斯卡加入厄瓜多尔项目之前，项目所使用的马丁参数仪基本采取租赁的形式，费用非常高。卡洛斯·巴尔斯卡当时作为马丁参数仪（钻井数据实时监控系统）专业技术人员，被聘用到厄瓜多尔项目工作。他说：“你们只要把设备购买回来就OK了，其他的都交给我来搞定。”当时项目人员心里还是没底，但考虑到设备租赁、后期维护的成本实在是太高，抱着试试看的心态聘用了他。

很快，卡洛斯就用他的实际行动证明了他超强的专业技术。马丁参数仪设备采购回来之后，他带着仪器到井队上钻台、爬井架、钻底座等安装调试仪器，三下五除二，就把仪器安装调试好。在仪器的使用过程中遇到什么问题，他也能迅速地解决。从此厄瓜多尔项目不用再租赁价格高昂的设备和技术，光这一项每年可以为企业节约几十万甚至上百万的生产成本，为公司降本增效起到了很大的作用。

卡洛斯只会玩马丁参数仪？很显然不是。不久后，项目负责人发现，卡洛斯作为当地人，对项目周边的资源非常了解，性格外向、热情的他个人协调能力也非常强，因此他又多了一份工作——与其他单位或个人沟通联系，解决项目运作过程中遇到的各种问题。例如，项目上的其他设备检修或维护保养、钻具检测、设备搬迁运输等方面，他可以联系到更多的厂商供项目参考选择，既增加了竞争，项目还可以通过询比价确定性价比更优的厂商，有效降低了公司成本。

卡洛斯工作积极主动，踏实肯干，谦虚好学，很快融入了我们这个集体，大家对于他的工作态度和敬业精神赞不绝口。厄瓜多尔项目中方员工英语不错，但当地人多用西班牙语沟通交流。卡洛斯自告奋勇组织大家学习西班牙语。每周一、三、五晚上，卡洛斯变身为西班牙语老师，给中方员工讲课。每节课学习完，他会设置情景对话，检验学习成果。同时我们教他以及很多像他一样在项目工作的外籍员工学习中文，就这样我们互相学习，共同进步。卡洛斯的学习能力非常强，刚进厄瓜多尔项目时完全不懂中文，到中国石化工作三年后我们都说他已经是半个中国人了。他能听懂普通话，也能说一些，卡洛斯很乐于与我们相处。

去年的12月1日是卡洛斯36岁生日，他刚好在项目上。项目员工早早地策划陪卡洛斯过他的本命年生日。我们给他讲解中国十二生肖故事，听完后他说，“我属狗。”大家围坐在一起，用英语、西班牙语、中文给他唱了生日歌。卡洛斯过了一个满是中国元素的生日，开心得不得了。

卡洛斯已是三个孩子的父亲，有个漂亮贤惠的老婆。热情好客的他经常在工作之余邀请我们去他家做客，体验当地的风俗民情。休假的时候，他喜欢带着老婆孩子到处旅游。他说遗憾的是尚未去过中国，准备有机会带上老婆孩子前往中国旅游，实地了解这个东方神秘的国度。闲暇时，他常跟我们了解中国的风土人情，还时常在网上找些与中国有关的资料，计划他的中国之行。

谈及与中方人员的相处，卡洛斯用普通话回答道：“中国人勤劳、积极、热情、友善、责任感强。”“还有中餐很美味！”卡洛斯补充道。他很喜欢和我们一起吃中餐，一双筷子用得可麻溜了。

在他的印象里中国是伟大和努力的代名词，中国制造给全球发展做出了巨大的贡献。越来越多的中国企业走向海外，为各国像他一样的当地人提供了就业机会。卡洛斯说，“你们的到来，正在一点点地改变我们的生活。”

卡洛斯在中石化西南石油工程公司厄瓜多尔项目工作了三年时间，这个厄瓜多尔小伙完全适应了中国石化的工作模式，逐渐融入了这个团队。卡洛斯凭借他出色的工作表现、优异的工作业绩，连续两年被评为“优秀外籍员工”。他常说：“项目上所有人都像家人一般，让我感到很温暖，我很幸运能够成为中国石化大家庭中的一员，和大家一起为美好生活加油！”

中石化西南石油工程有限公司湖南钻井分公司

同心铸就SINOPEC润滑梦

2014年初，雷锦文加入中国石化润滑油新加坡公司工作。几年来，他一心扑在工作上，用踏实的作风和奋斗的精神，得到领导和同事们的肯定。2017年，他被评为中国石化润滑油公司优秀员工，荣获公司“最具同心奖”。

2018年初，中国石化船用润滑油供油业务调整，新加坡公司负责船用润滑油保税库的运营管理，他被委派去负责船用润滑油供应的工作。对于长期从事采购工作的他来说，船用油供油是一个全新的领域，一切都得重新开始。他边工作边摸索，短期内就初步了解供油流程，行业知识和产品知识。碰到不能解决的问题，他请教领导和相关人员，把问题一个个解决。船用润滑油供应整个过程节奏非常快，从接收到询单、查询库存、确定供应到最后完成供应，各个环节都需要始终保持和客户、代供商、船代和船上人员沟通，并且需要快速、准确和及时，稍有差错，都可能造成不能完成供应和客户投诉，甚至失去客户订单。每接到一个订单，他都全程持续跟进，白天他与相关人员沟通订单问题，晚上在家完成10多个保税库的库存情况，制定调拨计划，并完成订单系统录入。有些订单和客户来自不同时差的国家，他经常在下班时间和周末去处理订单，沟通并解决供油出现的问题。他认真负责地保证了船用润滑油100%完成订单。他说，“每一个订单都是销售投入了很大的精力才从竞争对手中抢过来的，如果一旦失去，可能就丢失了客户对我们产品品牌和供应能力的信心。我必须把这份工作做好！”

拓展平台提供更优服务。雷锦文在接手船用润滑油供油业务初期，整天疲于与客户、船代、代供商打交道，还要和船上人员沟通供油状态和进展，效率不高，信息传递中也可能会产生差错，给供船带来风险。为了避免这类问题，提高服务客户的水平。他开始思考，如何提高工作效率。经过反复搜索，终于找到船舶实时跟踪软件，通过该软件，他就能实时知道供油船和受油船的状态，一方面可以对代供商的服务进行监控，另一方面可以统筹对各受油船的供油时间，提高供油效率，还可以实时将供船状态信息发送给客户，以便客户第一时间了解，让客户更放心。

经过多年发展，中国石化润滑油海外业务取得长足发展。为了进一步拓展海外平台，扩展船用油全球布局，他积极搜索开发海外各港口的调油厂。通过各种会议、网络搜索和研究客户网点，以及通过前期的沟通，已在日本等国初见成效，并积极筹建在印尼、越南和泰国的供应网点。雷锦文说，“SINOPEC润滑油要与国际品牌竞争，要打造全球供应网络，我要做好本职工作，为SINOPEC加油！”

中国石化润滑油有限公司新加坡公司

质量管理好管家

王天任是中国石化润滑油新加坡公司的一名年轻员工，主要负责质量体系管理、化验室管理、生产工艺管理以及产品管理工作。她毕业于新加坡国立大学工程系，有着理工女孩的严谨、细致和责任感。2014年8月，她加入中国石化润滑油新加坡公司，凭着自己对工作的热爱、对专业的钻研，始终以兢兢业业的态度，求真务实、勤奋进取、勇于奉献的工作作风履行岗位职责，先后被评为中国石化润滑油公司质量先进个人以及新加坡公司优秀员工。

第一次考验来自IATF16949：2016质量管理体系首次上线以及ISO9001转版升级工作。工作头绪多，任务重，她积极组织各部门学习体系标准要求，根据标准要求结合公司业务流程修订程序文件，顺利完成产品审核、过程审核、体系内审以及管理评审工作，并且顺利通过体系审核认证并取得认证证书。她组织相关部门按照计划完成奔驰审核整改工作，确保新加坡公司在2017年11月通过奔驰产地认证。

为了确保奔驰产品顺利下线，王天任积极筹建新加坡公司奔驰生产项目小组并担任组长，与国际市场部、北京研究院、奔驰德国、奔驰印度以及奔驰印尼一起定期跟进奔驰产品上线准备工作，每周组织新加坡公司奔驰项目小组成员沟通协调奔驰产品生产准备进度。2017年11月29日，新加坡分公司顺利完成奔驰印度首批订单的生产并装船发往印度，确保奔驰印度2018年1月1日正式供货的要求。由于是首批供货，奔驰对产品的包装和标签都重新进行了设计，新加坡公司和国际市场部为了确保包装物的顺利生产，多次召开国际电话会议，与德国奔驰标签设计公司、制作公司及奔驰包装物生产公司进行协调，克服了重重困难，顺利完成了奔驰印度首批订单生产，确保了产品按时供货。到目前为止已完成奔驰产品12个，供货1088吨。

持续提高管理能力。她组织实验室参加2017年总部LIMS信息系统提升工作，通过信息化手段提升实验室分析效率。9月底完成LIMS实验室管理系统升级切换，LIMS信息新系统顺利上线。并在2019年，完成了10余台检测仪器联机实现产品检测数据在线传输LIMS系统，提高了工作效率。她带领实验室按照ISO17025：2017实验室能力要求的国际标准进行实验室管理，确保产品检测数据的准确可靠，并在2019年10月接受新加坡企业发展局组织的ISO17025：2017的认证审核。

优化配方降成本。她根据新加坡的基础油资源以及不同公司的添加剂信息调配最适用于新加坡公司的产品配方，持续开展润滑油配方降本工作；为了确保产品质量，每个优化配方都会进行实验室小调全分析检验以及产品混兑储存观察实验，检验通过后需要进行生产前三批试产以及全分析检验，分析合格后方能正式上线切换。通过此方式既能保证产品质量稳定不受影响，又能达到产品降本增效。到目前为止已实现配方降本数百万元。

中国石化润滑油有限公司新加坡公司

机会永远只留给准备好的人

朱占云是2017年3月入职中国石化新加坡润滑油公司的，现任灌装生产班长兼现场6S管理培训师。他常说，自己与中国石化有着颇深的渊源，1997年到2001年是他人生道路上汲取知识的最重要的四年，这离不开中国石化的培养。2017年加入中国石化新加坡润滑油公司，可以说是时隔多年又重新回到中国石化的怀抱。

2018年，他被评选为中国石化涉外单位优秀员工代表，参加了“石化行”活动，参观了中国石化北京总部和浙江镇海炼化等单位，深刻感受了中国石化的发展成就和企业文化，并参观学习了优秀、先进、成熟的生产设计、控制以及管理经验，这对他后期在新加坡润滑油公司的工作开展有非常大的帮助。

2017年3月，朱占云以润滑油公司灌装生产线长职位入职，从灌装生产一线开始，他脚踏实地，虚心向灌装班长和部门领导学习，尽快掌握了所负责的生产操作知识。如今，他已经可以独立带线生产，并积极配合生产保供的需要。2017年12月，他配合公司生产主管等相关部门完成了奔驰印度产品的首批下线生产。

2018年1月，他被公司提拔为润滑油灌装生产班长，配合调和班组按时完成生产任务。其间，配合生产部主管招聘新员工，包括在公司内部和外部（马来西亚）的面试工作，并对灌装岗位的新员工提供在职培训、考核，截至目前已有超过10名新员工通过实习培训并考核转正上岗。

2019年1月起，他的工作重点转向公司生产现场6S管理和生产员工的培训工作，逐步加强生产现场标准化管理，提高生产员工安全生产意识和规范操作意识，接受总部的现场安全检查，以及客户的现场生产的参观访问、审核等，较好地完成了任务。同时积极配合采购部门参加供应商的现场审核工作，提高质量控制（如包装物的入厂检测等）。

2019年，新加坡润滑油公司逐步趋于成熟，生产部门也响应总部的节能、增产、提效的要求，进行设备的自动化改造工作，这就为他提供了学习先进设备操作技能和高端现场管理的机会，他不断学习、提升自己的管理技能水平。除了对新员工的上岗转正培训外，由于生产现场设备的更新改造，对老员工也需不断进行温习培训工作，这就要求他事先熟悉并掌握新设备、新规程的操作技能，对他来说既是机遇也是挑战。

他积极配合质量以及安全管理部门进行质量健康安全以及环境风险（QSHE）评估，监督各生产班组部门对相关事项进行整改，不断完善提高现场管理水平。他说："在这里，我感觉进步很快，每天都有新变化。"

中国石化润滑油有限公司新加坡公司

财务女将与公司共成长

财务女将，不向霸王让寸分的“老黄牛”

2019年，是财务经理Priscilla在冠德公司工作的第七个年头。“按照香港本地职场的特点和居民特点来看，能够在一家公司工作超过五年是一个不短的时间”，冠德公司财务总监陈鸿如是说。冠德公司是一家在香港联交所上市且是中国石化旗下唯一在港上市的“红筹股”公司，审计与报表协调管理这一职位显得尤为重要。对于Priscilla来说，与外部审计师协调沟通对外披露的审计意见并按上市条例披露财务数据是她的核心工作。按照中国石化集团公司给冠德公司的“打造国际一流仓储物流公司”目标定位，经过多年发展，冠德公司已拥有3家境内外子公司及10家境内外合营公司。当前，全球政治经济环境复杂多变，境内外政策、经济形势、地缘政治等对公司的业绩表现存在影响，因此，公司对投资项目的盈利预测便成了保护投资者权益的重要一环和外部审计师的关注焦点。Priscilla作为此项工作的牵头人，运用之前在审计事务所工作的丰富经验，组织公司内部各部门反复开会研究，制定各项应对策略。挑灯夜战、加班加点、周末无休成为常态。沟通和协调工作并非一帆风顺，“进入冠德公司转变角色之后，第一次参加审计协调会议时，既兴奋又紧张，兴奋的是自己多年的积累与经验可以学有所用，紧张的是自己性格腼腆，参会人员包含外方合作股东、合资公司管理层以及审计师，出现分歧和意见时害怕自己难以应对。但我坚定信念，只要深入研究，理据充分，据理力争，多重应对，方可维护下属公司与冠德公司的利益”，Priscilla说。如今的她，早已驾轻就熟，与团队中的每一名员工紧密合作，并提前摸底掌握外部审计师团队的多元化背景和特点，提前沟通，反复确认，获得各方的信任和支持，有效维护了公司的利益以及市场形象。用她自己的话来说：“干我们这行就是要坚持，要有不向霸王让寸分的勇气”。

成为优秀的自己，与冠德公司共成长

当谈到公司与员工的关系时，Priscilla用了“共同成长”来形容。她以财务系统升级发展来举例，“在中国石化的统一指导下，公司财务管理系统不断完善升级，大大提高了财务管理的效率水平和准确性，而对于我本人来说，也是一个难得的学习机会，不仅可以体会大型企业的规范管理，自己也避免花费大量时间和精力在单一、机械的财务操作上，能够腾出更多时间和精力开展更多分析和协调工作，可以说，财务转型提升了公司的管理水平，同时给我本人带来了知识和工作方法的成长”。

此外，最令Priscilla感到高兴的是，公司除了提供了她工作的发展机会，还丰富了她的业余生活。“积极支持员工参加义工和祖国考察活动，令我有机会关怀香港社会并加深了对祖国的了解，我很感激”，Priscilla说。义务清洁沙滩活动、卖旗义工活动和老人院探访、中国石化“三爱”活动、香港中资企业青年内地交流及“迎接建国七十周年，走进大湾区，共话新发展”主题活动等，几乎都会出现她的身影。

对于Priscilla来说，她的人生信条是：踏踏实实做人，兢兢业业工作，通过她的不懈努力，荣获冠德公司2018年度之星、联合石化2018年“建功十三五、服务再出发”劳动竞赛方案财务考评指标竞赛优秀个人等荣誉称号。

中国国际石油化工联合有限责任公司

她就像是清澈的蓝天

工作任务终于告一段落，正值明天不用上班，Tina提议去吃晚饭，借此轻松一下。我们在公司附近找了一家环境清静的餐馆，开始了我们的晚宴。席间我们无所不谈，有关工作的、个人喜好的、娱乐消遣的，说得兴高采烈之际，难免也扯上其他不在场的同事，加油添醋取笑一番，不亦乐乎。但当谈到一位同事——Alce，我们难以把她涂灰，也无法为她画出彩虹，她就像是清澈的蓝天。

Tina记述：记得有一次我们跟领导商讨一件事情，领导已给出了想法，原则上我们跟着思路办好就是了，但Alce却提出了一些不同见解。因此领导与我们再一番研究商讨，逐一将问题击破，最终还是采用原来的方案。后来我跟她闲聊时，问："领导不是一开始已说明了想法，为何你还会说这些？"她说："我知道，我只想把或许会发生冲突的问题反映出来，即使方案不变，至少我的顾虑也得到解决，可更有信心办好事情。"

Sophia说：她就是比较硬板，但如果你能说清楚，她会采纳你的建议。

如果是她的不是，她也乐于接受批评。如果是无理取闹，她会拂袖而去。但奇怪的是，她来得快，去得也快；当不快情绪过后，她又好像什么都忘了；总的来说，好坏都写在脸上。

Susan好奇地问：她不是一直做财务吗？为何现在会做起人力资源工作？

Tina说：我也问过她这个问题。1995年公司成立时，她就加入了公司，工作20多年了。她告诉我公司以前没有人力资源部，5年前，随着公司的发展，人员急剧增加，公司决定成立人力资源部，可能由于她性格以及一直兼任部分人力资源工作，有着对公司架构环境熟识及工作习惯上的优势，当然也包含了她敬业乐业的工作态度，故当时管理层举荐她转为人力资源部主管。起初她内心也很犹疑，领导的好意不好婉拒，但又担心应付不来，始终不是这方面的专业，怕工作做得不好。她出道以来，就是做财务，且她认为财务工作比较科学化，工作结果只有对与错，数据分析亦能从事实真相得到验证，较易取得工作的满足感和成就感。但后来她也想通了，公司一直致力培育人才，为员工创造机会，公司既有此决定，必定有它的原因；她更加要坚持，竭尽所能，做好新的工作，以公司及个人的持续发展为动力，与公司共同成长，绝对不能令管理层失望。在这个团结和谐的大家庭中，管理层对她的关怀和爱护、同事间的守望相助，她都有深刻的感受，对公司有着强烈的归属感和认同感。公司给予她无数的温暖和磨练的机会，她更加要珍惜和努力，义无反顾地做好公司交办的任务。

Susan说：其实她做人力资源工作也挺合适的，从她的性格来看，她对自我管理和约束非常严谨，为人公正，不买账做人情，也不恃势占便宜，正有着人力资源工作者的特质。特别是当你有困扰或心结，不管是公事或私事，只要你找她，她都能耐心聆听，加以开解，循循善诱地分析，最重要的是她不会假意奉承敷衍。我曾听一位跟她谈话的同事说，她说话很有立场，而且大局意识很强。你可以不认同她的见解，但你不能质疑她的无私和诚信，问到她不确定的事情，她也不会编故事给你瞒骗。

Tina记述：我看人力资源部的工作表现确实不断进步，而且很贴心。尤其是在员工安全和健康培训方面，不论在选题及培训形式方面都很出色，除关注员工基本身体健康外，还照顾员工的心理和个人保护，以至紧密配合当地社会环境变化挑选合适的培训项目。如成人心肺复苏法及自动体外心脏去纤维性颤动法、工作压力工作坊、心脑血管疾病成因和防治方法、健康互动讲座、使用电脑的职业健康锦囊、高血压与中风、工作间暴力事故之职业安全及个人保护技巧等，都充分反映其对培训选材的心思，员工反应踊跃，并得到大家的好评。至于培训宣传方面更是不遗余力，成绩显著，参与人力资源部举办的培训出席人次比去年翻倍，反映了其在宣传方面下了很大的功夫。

Sophia说：我听她部门的同事说她很维护和体谅下属，经常强调相互协作的重要性，并鼓励多沟通、多思考、多建议，有问题必须实时反映；做人做事必须有原则，才能对己对人负责，尤其是人力资源工作，必须公平公正，才能令人信服。

Tina说：昨天领导为我们主讲的企业文化讲座，对于提及的文化融合，她的行为绝对称得上是公司当地员工的典型模范代表。

服务员问：甜品可以上了吗?

今天的晚饭，伴在东拉西扯中结束，以甜品为句号。

我家住九龙，慢慢地往地铁站走，站内人来人往，各有各的目的地，但都很祥和，特别的轻松自在。

中国国际石油化工联合有限责任公司

我的外籍同事很像中国人

第一次与Ishor Singh Shreesh见面的人都认为他是中国人，直接用汉语跟他交流，他本人微笑着回答说“sorry，I cannot speak Chinese”，然后讶异的表情就出现在了对方脸上。

Ishor是一名外表看起来很像中国人的一名尼泊尔籍员工，但是他的个人素质与大多数中国籍员工一样，工作上勤奋踏实、负责任，乐于助人。

2015年开始，沙特政府扩大了WPS（工资线上支付系统）政策的执行范围，强制要求在沙中国籍员工的工资发放也必须在沙特当地完成。沙特当地银行业务与国内有着很大的不同，一部分业务只能通过电话银行处理，再加上公司沙特境内中国籍员工数量庞大，通过电话银行处理业务的频次非常之大，中国籍员工的英文表达缺陷让大家遇到了困难，这时都喜欢寻求Ishor的帮忙。他不但不会拒绝，还会主动跟踪业务的处理状态，大家对他的行为赞不绝口。

由于文化方面的差异，外籍员工很难融入中国企业的文化氛围，但企业文化的认同是员工为公司服务的基础。通过观察发现，Ishor在进入公司很长的一段时间内，除了工作上必要的交流以外鲜少与中国籍员工进行交流，而当时沙特地区仅有一名尼泊尔籍管理人员，引导其尽快地融入公司这个大家庭我觉得非常必要。我立刻帮助其申请了QQ和微信账号，迅速教会他如何使用中国同事特有的办公工具，并通过QQ和微信账号不定期的与其分享一些与中国文化知识和企业文化相关趣闻或视频，并鼓励他多晒朋友圈，与大家分享自己的个人感想，增加中国同事对他的了解；同时，邀请他积极参与公司组织的各项活动，征求他的个人意见和看法，加深他对公司企业文化的了解；在工作之余主动与其谈心，了解他工作之外的思想动态，在生活方面力所能及的范围内对他进行帮助，并约他一起进行身体锻炼，使其感受到公司和同事的关怀。

经过这几年的合作，Ishor不仅在业务板块非常的娴熟，而且已逐步认可了公司的企业文化，融入了公司这个大家庭，并担任了沙特项目执行中心“外籍员工管理协会”的秘书长，协助公司进行企业文化、企业制度的宣传和推广，帮助其他员工更好地融入并认可中国石化。

中石化南京工程有限公司

爱说『YES，SIR！』的机械质检员

在炼化工程集团十建公司科威特GC-32项目现场里，你总会看到一个中等身材、头发稍长、时刻面带微笑的小伙子在忙碌地穿梭着，他就是机械质检员Sathiya Raj。

该项目自开工以来，完成了一万余吨钢结构、近两千吨的设备安装，从来没有因为质检程序而延误施工进度，也没有因为施工质量不合格被总包、业主拒绝验收。而这都要归功于这个开朗、敬业、喜欢说“YES，SIR！”的小伙子。

Sathiya Raj今年25岁，2018年7月加入项目部。回想当初面试的情景，只经历了两个项目、工作经验还不满4年的他，阅历和其他应聘者相比，实在没有任何优势。但在面试中，他对动静设备等安装知识、规范和检试验要求都能回答如流。项目质量经理判定这个小伙子一定是在工作中踏实肯学，属于“可造之材”。正犹豫是否破格录取时，小伙子也许意识到了面试官的犹豫，当即表态“我喜欢SINOPEC，我确信我可以管理好现场所有的动静设

备安装”。当问及他是否可以保证高质量完成工作任务时，坚毅的神态下，面试官得到了肯定的答复“YES，SIR！”

科威特GC-32工程项目部，本身是一个小型的“联合国”，汇集了中国、印度、巴基斯坦、埃及、菲律宾、越南等国家的员工，汇集了多国文化和多种宗教信仰。项目部加强多文化跨宗教交流管理，形成了工友之间友善、尊重和互帮互助的氛围。尤其这个小伙子，天生是“见面熟”的性格，与各个配合的班组、同事都能交流顺畅，接受工作时一句坚毅的“Yes，Sir！”，感染着每一个人。可以说，他是项目部跨文化与宗教交流管理中一个正面的典范。按照他的原话说，虽然大家有着不同的文化和宗教信仰，但是项目部尊重每一个员工，在这里能够让他超常发挥。他喜欢这个项目部，喜欢SINOPEC。

4年的工作经验，相对来说是有所欠缺的。按照科威特石油公司的标准要求，至少拥有6年经验才能达标。但是Sathiya Raj 积极学习规范、质量控制文件和检试验计划，自己学透了，还摘取重点，给作业班组进行作业前的交底，把质量要求传达到作业层，降低了返工率。班组师傅们在心里也对他写了个大大的“服”字。目前，在他配合提交的约300份检试验申请中，仅有4份被总包和业主拒绝，一次性批准率达98.6%，远高于其他专业，为此获得了总包及业主质检部门的好评，为项目部赢得了荣誉。

Sathiya Raj喜欢说“Yes”，特别是接收任务时，一声响亮的“Yes，Sir”，就表示某个工序的检查必定会按照节点时间完成并通过检查。现场A2区因总包方释放工作面较晚，严重影响后续管道作业面的形成，作业人员窝工带来的压力很大。在接受任务后，项目部又得到了一个不假思索的、响亮的回复“Yes，Sir！”小伙子和总包业主充分协商，在减少检查通知时间、合并检查程序，并在某些钢结构件到货晚的情况下，就如何完成钢结构安装，并确保安装质量着手做出方案，向总包和业主充分解释。在其努力下，A2区钢结构提前3天释放，按时完成了钢结构释放的节点，提前为后续脚手架和管道安装形成了作业面。

Sathiya Raj不但工作表现优秀，而且还喜欢中国文化，喜欢长城和中国功夫，一提起李小龙、成龙，手足并舞的样子更让人觉得可爱。他常说，他心里有一个“中国梦”，希望游览中国，更进一步地了解中国文化，了解中国的发展。他也总喜欢问“一带一路”，当中国同事向他出示“一带一路”的路径规划时，小伙子不停地感叹，这是一个伟大的工程，中国愿和世界一起分享自己的发展成果，把多国紧紧联系在了一起，他也希望他的祖国印度，也能像中国发展得那么好。

由于工作表现出色，Sathiya Raj 被评选为2019年二季度项目“优秀员工”。他在获奖感言里说：“我很高兴和中国同事一起工作，正是同事们的帮助和支持，才使我全心全意地投入工作，这个荣誉也属于和我合作的所有同事。我喜欢你们，喜欢SINOPEC。我会继续努力。”

中石化第十建设有限公司

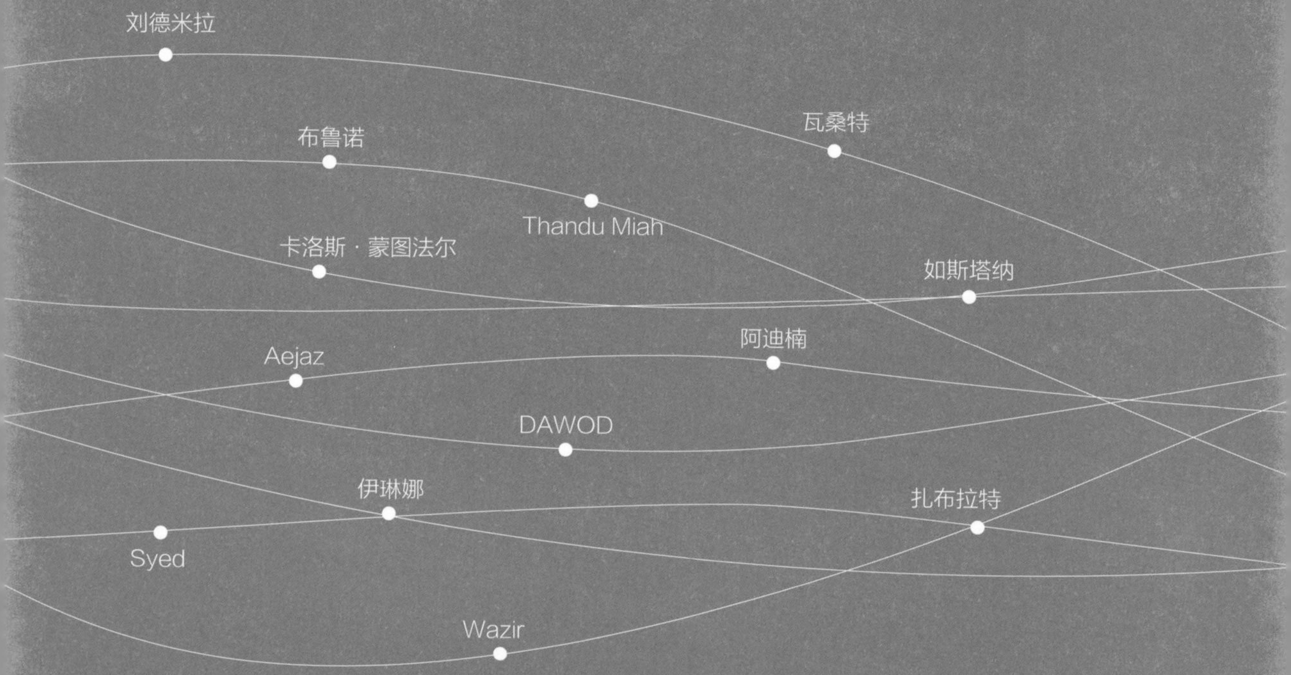
刘德米拉
布鲁诺
瓦桑特
Thandu Miah
卡洛斯 · 蒙图法尔
如斯塔纳
Aejaz
阿迪楠
DAWOD
伊琳娜
扎布拉特
Syed
Wazir

坚守篇

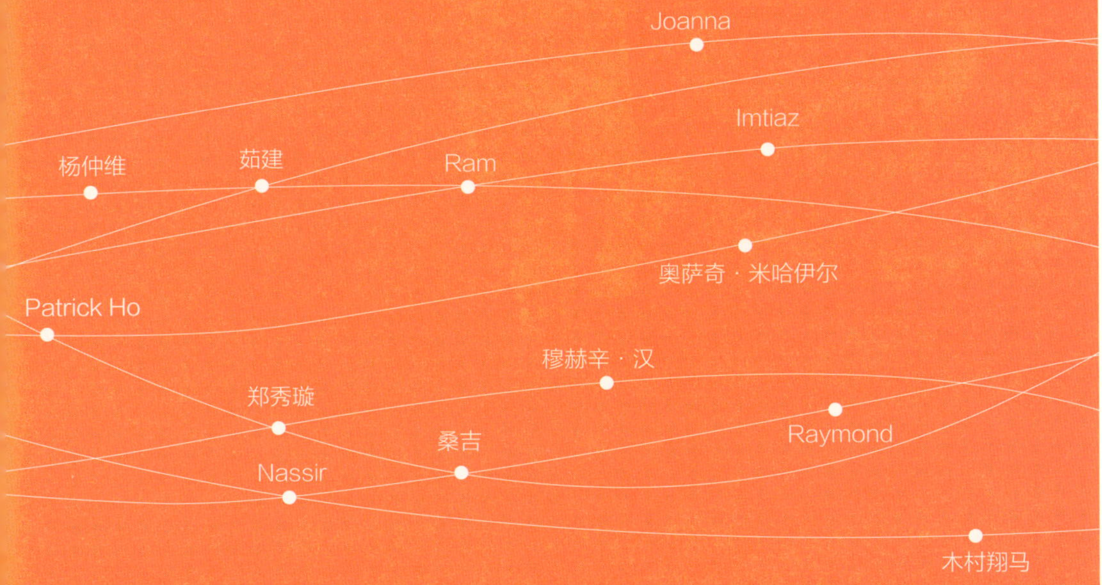
Joanna
杨仲维
茹建
Ram
Imtiaz
奥萨奇 · 米哈伊尔
Patrick Ho
穆赫辛 · 汉
郑秀璇
桑吉
Raymond
Nassir
木村翔马

『老朋友』刘德米拉

刘德米拉今年已经56岁了，目前担任UDM公司董事会俄方秘书。自2006年8月中国石化和俄石油联合收购UDM公司以来，刘德米拉就一直站在双方合作的最前沿，正是在她的大力协调下，中俄双方共同起草了UDM公司章程、UDM公司股东大会工作条例、UDM公司董事会工作条例、UDM公司管委会和总经理工作条例、UDM公司战委会工作条例和UDM公司内审委员会工作条例，为后续中俄双方的顺利合作奠定了坚实的基础。

按照俄联邦股份公司法和UDM公司治理制度，每年召开3次股东大会，最重要的事项就是要宣布股东分红和选举董事会成员。由于股份公司法对股东大会召开的时间节点、会议材料、会议程序有着严格的要求，刘德米拉每次都对照各项要求和股东关切提前做好计划，在工作中高度认真细致，并注重与各方股东的沟通协调。自2007年以来，累计召开38次股东大会，所有股东大会决议全部获得顺利通过，从未出现一次差错，有效地维护了股东利益，提高了公司声誉。

在股东大会之间，UDM公司根据公司生产经营管理需要和公司治理要求，每年要组织召开董事会近30次，议题内容涉及经营规划、关联交易、章程政策、资产收购与处置、绩效指标制定与考核，等等，内容多，涉及的专业面广，刘德米拉每次都积极参与到董事会议题会前准备、会中审查、会后纪要的全过程，为中俄股东做好协调与帮助。2018年以来，由于俄罗斯联邦股份公司法修订，按照央行检查要求，UDM公司章程需要尽快进行修订。由于中方人员对法律调整的内容了解不深，刘德米拉对全部修订条款对照法律逐条进行了解释和说明，帮助中方员工了解章程修订的依据和必要性。考虑到章程的重要性和严肃性，俄石油、UDM公司和第三方律所对修订内容进行合法性审查、风险分析和强制性判断，以确保通过最小的修订工作量，实现最优的修订效果，在这个过程中，刘德米拉带领团队提供了足够的支持，也展现了足够的耐心。

2018年，按照俄罗斯惯例，刘德米拉需要办理退休手续了，考虑到她在UDM公司股东会、董事会等公司治理方面有不可替代的作用，UDM公司延长与她的劳动合同。UDM公司认为，刘德米拉为中国石化和俄石油的成功合作立下了汗马功劳，公司能够招聘到这样专业和负责的员工非常难得。刘德米拉与中国石化并肩战斗了13年，可以称得上“中国石化的老朋友”。

中国石化国际石油勘探开发有限公司俄罗斯公司

来自巴西的“洋铁杆”布鲁诺

巴西公司的布鲁诺曾于2015年荣获“中国石化劳动模范”，到北京接受表彰。回国后，这位劳模成为了中国石化的“洋铁杆”，把自己的“责任田”耕耘得井井有条。

巴西是联邦制国家，法律体系十分复杂，稍有不慎就可能造成经济和商誉损失，公司紧扣总部“化解风险、理顺管理、优化结构”工作主线，将战略要求传达到每一名职工。布鲁诺作为法律部的员工，成为保障合规经营的第一道屏障。

2018年8月，巴国某项目因合同终止造成法律纠纷，债务人将在巴的关联企业作为“共同经济体”一并状告，法院发出了包括冻结银行账户、禁止提油、冻结分红等限制措施，这也威胁到巴西公司的权益。在这样复杂的情况下，布鲁诺周旋于控辩双方、法院和两个项目合资公司，几次都是刚刚接到法院决议，马上搭第一班飞机赶到1400千米外的法院组织抗辩，一段时间下来，他养成了在办公室随时准备几套换洗衣服的习惯。

布鲁诺不仅担任了巴西公司一个项目的法律顾问，还参与同作业者的磋商谈判，从法律专业角度提出多项建设性意见。在讨论项目潜在置换替代方案时，他从不同方面帮项目出谋划策，获取潜在合作机会，曾协助牵线联系了巴油负责国际合作和资产运作部门的负责人，并陪同公司领导与巴油洽谈，为相关工作的顺利推进起到一定积极作用。

2018年中，布鲁诺的妻子和女儿相继感到甲状腺不适，经切片检查确认妻子患有良性甲状腺肿瘤，女儿罹患甲状腺结节，时值抗辩工作的紧迫关头，他办公室、医院两头跑，体力透支严重，几次案情分析会上开到一半就鼻血横流。领导班子想通过谈心的方式帮他分担忧愁，布鲁诺的反应却出乎大家意料，他非常理解公司的紧迫，几次提到了“律师的职责，化解风险的责任和个人使命”等，还将各项工作做到了忙中不乱，通过法律手段维护了公司利益，帮助公司最终实现并超计划向国勘总部完成回款任务。

巴西有“种族大熔炉”之称，各种族文化激荡，在文化融合建设上存在特殊挑战。布鲁诺熟练掌握葡萄牙语、英语和西班牙语，还能说几句简单的中文问候语，在工作中对中国文化产生了浓厚的兴趣，对习近平新时代中国特色社会主义思想、十九大精神等也进行了学习，使其具有独特的优势，一方面通过法律文化系列讲座的机会，向是中方员工教授法律知识点，宣传当地特色文化；另一方面，把他消化的中国特色管理模式和文化特点向当地员工传递，为公司文化融合建设做出了突出的贡献。

中国石化国际石油勘探开发有限公司巴西公司

『空中飞人』卡洛斯

夜深了，卡洛斯·蒙图法尔轻轻合上电脑，结束一天的工作。清晨3点50分，他温柔地轻吻了睡梦中的妻子与儿女，提起早已放置在门口的行李箱，从容前往繁忙的波哥大埃尔多拉多机场。此刻，夜空仍然闪烁着满天的繁星，但卡洛斯毫无倦意，脑海中计划着精确到每一小时的工作任务。他并不是去执行什么紧急任务，此刻的油田生产平稳有序。这只是他日常工作的一部分。

新格拉纳达项目的4个油田，均位于哥伦比亚东北部的亚诺斯平原，油田四周都是天然植被、生态湿地、农田牧场。从空中俯瞰，蜿蜒曲折的河流向无尽的远方延伸，成群的牛羊在蓝天白云下悠然踱步。由于油田现场位置偏远、交通基础设施不完善，卡洛斯必须于清晨搭乘最早的航班飞往油田附近的约帕尔城市，然后换乘如同空中巴士般的小型飞机，再乘坐油田租赁的皮卡车，于上午9点半左右到达油田现场，从而有序地开展当天的工作。

自2019年上半年新格拉纳达项目机构精简优化以来，生产作业部门比以往承担了更多的业务与责任，从原来的现场运营、维修维护、油气生产、工程建设、油田化学等范围，扩充到地质与油藏、土木工程、道路维护等业务，与此同时，却合并减少了多个岗位人员。面对项目公司赋予他的更多责任义务以及更大困难挑战，他丝毫不畏惧，反而更加坚定了为新格拉纳达奋勇拼搏的决心，颇有一番“天将降大任于斯人也”之气势。为了尽快让整个队伍适应全新变化，他积极组织开展专业技术研讨会、时间管理与压力管理等交流会，并获得大家的一致好评。卡洛斯天生就是积极乐观派，爱唱歌，爱跳舞，爱开玩笑，嘴角总是保持着微笑。在他看来，无论遇到什么困难，总会有办法解决，只要保持一颗永不妥协的心。

重任并非天赐，而是实力使然；没有艰苦的付出，又何谈实力。自2011年加入新格拉纳达项目以来，卡洛斯努力学习专业知识，逐步积累管理经验，8年来，他在工作中始终刻苦勤奋、兢兢业业，从最初的助理工程师成长为现在的部门经理，全面、直接负责项目4个油田的日常生产作业。

随着项目老井产量持续递减以及老区提质增效难度加大，他带领整个团队，以新技术应用为引领、优化生产、加强谈判、创新管理，齐心协力开展降本增效持久战，在双燃料系统改造、利用放空天然气发电、化学药剂优化处理、减少营地燃料消耗、发电机功率匹配优化、优化现场人员用工及餐饮服务等方面，为公司节约大量成本、提升创造价值。

当被问及为什么如此拼搏时，他笑着说：“这是我的初心和使命，我需要为我的家人负责，为我的团队负责，也为中国石化负责。”

卡洛斯来自波哥大的一个普通家庭，有一双可爱的儿女，妻子是全职太太，他非常注重家庭文化建设，时常带着孩子们去看望和陪伴老人。他经常教育他们，家庭就是一个团队，只有大家为了共同的目标一起奋斗才能过上更美好的生活。

对于为团队负责的理解，卡洛斯解释说，油田现场的多数员工是附近社区的居民，他们是家里唯一的收入来源，因此格外珍惜中国石化给他们提供的工作岗位，也深深热爱着这片充满中哥友谊的油田热土。

去年9月卡洛斯参加了国勘总部组织的HSE专项培训。这是他第一次前往中国。通过培训期间的交流、研讨，他深刻地理解了中国石化海外油气事业的使命和愿景，以及“化解风险、理顺管理、优化结构”的工作思路。回到哥伦比亚项目后，他积极向当地员工宣贯国勘的管理要求、传递中国石化的优良传统，提升了整个团队对中国石化的归属感。“中国石化是我们共同的大家庭，为了他更好更长远的发展，我们必须勇于担当作为。”

中国石化国际石油勘探开发有限公司哥伦比亚公司

平凡岗位上的不凡人

沙特分公司法律合同部是中国石化国际石油工程公司设立的第一个海外分公司法律合规部门，来自印度的法律顾问Aejaz Ahmed是加入这个部门的第一个外籍员工。用Aejaz自己的话来说，在中国石化近十年的任职经历成就了他，使他成为一个不断挑战自我，把个人职业生涯与公司发展不断融合、得以实现双赢的生动例子。

在印度取得法律职业资格的人，要么在印度法庭从事法官职业，要么去律所发展，成为职业律师，是这个有着难以置信的多民族语言、众多节日、香料和信徒之国的常规法律职业发展路径。但是，Aejaz的职业规划却是剑走偏锋，他决定迈入异国他乡的跨国公司谋求职业发展之路。“有志者事竟成”，最终他在中国石化国际石油工程沙特分公司找到了梦寐以求的机会，不离不弃，不抛不舍，一晃十个春夏秋冬。

2010年，沙特分公司钻井、物探、地面三大业务板块齐头并进，正值业务大发展的时机，他竞聘“法律合同管理员”的岗位，成功争取到了加盟公司工作的机会。入职之初，他明确意识到自己不曾拥有在国际油服工作的经验，因此要面对现实的工作需要，弥补自己教育背景和工作经验不足的短板，一定要抓住这个千载难逢的绝好机会。他怀抱美好的期望开始了自己闪亮的职业生涯，他以自己的不懈努力，在平凡的岗位上取得不平凡成绩。

加入沙特分公司后，他参与的第一个项目是沙特阿美总部所在地的“冷水管线建设分包项目”，负责项目的法律合同管理工作。该项目在执行过程中出现了多个复杂、冲突和争议的阶段。在处理这些争议过程中，他精心准备变更、索赔申请和资料，协同项目团队与业主和总包商一起沟通、谈判，取得可观的变更、索赔工作效果，对项目收益带来超出预期的财务贡献。

他始终坚持以谦虚、诚实的态度为项目团队提供全面的法律合同专业支持，凭借扎实的法律专业背景在项目合同管理团队中展现重要的工作价值，先后参与阿美Wasea项目索赔工作，还通过研究阿美Manifa管道工程项目的合同条款，结合执行进展情况提供有价值的分析和评估报告，为处理争议提供了专业建议。

他工作勤奋，以踏实的作风体现法律专业服务技能，表现出色。2013年沙特分公司实现阿美井筒单体高额项目中标的绝地反击之时，随着Aejaz多年工作经验的积累和成功的实践，他晋升到法律顾问岗位，继续为项目合同管理服务，履行分公司法律事务管理工作。

Aejaz给人印象深刻的地方，除了他在法律专业上不断钻研，还有他在工作中的热情。他积极参与起草和完善分公司各种合同模板、制度建设和合规守则，比如“承包商行为准则”“反腐败、反商业贿赂员工手册”等。他在分公司法律培训中展现出了良好的沟通能力、组织能力、资源管理和时间管理能力，对培训内容和方式的创新使用、灵活性，以及互动能力。他还善于利用分公司新入职员工培训计划，提供有关提高员工的个人素质的培训，如跨文化培训和数字营销培训等。他不断积累最新的培训资料及时提供，培训均达到了较高满意度，提高了生产能力。

在与分公司聘用的律师事务所合作中，他不断钻研法律风险防控问题，咨询律师意见，提出分公司法律管理建议和意见。他时刻关注当地法律法规和政策的变化，联系实际对法律风险管理提出专业的意见。他结合当地新闻动态，坚持向分公司相关人员每周发布有关新闻消息，以便大家了解工作所面临的法律和市场风险和机遇。

由于他出色的工作能力和表现，分别获得2012年、2018年分公司“年度最佳员工”称号。

2019年，沙特分公司走过15周年发展历程，取得阿美公司双位数量的油服资质，业务再上台阶，气井钻机立起、三维物探项目喜揽入怀。十五年林林总总，峰顶谷底起伏，既有欢声笑语，又有艰难困苦。好在沙分人年轻，沙分人进取，经历了、沉淀过，中外员工还是2004年的样子，初心未变，励志远行。此时此刻，我们问Aejaz对未来有何期待，他朴实而真诚地说，那就是与沙特分公司继续共同成长，长依长存，日新月异。

中国石化国际石油工程有限公司沙特分公司

“坏脾气”的Syed

Syed Amjad Ali，1964年出生于巴基斯坦，1998年来沙特工作，2006年进入沙特分公司。他是较早来沙特分公司工作的外籍员工，也是分公司最忠诚的员工之一。

2008年，中国石化海外第一个培训中心“中国石化沙特培训中心”成立，Syed转入培训中心，担任HSE培训教师和培训监督，并兼职担任美国安全工程师协会（ASSE）巴基斯坦区的主席。他能用6种语言和地区方言进行培训教学和语言交流，如乌尔都语、英语、阿拉伯语、印度语、旁遮普语、Hindco语等，在沙特工作和生活可以说是“见什么人说什么话”，工作如鱼得水，生活方便自如。

弹指一挥间，Syed在分公司一干就是13年。期间，他走戈壁、入沙漠，经常深入到基层钻井队和其他施工现场，对照安全标准查安全隐患，指导HSE工作。他按照阿美石油公司的要求，搜集培训资料，开发培训课件，编写培训教材，积极开展培训教学工作，累计授课达10010课时，培训员工1万多人次。

在沙特开展培训教学工作，不但要在培训中心的教室里进行，还要经常深入到现场授课。有的井队就在鲁卜哈利沙漠腹地，离分公司驻地有上千千米，到现场培训一般需要一星期左右，能订上机票还算是幸运的，如果没有票只能坐车前往。沙特是世界上唯一不允许女人驾车的国度，女人和孩子的出行，只能依靠家里的男性。Syed家有四个孩子，个个都在上学，家里吃的、用的都需要他开车出去采购。每次出门前，他都要把一家人的生活所需提前准备妥当，才能离开。培训结束后，如果队上没有车辆及时返回，他还要耐心等待，一家人的日常生活就只得靠朋友帮忙了。即使是遇到这种情况，也没有让Syed对培训工作说个“不”字。哪里有培训需求，哪里就有Syed的身影。有的教学工作，其他人还替代不了，有的印度、巴基斯坦籍雇员英语、阿拉伯语水平有限，他就自告奋勇主动去给他们上课。

Syed对待培训工作的严谨认真在培训中心是出了名的。不论是在培训中心讲课，还是在施工现场讲课，无故迟到、早退者被他“轰出”教室是常有的事，知道他“脾气”的老员工，通常都不会去挑战他的“坏脾气”。有一次，培训中心举办了一期沙特籍新员工硫化氢防护培训班，一名学员因为迟到10分钟而被他拒之门外，这名学员无奈之下找到班主任说明原因，做了一个不再迟到的承诺后才被允许进入教室。

Syed善于沟通、广交朋友、乐于助人。他是一名跨文化沟通的高手，结识了一些阿美石油公司和国际培训机构从事安全和培训的人员，并经常与他们进行交流和协作，为培训中心“走出去，请进来”进行国际培训交流与合作起到了桥梁和纽带作用。2009年1月，IADC（国际钻井承包商协会）中东地区负责人Ken先生来沙特参加了一次会议，Syed与他见了一面，两人就成了朋友，每次Ken来沙特，他都用自己的车去机场接送，这为培训中心与IADC合作起到了积极的推动作用。有时用邮件与外部机构沟通，会存在回复不及时，问题得不到解决等情况，这时只要请Syed打个电话协调一下，事情有时就有转机。无论是工作上的事还是个人的事，只要有时间，他都乐此不疲地提供帮助。

他乐于学习，勤于思考，不断提升自己的工作能力和水平。他先后通读并研究了将近500页的阿美安全要求，收集了大量的培训教学资料，为培训中心培训教学体系的开发和建设打下了良好的基础。他先后参加了美国ISEI、ASSE、NSC、OSHAcademy，CSP，澳大利亚ERS，沙特STAFF，ASTC等国际培训机构和协会的培训或自学课程，获得了32个培训讲师证书和多个奖项。2010年、2014年、2018年被评为沙特分公司优秀员工。

十几年来，国工沙特分公司从无到有，规模从小到大，业务范畴不断扩大。Syed作为分公司的一员见证了分公司的发展，也为分公司的发展做出了积极的贡献。从2008年培训中心建成至今，培训中心共举办培训班1131期，培训员工108914人次，其中沙籍员工47169人次，中方员工45239人次，其他国籍雇员16506人次，举办了9期集团公司国际石油项目管理班，培训174人；开展了13期NEBOSH安全专家培训班，培训187人；举办了26期沙籍雇员井控培训班，培训沙籍雇员266人。这些成绩的取得离不开Syed和同事们的共同努力。

Syed说“没有中国石化给予我平台，就没有我的现在，更没有我现在的幸福生活，中国石化就是我的第二故乡”。有人说“地球离了谁都照常转”，可对于沙特培训中心来说，少了Syed，就少了一份灵感、少了一份睿智、少了一份担当、少了一群朋友，也少了一份别样的精彩。他本人于2016年更是获得分公司第一个外籍员工连续十年工作荣誉证书。

物有甘苦，尝之者识；道有夷险，履之者知。为了沙特分公司和培训中心更加美好的明天，Syed正在与他的同事携手并肩，再接再厉，取得更好的成绩！

中国石化国际石油工程有限公司沙特分公司

巾帼不让须眉

天山之边，里海东岸，雪域荒原，中国石化石油工程队伍在中亚哈萨克斯坦立起巍巍钻塔，竖起一面面旗帜，筑起一座座丰碑。提起石油石化工人，人们常会习惯地想起“铮铮铁骨的硬汉子”，殊不知在他们中间还有一群不让须眉的“巾帼英雄”，一群来自不同城市、不同名族的当地女员工，正是她们在一个个平凡岗位上的坚守和奉献，让平凡变得不平凡，顶起了中国石化在哈萨克斯坦业务发展的半边天。

伊琳娜，中国石化国际石油工程哈萨克斯坦公司的第一批员工，一名土生土长的阿拉木图人。从2004年加入哈子至今，十五载如一日，青春不再激情犹存，作为公司外账财务主管，工作上她“锱铢必较”，不允许一个错误，是公司名副其实的“女强人”。生活上她平易近人，幽默，爱开玩笑，热心肠，乐于助人，是公司的“家中大姐”，公司员工都亲切地称她为“娜姐”。

哈子公司外账财务管理工作点多面广，当地的财税政策十分复杂，事务琐碎繁杂，工作中时常有意外状况出现，管理工作十分不易。工作中的伊琳娜严谨细致，在3300多个工作日中，她经手的报表出错率几乎为零，各类业务处理游刃有余。为了进一步提高自己的专业能力，伊琳娜常常利用业余休息时间参加公司安排的各种财务培训和讲座，不断突破自己，并获得了国际注册会计师认证（ACCA）。伊琳娜不仅公司发展壮大的见证者，更是公司屹立中亚的推动者、奉献者，无论是税务检查、经济警察检查还是和她工作无关的其他当局检查，已经记不清有多少次，都是她站在第一线，不惧压力，据理力争，为维护公司正当利益做出了巨大贡献。

娜姐今年58岁，算是哈子年龄最大的员工了，生活中她更像是公司的“家中长姐”。她总能记得所有中外员工的生日，提前组织大家“秘密”的买好蛋糕和礼物，说一番真诚而温暖的祝福语。当同事生活遇到困难时，她抑或耐心的倾听，认真地给出有用的建议，抑或热心地伸出援手，让人从心里感觉到集体的温暖和家的感觉。当得知有一起工作的中方人员要离开哈子回国工作时，她总忍不住掩面落泪。伊琳娜多次哽咽感慨道：“不知是哪一年开始，公司已经成为我的第二个家了，我爱的家和家人。”

中国石化国际石油工程有限公司哈萨克斯坦分公司

汗水挥洒在热土上

Wazir，来自巴基斯坦，是中原石油工程公司管具公司沙特项目部的一名普通司机。他是典型的巴基斯农村人，很朴实，也很有爱心；眼睛不大，但炯炯有神；个子不高，却显得很精干。他在中原石油工程沙特公司工作已经超过10个年头了，大伙都亲切地叫他“老瓦”。

目前，沙特公司拥有30部钻机，管具公司沙特项目部负责井控、机加工和下套管等技术服务，而老瓦的工作就是把服务人员和设备安全送达井队施工现场。遇到多个井队扎堆搬家时，也是老瓦最忙的时候，有时一天要跑上3～4个队，来来回回约1000千米。虽然工作辛苦，但他从来都没有一句怨言。有时因为井队紧急工作原因，他忙得连饭都顾不上吃就驱车奔赴井场，这些事情大家都在看在眼里，疼在心里。

老瓦干啥都特别认真，尤其爱惜他开的GMC皮卡。每次坐他的车时，车上总是一尘不染、干干净净。他总是微笑着说，车子是他吃饭的工具，要好好爱惜。作为一名司机，他在工作期间很少讲话，是一个勤勤恳恳的“老黄牛”，自始至终牢记“安全第一”的宗旨。有一次，沙特阿美公司审计检查出某井队防喷器证书有问题，如果不及时解决，全队就得停工。沙特项目部员工王智接到井队通知后，叫上老瓦带他去OEM厂家寻求帮助。路上王智心急如焚，不停地催促他开快点。老瓦却心平气和地说：“不要急，安全第一。如果生命没了，一切就都没了！”这也是他经常挂在嘴边的一句话。

为进一步提高自己的语言能力和技术水平，老瓦利用闲余时间学习英语、沙特当地的交通法规和钻井知识。现在，他已经可以独立完成Weatherford、Mi-Swaco等公司的刮管器租赁、BOP货物验收等工作，成为管具沙特项目上不可或缺的一员。

由于对待工作一丝不苟、认真负责，老瓦已连续3年被评为沙特公司优秀雇员。他也早已把中原当成自己的家，把中国同事当成自己的同胞兄弟。

生活中，他是个好爸爸、好丈夫，巴基斯坦家中的父母、妻子和5个孩子全靠他一人挣钱养活。因为家里比较贫困，他每个月都要按时给家里打钱。但即便工作再忙，他也会抽空给家人打个电话聊上几句：关心父母的身体，安慰妻子生活会越来越好，叮嘱孩子们要好好学习等。去年，他十分自豪地跟我们说，他把旧房子拆了，重新盖了一栋二层楼房。他的日子越过越好，村子里的人都十分羡慕他。

就是这样一个勤劳朴实的老司机，已为中原奉献了10余个年头，他见证了中原石油工程在沙特市场发展壮大的历程，与中原石油工程共成长、同进步。正因为他具有这种认真谨慎的工作态度，工作多年从未出现过一次交通事故和工作纰漏。他表示将继续以满腔热情积极投身于中原这个大家庭中，把勤劳的汗水洒在沙特市场这片热土上。

中石化中原石油工程有限公司

中国井队 Very Good Good!

"See，See! My Wife! HaHaHa！"每当工作之余，听到员工餐厅里传出这样的声音，不用说，一定是Thandu Miah又拿着照片在给朋友们晒他的家人了。

Thandu Miah在2015年新合同启动之前就来到了中石化胜利石油工程公司科威特项目管理部SP280队，敦厚老实，体型稍胖，动作却极其麻利，工作一直勤勤恳恳，做事积极热情，从不拖沓耍滑头。因为他的性格让人亲近，大家都不叫他本名Thandu Miah，都亲切地喊他"糖豆"，一颗引人发笑圆滚滚的糖豆。

糖豆的岗位是场地工长，但是工作起来他更像是所有外籍员工的"小头头"，只要把工作内容安排给他，他都会"No problem！ No problem！"地答应下来，心里快速地盘算着如何多快好省地完成任务，如果听到工作安排略有瑕疵的步骤，他也会积极地提出来，询问队上领导或者场地工长，这样做会不会更好，然后找到安全高效的工作方式并尽快完成，这也是大家喜欢和他共事的原因。

糖豆在家乡盖起了小楼，带着独立的院落，孩子渐渐地长大，媳妇又怀孕待产，他盘算着小楼再起一层，这样房间就足够多可供家人团聚。每次发工资的时候，他的眼睛盯着收据，有点话痨的他会格外的安静，眼神仿佛是在默默说着，又可以添一件新家具，或是给未出生的孩子准备好奶粉衣物，又或者投入到老大老二的教育事业中去。项目上对外籍员工工资审核得非常细致，防止出现纰漏，执行从不拖欠的发放制度，每逢休假还会有额外补助。这让勤勤恳恳的糖豆非常感激，每次都会专门到办公室里向我们表达谢意。“ Chinese rig，very good good。”是他经常挂在嘴边的一句话，活脱脱像极了一副简短的中国传统对联，那么横批应该是：I Love Working Here。

最被糖豆津津乐道的是队上职工共事的融洽关系了，还记得有一次队上职工过生日，糖豆和大家一起唱完英语生日歌，又热情地唱起了他们当地的庆生歌，边唱边拍手跳起了舞蹈，衷心地祝福着过生日的职工。幸福会传染，同样勤劳也会，而勤劳，对于像糖豆这样的外籍员工来说是他们致富的唯一途径。

糖豆的勤勉是大家有目共睹的，他甚至主动学习如何保养井口工具，正确的指挥吊叉车手势，简单的钻井日常英语和了解当前工况。于是每次都会神奇的发现，糖豆总是能够提前就把所需要的工具准备得妥妥当当。他说，在中国井队工作，倍有成就感，中国职工乐于助人，耐心朴实，对他的提升和帮助最大。

在科威特工作的外籍员工很多，能够让像糖豆这样职工数年如一日的安心工作，归功于中国石化企业提供的就业机会和岗位待遇，这是其他公司所不能比拟的。像海沙一样撒出去的劳务输出，星星点点的资金汇入了糖豆原本贫瘠的家乡，带动着他们祖国的发展，这和我们中国实行的“一带一路”开放性、包容性的政策也是相符合的。

中石化胜利石油工程有限公司

项目部的金牌司机——瓦桑特

司机瓦桑特被大家亲切地称为“老瓦”，他今年53岁，来自斯里兰卡，自2009年胜利石油工程公司科威特钻井项目启动就跟随项目工作。

科威特是最早与中国签署共建“一带一路”协议的阿拉伯国家之一。两国新签合同额连年超过10亿美元，特别是能源、通讯和建筑承包工程等领域实现大幅增长。在国家“一带一路”倡议指引下，胜利科威特项目部不断努力拓展市场份额，2018年以来共新启动钻修井机5部。

当老瓦听说项目部两部钻机又新签了合同后，显得非常开心，当被问到原因，他说很高兴有机会能继续为中石化工作，这样就能有稳定的收入来源把孩子抚养长大，大家开玩笑地说：老瓦你这是准备在中石化干到退休啊。老瓦却说他不仅把胜利项目当成工作单位，也当成了自己的第二个家。在中方员工眼中，老瓦也不仅仅是我们的司机，更是我们的朋友和家人。

最近几年科威特物价飞涨，其他公司开出的薪酬很有吸引力，但中石化胜利科威特项目没有一名司机离职，司机们都说虽然中石化给的薪水不是最高，但中石化却是值得信赖的大公司，只要自己努力工作，就能获得长期稳定的工作岗位。外籍员工都喜欢为中石化工作，原因很简单——尊重，中国人非常友善，以人为本，求同存异，尊重外籍员工的宗教信仰和个人习惯，关心员工的身心健康和家庭困难。2018年初老瓦父亲去世，项目部员工为他捐款50科威特第纳尔，让他切实感受到了来自中国公司的温暖。

日常工作中，老瓦认真检查车况、清理卫生，保证行驶安全和舒适。他还主动利用业余时间，帮助我们维修宿舍损坏的门锁、水管等设施。2015年6月，科威特清真寺爆炸致逾200人死伤，老瓦主动提醒我们要注意安全，减少外出，并把他得到的关于科威特当地公共安全方面的信息提供给大家参考。有一次SP138队的一名巴基斯坦员工辞职，因为离职补偿问题纠缠不休，老瓦碰巧看到了这一幕，利用语言相通的优势积极与他沟通交流，及时制止了这名员工在办公室的不文明行为。

近几年来，受益于国家“一带一路”倡议的实施，胜利项目实现了跨越式发展，钻机规模和产值逐年攀升。老瓦的收入也随之水涨船高，从2009年100多科威特第纳尔增加到了现在的290科威特第纳尔，增加了一倍多。项目部每年评选优秀员工会把外籍员工也纳入评选范围，获奖员工将得到数额不菲的奖金，极大激发了外籍员工主动干好工作的积极性。

中石化胜利石油工程有限公司

大卧的年华

中原石油工程公司在非洲大地上鏖战二十余年，众多身影中有一群和我们不一样的人。尽管他们说着晦涩难懂的语言，有着黝黑发亮的肤色，坚守着不同的信仰，但他们与我们一样爱岗敬业，无私奉献，任劳任怨，勇挑重担。他们就是公司的外籍雇员，在平凡的岗位上辛苦工作，为中原铁军的荣誉奉献他们无悔的青春。

我要说的是一名叫DAWOD的苏丹籍雇员，他已经在公司工作十余年，用我们的话来讲是一名“老石油”。他在当地员工中绝对是一朵“奇葩”，还给自己起了个响亮的中国名字，叫“大卧”。

“大卧”其实也是苦孩子，来自苏丹六区的众多部落中的一个。和大多数部落里的人一样，一间草房、几只羊就是全部家当，家境贫寒。已经放羊为生20多年的“大卧”终于在2009年的某一天，迎来了他人生中至关重要的巨大转折，中原工程公司在他部落所在地正在招收当地雇员。人生总是无心插柳，结果柳成荫，听到这个消息的放羊娃，抱着试试看的想法来到了招收雇员的驻地，正是这个偶然的机会改变了他的命运。此后，由于工期问题，他先后辗转在中原工程的几个钻井队工作，如今他已经成长为一名合格的苏丹籍石油工人。而我作为这期间的见证者，记录了一些“大卧”与我们中方员工之间的趣事。

勤学肯干的黑小伙

刚到队上那会儿，大卧就在工作中表现出一股子“狠劲”，干活从不惜力，黝黑的皮肤在骄阳下孜孜发亮。从钻台卫生清理、滚钻杆、刷丝扣，到守井口、上二层台、检修泥浆泵，不论简单还是复杂工作他从不拈轻怕重，踏踏实实认真完成。很快大卧在众多雇员中脱颖而出，其端正的工作态度、高效的工作效率让他成为当时最抢眼的一名员工。经过不到3个月的历练，他已经掌握了钻井工的基本技能，也被队上列为重点培养对象。通过队上师傅的师带徒技能学习，大卧的岗位操作技能不断提高，逐渐成长为一名优秀的井架工。

你别看他长得一副五大三粗的样子，工作起来心细着呢。有一次队上电测时仪器卡了，需要进行穿心打捞作业。当大卧完成他在二层台的工作，从井架上下来后，神秘地跑到师傅面前，边比划边问：“我都干了4口井了，今天割电缆的这个工序我咋没遇到过呢？”师傅笑嘻嘻地说：“你还挺有心的，今天你干的这个活儿并不是每口井施工都该有的正常工序。为了处理这口井电测卡仪器事故，才多出这个程序的。钻井工作深着嘞，可不只是你平时见到搬家啊、打钻啊、下套管啊这些活儿，你还有好多要学的呢。”大卧听后，默默记下师傅的话，在以后的工作中更加认真学习，留意每处工作细节。看着他认真的样子，我们每个中方员工都在心里为他点赞，他这种学习精神也值得我们每个人学习。

还有一次起钻喷的比较厉害，队上自制的防喷盒没扣紧，一提钻具防喷盒打开了，几米高的泥浆从钻柱里喷出来。正在守井口的大卧被喷的满脸都是泥浆，师傅心疼地说：“他咋不知道跑开啊！”他憨笑了一下，指了指悬在半空的钻杆立柱，做出推钻杆的姿势，原来这个傻小子等着把起出来的钻杆立柱推进钻杆盒呢，还真是记住了师傅的话，不论何时都要坚守岗位。看着大卧那雪白的牙齿，满脸的泥浆，突然觉得这个憨厚的黑小伙特别可爱。大卧和大多数当地雇员不同，凭借着“不偷懒、不要滑”的工作态度，一点一点地赢得身边同事的信任和尊敬。随着工作阅历的增加，大卧已经不仅仅满足于打打钳子、拉拉钻杆这些基本操作，他最羡慕师傅能够操作刹把了。干钻井的有一句行话，“司钻手里三条命”，就是说一名合格的司钻一摸刹把就想到“三条命”的分量，眼观六路，耳听八方，脑子里时刻想着人、设备、井上、地下、天车、机房、仪表、信号等情况。师傅告诫大卧，现在他还达不到能够操作刹把的水平，要脚踏实地一步一步地前进。大卧把师傅的话牢记在心，扎扎实实练基本功。终于在多年之后的一天，大卧在2076修井队实现了他的“刹把梦”，迈入了更高的工作岗位，为自己未来的岗位晋升打下了更坚实的基础。

不想离开这个家

非洲公司为大卧这样的当地雇员提供了展示个人才华的舞台，同样，大卧也对中原人抱有深深的情感。2012年3月26日，在苏丹1/2/4区南北苏丹突然爆发了一场较大规模的武装冲突！在该区块施工的797队接到通知，紧急撤离。正在队上工作的大卧没有扔下中国人独自离开，而是帮中国同事撤离危机四伏的冲突区。后来同事回忆起当时的情景：在刚离开井场大门口时，一颗炮弹就在距离井队皮卡车后方20米的位置爆炸；在车队的左后方不断有炮弹落下，激起的尘土足有十米高；一排子弹在距离中巴车左侧1米的位置扫过，地上激起一排排尘土；在西南方向，机枪扫射的火光明显可见，轰轰隆隆的炮弹声四处作响，井场危机四伏。原计划中方人员在黑格里国家安全局门口与基地人员会合，到达安全局门前时由于车辆太多，安保人员为防止道路被堵，不允许滞留，随即向六区基地巴里拉方向撤离。行至黑格里基地西北方向20千米的一个市场路口时，被当地人拦截，不准车辆通过。无奈所有车辆只好在市场上集结过夜。此时的大卧找到当地部落的朋友，搞到一些“黏糊糊”的“手抓饭”，不怕危险地利用当地人的优势极尽可能地为我们提供所有便利。大卧尤其是对自己的师傅更加上心。晚上睡觉的时候一直守在身边，拍拍自己的胸脯对师傅说：“师傅不要怕，大卧给你站岗放哨。”看到大卧不远处站岗的身影，中方人员心里多了些许温暖和安慰，因为有大卧在，大家也没有那么恐惧，慢慢地放松下来。后来师傅问他：“别的苏丹人都跑了，你怎么不跑啊？你不害怕吗？”大卧说：“井队也是我的家，同事是我的萨迪嘎（朋友的意思），我不想离开这个家。”

大卧此后数年一直在中原石油工程公司工作，连续数年被评为公司“优秀雇员”，在井队平凡的岗位上闯出不平凡的人生，在公司给予的广阔舞台谱写自己灿烂的人生。

其实，在中原工程中“大卧”们有很多很多……他们没有较高的学历、殷实的家境，却有一双粗糙勤劳的双手和一颗朴实勇敢的心灵。在苏丹这片贫瘠且不安稳的土地上，中原工程的“大卧”们与我们一起努力工作、互相关爱，在未来的日子里，希望“大卧”越来越好，希望我们越来越好……

中石化中原石油工程有限公司

阿迪楠的快乐生活

阿迪楠是华北石油工程西部分公司SP106队的一名值班车司机，来自巴基斯坦，浓郁的胡须掩盖了他的年龄，很难让你想到这是一个地道的“88后”。可能是骨子里面的民族基因，他喜欢音乐，不工作的时候，常常戴着耳机听歌，嘴里轻声地哼上几句，偶尔还会跟着音乐扭动起来，真是一个“柔软的胖子”。

阿迪楠的中国情缘

阿迪楠的哥哥曾在中国西安交通大学留学，毕业回国后成了当地小有名气的一位外科医生，他经常会给阿迪楠讲在中国的故事，看中国的照片，介绍中国的朋友，当然，最让哥哥难以割舍和留恋的还是中国的美食。只有当地的重大节日时，家人围坐在一起，哥哥才会露上一手他的绝学——包子，耳濡目染，阿迪楠喜欢上了中国。细细算来，这已经是阿迪楠和中国人一起工作的第八个年头了，他跟随国工项目在利雅得附近铺过管道，在井队干过生产水车司机，最后由于表现优秀，被录用为值班车司机。为了工作方便，他手机里也安装了QQ和微信，闲暇时候跟中国同事聊得不亦乐乎。

沙漠里的“活地图”

来过沙特的都知道，沙特的高速公路系统并不完善，通往井场的路上往往是许多小柏油路和土路，更没有国内处处可用的导航。水井队搬迁距离远，几百千米更是家常便饭，正式搬迁前，一般要前去新井场确认路线和井场。一部卫星电话，一个井号和坐标，阿迪楠就驱车上路了，凭借丰富的经验和对这片沙漠的熟悉，他总能在茫茫沙海中顺利找到井场。每次出车回来后，他总要亲自将爱车擦得锃亮，“车就是司机的家人，一定要善待他。”阿迪楠这么对我说。

多功能翻译官

沙特的当地银行卡每年都需要本人亲自去银行更新，如果逾期，银行卡将被锁，无法转账取款，这对于远离城市工作在沙漠里的员工来说，去更新的机会就格外珍惜，而部分英语底子薄的中方员工就更为烦恼，担心由于交流不畅，而不能顺利更新。不过还好有阿迪楠，他的阿语和英语都很棒，自觉充当起翻译官，帮助员工解决了一大麻烦。

随着甲方要求的沙化比例越来越高，来井队工作的沙籍员工越来越多，很多新员工英语基础基本为零，给井队的管理工作带来了不少的问题。即便是手脚并用的肢体语言，很多时候井队领导仍然无法清楚了解员工的一些诉求，此时办公室往往回响起一个声音“call Adinan come”，然后一切问题便迎刃而解了。

交通安全记心间

沙特是世界上交通安全事故发生最多的国家之一，为此公司实行了严格的交通管理制度，加大安全宣传力度。阿迪楠义务担任井队交通安全宣传员，对公司的交通安全规定更是如数家珍，常常给其他司机讲起来更是滔滔不绝。每次出车前，他都会仔细检查车况、油量、车内安全设施、认真填写行车单。一次，井队安排阿迪楠接两名休假员工归队，人员上车后，阿迪楠提醒他们系好安全带，可后排的员工认为他不是副驾驶位置，没必要，阿迪楠一改平日的嬉笑，严肃的拉起手刹，耐心地把交通安全法规及公司要求讲给他听，自知理亏的他只好乖乖地系好安全带。在快要到井队的一个高速路口，车却减速停了下来，前方发生了堵车，当看到前来的警车及车祸现场，后排的员工搓了搓手心，紧紧握住阿迪楠的手说了声谢谢。这时，阿迪楠爽朗地笑了。

阿迪楠很满足现在的生活，这里充满了尊重和关爱，有自己的朋友和兄弟，他说在这里工作很开心。当问起他的愿望是什么，他羞涩地告诉我，他希望有机会能够去中国，去哥哥留学的城市走一走，亲自感受古城的文化，品尝中国的美食。

中石化华北石油工程有限公司西部分公司

认真又快乐的斯里兰卡司机

科威特北部油区，50℃高温。隔三岔五，一辆白色丰田皮卡行驶在灼热的路面，有时拐进土路，车后拖一行烟尘，影影绰绰。

华北石油工程五普钻井分公司SP279钻井队搬到哪儿，哪儿就有这辆车的身影。

“请系好安全带，不然不开车。”来自斯里兰卡的司机如斯塔纳，抄着生硬的汉语，告诫坐在副驾驶的人。

SP279钻井队2015年刚到科威特，如斯塔纳开着车报到。值班4年多，随时有事随时出发，如同勤勤恳恳的“老黄牛”。大家都很喜欢他，于是给他取了个中国名字，亲切地叫他小黑。

科威特的公路，坡陡、弯急、路窄。大概石油资源太丰富，路上的每辆车都毫不吝啬地轰着油门。在这样的路上行车，既辛苦又危险，稍有疏忽，就可能发生交通事故。

一上路，如斯塔纳很少说话。相互会车时，把“宁停三分、不抢一秒”

这几个字做得很到位。

当地也是左驾右行。一次，在丁字路口左转弯，因为车多，他一直停了近半个小时，看见前方的车离他都比较远，才拐了过去。

“车上坐了3名中国人，我要对你们的安全负责，转弯时‘靠右、鸣号、减速’。如果前方车多，就停车等待。”看到几个人有点着急，如斯塔纳解释。

也有开快车的时候。去年6月，刚到科威特的一名新工因水土不服，上吐下泻，发高烧。半夜把如斯塔纳喊起来，他轰着油门往当地医院飞奔，路上连超好几辆车。

科威特当地和油区内有交通规则，也严禁超载。出去采购的物品只要超过限高，如斯塔纳这一关就过不了。

“我多跑一趟没关系，交通规则不能违反。”每到这个时侯，他就特别严肃。认真说着一名合格驾驶员的“四不”：不疲劳驾驶、不开“英雄车”和斗气车、不强行超车、不超载行驶。

4年多来，他从未出过一次交通事故，安全驾驶33万千米。

脸色黝黑、看似严肃的如斯塔纳，其实是个很热心开朗的人。

去年，科威特连续遭遇强降雨，导致很多路段大面积积水。一天，井队安排他去机场接人，回来的路上，他看到当地一辆车泡在水里不能启动，司机无助地看着他。

如斯塔纳将车停靠在路边，询问车里的中方员工，如果不着急回井队，他就先帮这辆车开出去，这名中方员工就和他一起下车去询问和帮忙。

经过半个多小时的努力，终于把车开出去了。如斯塔纳擦着额头上的汗，嘿嘿笑着说，“我也是一名司机，或许有一天我也会遇到这种情况，谢谢你跟我一起帮助他。”

每次要回国，中方员工总要带些当地特产给亲朋好友。如斯塔纳在科威特时间长，总能帮忙买到最好而且最便宜的特产。慢慢地，他和井队的中方员工建立了很好的友谊。而每次休假结束，如斯塔纳也会收到来自中国的礼物。

前段时间，员工们突然感觉如斯塔纳闷闷不乐，很少开玩笑了。只是一味地把车开好，把交代给他的任务完成好。大家猜测，一定是家里有什么事让他放心不下。

井队安全官刘新福与他关系最好，找他聊天，得知他儿子也来到了科威特，在其他公司上班，想让他辞掉现在的工作，跟他一起上班，相互有个照顾。

“从279钻井队组建，我就来到这里，大家把我当朋友当兄弟，我已经融入这个大家庭了，我舍不得走。”如斯塔纳皱着眉说。一边是自己的亲儿子，一边是亲如兄弟的朋友，这让他很为难，因此闷闷不乐。

大家因此都去安慰他。无论走到哪里，你都是我们279钻井队家庭的一员。只要不影响工作，平时可以随时去城里和儿子团聚。即使你去了城里，我们也会常去看你。

“We ara family!”听大家这么说，如斯塔纳很高兴，笑容又重新回到脸上。

中石化华北石油工程有限公司五普钻井分公司

哪里有难处，哪里就有他的身影

提起中国石化939/969试油队哈籍员工扎布拉特，熟悉他的人都会竖起大拇指，称哪里有难处哪里就有他的身影。进入华北工程井下作业分公司工作以来，他先后担任固井工、试油工、班长、安全员等，并敢为人先担当哈籍队长用心经营939/969试油队。

在哈国石油市场“极寒期”，他带领哈籍员工心往一处想、劲往一处使，形成一股合力，带动队伍工作量不断提升，实现当地用工最大化，将939/969试油队生产经营的越来越红火。“只有公司好，个人才会好。”扎布拉特深有感触地说。

华北井下2005年“借船出海”进入哈萨克斯坦市场，扎布拉特作为在哈萨克招聘的第一批员工，已经同公司一起走过了14年，见证了公司在哈萨克项目从无到有、从小到大、从弱到强的过程，同公司一起对抗石油的“寒冬”，竭尽全力为项目扭亏为盈献计献策。

由于市场环境的不断变化，扎布拉特的岗位做了数次调整，但他从来没有怨言，公司哪里需要，他就去哪个岗位，适应新岗位，做好自己的本职工作。

2005年开始作为固井队施工班组长，每次都能带领当地员工同中方人员协作出色完成每一口井的固井任务，并且利用工作之余的时间经常找中方人员主动学习探讨固井技术，赢得中方和哈方员工的一致好评。

2009年公司拓展新项目，试油队正式进入哈萨克斯坦萨基斯油田开展修井作业。由于队伍新成立，急需招聘当地可靠的员工来稳固新市场。公司征求扎布拉特的意见，想抽调他到试油队组建新队伍。他明知修井工很辛苦，却爽快地答应说："公司哪里需要，我就去哪里。"

由于对修井作业不熟悉，他不怕脏、不怕累，从最基本的场地工干起，很快熟悉修井的工作流程。由于翻译人员也比较欠缺，为了多跟中方人员交流，他甚至自学起了中文。

哈萨克斯坦当地大部分民众比较友好和善，也有少数思想比较极端，存在排外情绪，认为中国企业来开采他们的资源，污染他们的环境，还来抢了他们的饭碗。有一晚，几个喝醉的牧民，带着枪来闹事，他们知道试油队的驻地，直接找到了中方人员大骂，如果处理不好，在情绪激动情况下很容易造成流血事件。

众人惊呆了，纷纷后退，扎布拉特却一个箭步冲了上去，拼尽全力，把带头闹事的牧民枪火控制住。

他带领的几个哈籍员工也冲了上来，几个人合力，彻底控制住醉酒的牧民。从事发到结束，整个过程只用了短短10秒时间。10秒，千钧一发，他迎难而上，保障了队伍及员工的安全。

此事在队上引起强烈反响。有人不太相信，说："这么危险，也许他当时只是脑子一热，什么都没想。"然而，熟悉扎布拉特的人都知道：再给他1000次选择的机会，他还是会冲上去，因为他把为公司解难看得比什么都重要。

2017年公司开拓新市场，准备进入阿克套KKM油田修井作业。施工营房、工具、设备等需要运送到1000多千米外，这是个庞大的工程，施工主设备350修井机运送尤其困难，很难找到这么大的平板车运输。

当时正值年底，阿克纠斌冬季气温可达-30℃以下，到处一片白茫茫的积雪。扎布拉特了解到情况后，发动自己的亲友积极联系，最终联系到一辆大板车。

在运送当天，天公不作美，刮起了大风，风搅雪，到处一片白，温度极低，车辆难以发动。因为当时已经停工收队，一时找不到快速启动液，基地地处偏僻，距离市区300多千米。如果时间往后推，不知道过几天天气才会好，如果太晚影响新工区开工的话，他们甚至会失去新市场。正当项目领导一筹莫展时，扎布拉特打过来电话了，询问装车情况，了解队伍目前的困境。

他二话没说，从市区买了快速启动液驱车300多千米直接送了过来，车终于发着了，最终成功装车，队伍成功搬迁。

可能平时300千米不算什么，但是在当时的环境下，却是冒着生命危险。因为当地冬季将近5～6个月积雪不化，道路条件极差，像当天的天气“风搅雪”，看不清路，路边都是堆满雪的坑，与路齐平，一不小心偏离主路掉进坑里，车就开不出来了。另外一旦车辆抛锚，没有人愿意在那种天气去救援，以前就有车辆半路抛锚被冻死。想到这些，队上员工都从心里由衷的感谢扎布拉特。

来到新工区后，除了原来阿克纠斌州的老员工，由于工作量增加又招聘了许多阿克套州的员工，两个州因为文化环境的不同，一开始经常出现摩擦和矛盾。

阿克纠斌的员工仗着自己资历老，感觉自己高人一等；当地员工又仗着自己是本地人，处处欺负阿克纠斌人。经过长时间的矛盾积累，相互斗气，甚至有一次造成了停工，中方人员去调节也不见成效。

扎布拉特站了出来，他首先去说服阿克纠斌员工：“我们是老员工了，公司对我们不薄，大家以大局为重，不要意气用事，影响生产的话，对我们谁都没好处。”他主动低头去跟阿克套员工和解，最终及时恢复了生产。

同时他积极跟阿克套的员工交流，从日常生活中从点点滴滴关心他们，靠他的大度和智慧获得阿克套员工的认可，在两个州的员工之间架起一座沟通的桥梁。

他的努力没有白费。939/969试油队哈籍员工被他的迎难而上的精神所感染，大家和谐相处，互相取长补短，共同完成新工区的施工任务。

中石化华北石油工程有限公司

『为SINOPEC工作，也是为了自己』

Duong Trong Duy，中文名字杨仲维，是中石化润滑油公司越南销售代表处的一名销售经理。2017年他被评为中国石化润滑油公司优秀海外员工，这个荣誉让阿维备受鼓舞，曾多次询问“我的优秀员工奖状邮寄过来了吗？我要拿回家挂在墙上，给我的妻子儿女瞧瞧”。

杨仲维是2016年4月入职越南销售代表处的，虽然没有润滑油相关行业的从业经验，但阿维凭借出色的学习能力迅速熟悉了SINOPEC的品牌文化，润滑油产品知识和市场营销支持政策等，三个月后就已经可以独立开发经销商及客户了。

他有良好的沟通能力，对于推进润滑油业务很有信心。2018年年初，国际油价大幅上涨，市场竞争异常激烈，正值阿维的第二个孩子出生，一家人都沉浸在幸福的喜悦之中，阿维主动要求承担柴机油市场开发的工作，每个月大部分时间都在外地出差，寻找备选的经销商，连对妻子和儿女最基本的陪伴都成了奢侈。工作之余，开玩笑地问阿维：“家人对你经常出差有意见吗？”他总是略带微笑地回答，“他们都知道我这么辛苦地为SINOPEC工作，也是为了他们。”

2019年3月，阿维通过不断地市场走访，找到一家具备资金实力和销售网络的意向车用油经销商，当客户了解到我们是中国品牌后，面露难色，并直言不讳地说更希望与欧美甚至日韩品牌合作。鉴于该经销商的各方面条件都符合我们品牌发展要求。阿维在一个月内，连续5次登门拜访，前3次都吃了闭门羹，最终用诚意打动了客户，第5次拜访确定了合作相关细节，并且合作之后通过我们过硬的产品品质打消了客户对中国品牌的偏见。

阿维说：“我们SINOPEC品牌发展在越南还在起步阶段，与客户之间的信任关系需要慢慢建立，很多时候客户是先认可了我们的销售人员，才愿意与我们品牌合作的，虽然我和SINOPEC是雇佣的关系，但是我进SINOPEC工作后收入水平提升了，家庭生活幸福了，未来我愿意继续为SINOPEC的国际化发展贡献一份力量。”

现在阿维的大女儿8岁，读小学二年级，除了日常的课程之外，阿维每周末都会带女儿上中文课程，阿维经常幸福地说：“每周最快乐的时光就是跟女儿一起上中文课，和女儿一起上课自己也会有所收获，将来准备送女儿去中国留学，如果女儿去了中国后知道自己爸爸是SINOPEC的一分子，她会为我骄傲的。”

中国石化润滑油有限公司越南销售代表处

家一样的联化亚洲

我是一位加入联化亚洲几年的执行员。当初刚迈入社会工作时，我心里早就有“企业只要盈利，不顾社会责任，不跟员工讲人情”的思想准备。刚加入联化亚洲工作时，我发现办公室比想象中宁静，大家都是整天埋头工作，互相倾谈的内容大多是与工作相关，因此，我认为这里跟其他企业一样只看重盈利。但这种想法慢慢地被执行部总经理Patrick Ho改变，他把自己在联化亚洲的经历告诉我，令我了解到这里不单看经济效益，同时很重视社会责任，而且对待员工是富有人情味的。

Patrick Ho是联化亚洲在香港招聘的当地员工，他于1997年加入联化亚洲，现在已在公司工作20多年，我问他为什么会在联化亚洲工作这么长时间？他表示其中一个主要的原因是联化亚洲能够给他“家人”般的感觉。加入联化亚洲前，他完全不懂原油贸易工作，他的原油执行知识都是当时的领导们用心的亲自教导他，这种“师带徒”的方法是有别于一般的企业，体现了公司对员工的重视，促进了大家的融洽，使公司形成和谐的员工关系和工作气氛。他认为通过这种“师带徒”培育员工的方法能高效帮助员工快速成长，同时也可以建立员工对公司的感情。因此，在他成长起来后，也一直用“师带徒”来培养新员工。事实证明，联化亚洲员工工作效率高、成长快且忠诚度高。

在他为联化亚洲服务的20多年间，香港经历了几次国际金融风暴，并曾导致经济大幅下滑。很多企业都采取不顾社会责任的态度，进行大规模裁员来维持盈利。就在他加入公司的第二年，亚洲多个国家（地区）的货币被国际投资者大量沽空最终导致1998年的亚洲金融风暴，导致整个亚洲各国的经济大幅下滑、房地产价格崩塌、企业大量裁员、失业率高。当时联化亚洲没有跟随这股裁员潮，而是依托中国石化，依靠联合石化的支持，选择肩负社会责任，跟员工共度艰难时期。当时领导跟他说，趁这段时间好好学习各种原油执行知识，为将来做好准备。这种安排让他感受到公司承担社会责任的使命。后来香港又经历了“非典型肺炎（SARS）”及“2008年国际金融海啸”，历次香港社会大幅震荡，联化亚洲都肩负起社会责任的使命，确保员工安心工作。

他跟我分享了最感动他的一件事。他在2005年因心脏二尖瓣闭锁不全导致血液倒流而做过心脏修补手术，这在当时来说是一项大型手术。他说他属于隐性病人，平日没有任何病征，跟常人一样，在一次详细体检中发现病情比较严重，需要尽快做手术。当检验结果出来后，他仍清楚记得当时感觉像世界停顿了，脑海一片空白。他说跟领导汇报前心里一直担心公司会怎么处理。但当他汇报完后，领导们表现出真诚的关心，并立即对他的后续工作做好安排，让他放心做手术。他的其中一位师傅更主动为他提供建议并张罗手术的事情，这种像家人的关心令他顿时放下心头大石，安心准备这项手术。在术后第二天，当他在病床上张开眼睛时，竟然看到领导就在他床边。他从没想过领导会到医院探望他，当时感动得眼泪直流，而且他看到领导也在流泪，他说这情境他永远都不会忘记。领导及同事给他像家人一样的关心，让他在手术后可以安心休养。他说将来一定好好回报公司。

从他给我分享的故事中，我深深体会到联化亚洲是一家承担社会责任，对员工有情有义的公司，使员工安心长期在这发展事业。

中国国际石油化工联合有限责任公司

『百科全书』茹建

茹建作为英国当地雇员于1998年2月加入联合石化英国公司，至今已为联合石化工作了二十多年。先后从事过纸货执行、合同管理、实货执行、滞期索赔等所有执行环节，并自2005年至今一直担任执行部经理的工作。二十年的时间里，他对待工作始终如一，没有丝毫松懈，一直秉持着初心，牢记着使命。随着联化英国国际贸易业务的发展壮大，茹建也从成长到成熟，最后发展为原油业界知名的贸易执行专家，在公司国际化发展的道路上做出了突出贡献。

勇于担当　攻坚克难

近年来，为实现中国石化约30家炼厂的原油保供任务，满足国家能源战略需求，联合石化英国公司不断开拓原油业务，目前涵盖北海、地中海和西非等广大区域，涉及原油品种50多个，每年总贸易量接近1亿吨，执行买卖合同数量1000多笔。茹建作为原油执行部经理，高度负责，热情投入，带动执行团队顺畅工作，为原油贸易工作提供了坚实的保障。

原油国际贸易执行工作一个显著的特点就是直面世界上一流的贸易公司，风险压力高、工作难度大。2014年PLUTONIO原油发生大面积高盐问题，严重影响到中国石化炼厂的稳定生产，有些炼厂甚至一度停止采购。一方面对内存在生产压力，另一方面对外合同条款面临巨大的违约风险。为了确保中国石化炼厂利益，茹建在此期间每天紧密跟踪原油品质，并时刻向总部汇报，保证总部能及时跟踪装港最新动态，前后共持续了3个多月。同时对外积极进行商务谈判，大小不下百次，并要求供货商赴北京向中国石化进行解释说明。最后保证了原油的稳定供应，并成功索赔超过1000万美元，用实际行动维护了中国石化的整体利益。

科学管理　一心为公

茹建作为执行经理，不仅对自己严格要求，更重要的是科学管理团队，心底无私，一心为公，保证了执行团队的高效运转。

执行部是整个贸易环节的“腰”，起着上传下达、内合外联的重要作用。在高风险面前，她深知管理团队的首要工具是清晰合理的制度。多年来随着业务的发展，新的国际贸易情景层出不穷，给执行工作带来了一次又一次的挑战。为了应对不断变化的业务要求，茹建制定了一系列执行程序和制度，给执行部门的各个团队明确工作流程，科学地管理执行工作，努力减少执行风险。

多年来，她根据业务实际需求，挑选面试了一批国际化专业人员。在执行部已有的货物执行团队的基础上成立了合同团队、数质量监控团队、纸货执行团队、货款结算团队等，形成了一个个专业组，科学合理分工，走国际化和专业化道路，为公司突飞猛进的贸易发展提供了坚强的后盾。

茹建在公司的贸易系统建设上也做出了突出的贡献。2010年公司设计启动第一套贸易系统“联桥”时，她凭借多年的执行经验，为系统工程师提供了丰富的一线业务场景，配合工程师开发软件。自从联桥系统投入使用以来，她不间断地根据业务的需要不断完善系统，通过系统来成功地控制执行过程中的各个风险。2019年联化大规模地开发新的ERP系统，在搭建新系统的工程过程中，茹建又再一次冲锋在前，先后四次赴北京与ERP工程师进行讨论、测试，为项目组提供了丰富的专业意见。

让中西文化凝聚　促内外工作互通

公司的国际化发展必然需要国际化的人才。2011年年初，联合石化英国公司开始进行大规模改革，重建公司业务架构，增设职能部门，大踏步组建国际贸易公司团队。一时间有很多不同国籍的外籍人员加入，形成了一个“小联合国式”的多元化集体，外籍员工占比一度高达80%。多元化的工作环境极大地促进了公司国际化业务发展，但也不可避免地产生内部跨文化障碍的问题。这些问题一般不会显露于表面，但却时刻影响着公司的业务发展。

茹建作为一名联化老员工，主动作为，凭借自身对东西方文化的了解，在日常工作中总是能承担中西文化交融的“融合剂”。很多外籍员工在日常工作中已经习惯了通过茹建来了解公司整体的工作部署和制度要求，也习惯了通过她来表达意见和见解。在这一过程中，茹建很好地成为了沟通外籍人员和中国雇员的有效桥梁，将公司总部的精神和指示用外籍人员可以接受的方式进行传达，在公司国际化人才团队建设方面起到了巨大的作用。

茹建在联化工作期间，日复一日，年复一年，时刻严格要求自己，以身作则，在团队中处处起到先锋模范作用。原油执行工作有一个环节，那就是每月底都要配合财务进行月底结算，为了做好这一工作，她从来没有在月底请过假，二十多年，始终如是，敬业精神可见一斑。由于她扎实的专业技能和对公司业务的全面了解，被大家戏称为不可缺少的“百科全书”。更有一句话在员工内部自发流传：“流水的业务，铁打的茹建”。二十多年来，在原油国际贸易领域，茹建正是用奉献的精神扎根于工作，凭专业的能力赢得了市场。

中国国际石油化工联合有限责任公司

来自霹雳州的元老Bella Teh

Bella Teh（郑秀璇），女，新加坡籍，1978年8月出生于马来西亚霹雳州。2007年4月加入联合石化（新加坡）有限公司（以下简称联化新加坡公司），现任公司财务总监（管理层成员），曾先后担任公司风险管理部经理、法律合同部经理和财务部经理。

在联化新加坡公司工作的12年时间里，Bella Teh始终把公司的需要和利益摆在第一位，兢兢业业、沉稳踏实、任劳任怨，对待工作全心全意、责任心强，作为外籍员工能自觉为工作主动加班加点，从无怨言，从不计个人得失，扎扎实实做事，本本分分做人，是勤勉尽责的模范员工典范。2019年3月Bella Teh受聘为联化新加坡公司财务总监，成为联合石化公司成立26年以来第一位进入境外机构管理层的外籍员工。

担任财务经理期间，Bella Teh带领团队在全面完成好公司财务管理各项工作任务的同时，能积极主动配合好集团公司和联合石化本部的审计、监察、合规检查（巡视）等各项工作。多年来，在许多新任务、新问题面前，在许多次面临前所未有的困难和巨大压力时，特别是2014年公司前任主管财务工作的管理层离任后，Bella Teh承担起公司总会计师的实际职责和重任，带领财务团队一起迎难而上、攻坚克难，全力以赴、克服各种挑战，圆满完成了各项工作任务，受到上级和公司上下员工的一致肯定，协助联化新加坡公司为开拓成品油和LNG全球业务创造了可靠可信稳定的大后方。2018年和2019年，Bella Teh带领团队为公司两度荣获“联合石化上半年度财务指标竞赛先进单位”荣誉称号。

在2018年本机构启动海外合规检查迎检工作后，Bella Teh主动牺牲个人时间加班加点，准备了大量的材料，耐心细致配合好检查组工作，获得检查组同志们的一致好评，为本机构能全力以赴做好各项检查迎检、配合和整改工作做出积极贡献。同样在联化新加坡公司LNG业务从雏形进入到目前平稳发展阶段、在联合石化公司ERP信息系统建设等许多方面，Bella Teh都积极参与、全力协助公司落实和推进相关工作，在本机构当地员工和国际员工中起到了很好的示范带动作用。

作为公司的“元老”，Bella Teh曾多次感慨地说，自己作为一个从霹雳州这个自然风光旖旎秀美的地方一路漂泊打拼到新加坡的马来西亚人，幸运地加入联化新加坡公司后从一名普通的基层员工做起，除了“自己的中文越来越流利”，也与公司一起走过了国际市场兴旺与低迷的时期，一起度过了国际金融危机的时刻，一路相伴、一起成长，风雨同舟、一起迎来新的曙光。Bella Teh说，她自己亲身见证了公司从起步初期一个十几人的小型企业逐步成长为分支机构和团队遍及新加坡、印尼、英国的大型成品油贸易公司，也有幸见证了中国国有企业在海外一步一个脚印的发展历程，这些既是她个人的成长经历，也是公司的发展历程，在中国企业的工作让自己不断成长，也改变了自己的生活和命运，她与公司已经成为“命运共同体”。在这样一个生气勃勃的充满朝气和希望的公司中，全心地投入和踏实的工作获得来自本部领导班子和本机构历任中方管理层的认可与肯定，使她始终充满工作的动力和信心，愿意长期为公司一直打拼、加倍努力。

作为公司的外籍员工，Bella Teh多年来为联化新加坡公司公司企业文化建设作出积极贡献，协助公司策划和组织各类团队建设活动，身体力行推进海外公司跨文化融合，积极配合公司管理层提升当地员工和国际员工对公司的认同感和忠诚度，受到中外员工爱戴，为稳定联化新加坡公司业务队伍、推动业务健康发展、促进公司和谐团结贡献力量，为公司和当地搭建起沟通的桥梁，树立了中国石化外籍员工的良好形象。

Bella Teh在联化新加坡公司长达12年的工作实践历练下，具备丰富的财务管理和风险管理经验，熟练掌握业务知识，熟悉所在国财经政策、法规和方针，组织领导能力和跨文化沟通能力强，协调处理各方关系方面经验丰富，工作态度和工作能力有口皆碑，多年来业绩表现出色，Bella Teh用自己的实力和努力赢得了联化新加坡公司历任管理层的肯定和全体中外员工的认可，树立了中国石化外籍员工的良好形象。

中国国际石油化工联合有限责任公司

“非典型”沙特籍员工Nassir

“Good morning, Zhang”，早上到办公室后，一声问候一如既往进入我的耳朵。不用想，能这么热情且早到的只有南京工程沙特第二工程项目部的“非典型”沙特籍员工——GRO（政府事务协调员）Nassir了。

之所以说Nassir是“非典型”沙特籍员工，是因为他身上没有沙特籍员工身上的“小毛病”。Nassir纪律性强，和中国同事一样，从来都是六点上班，且频繁加班；他工作积极、主动担当，只要项目部有安排，同事有需要，从来没有推脱；他工作经验丰富，熟悉当地政府和业主工作流程，帮助项目部解决了诸多难题。自从Nassir加入项目，他的一言一行、所作所为让我们每一个人对沙特籍员工的印象产生了翻天覆地的变化。

沙特阿美QATIF管线项目是公司在海外承接的第一个直接和阿美签订合同的完全意义上的EPC项目、第一个完全意义上的长输管道项目。在实现业务机构上重大突破的同时，也暴露了公司直接与当地政府沟通协调时的经验欠缺。Nassir就是在这种背景下进入项目部工作的。当时对于他的应聘我们感到不可思议，他虽然经历丰富，满足了我们的工作需要，但是入职时年近花甲，刚从沙特阿美退休，每个月有着不菲的退休金，安逸的生活还能让他有工作的动力和激情吗？对此，我们保留尝试和怀疑的态度观望着。

Nassir入职后，前期主要负责项目ID办理及公共关系协调等方面工作。出乎所有人的意料，不到一个月的时间，他很快获得了项目部的认可，快速融入了企业中，逐渐成为公司拉斯坦努拉地区的公共事务协调专家。

项目前期在办理入场ID时直接面对沙特阿美，业主的程序复杂、困难重重，面对ID办理的窘境，Nassir带领项目同事积极与业主沟通，整理出了完整的ID办理流程并形成书面文件。一方面协助相关人员做好ID办理前期文件资料的准备及翻译工作，另一方面，他还充分利用自己在阿美工作的经历，为项目人员ID领取开辟出了“VIP”通道，保证领取ID“零等待”，缩短ID办理周期，极大提高了工作效率，为项目执行提供了坚实的基础。

主动作为是Nassir的突出特点。他凭借自己多年在职场（尤其是阿美公司）工作积累的经验，在项目现场办公区供电改造过程中，他作为对外协调总代表，大胆尝试，敢于担当，积极与阿美、沙特电力公司进行多方沟通协调。经过3个月的共同努力，2019年4月12日，沙特IPC项目顺利完成了现场办公室供电系统改造，从沙特电力公司接电、试电、投用一次性成功。接入市电后，对比租赁发电机，在保障供电持续稳定的同时，节约的用电成本在75%左右。

他舍小家顾大家。公司首次进点拉斯坦努拉地区，项目工作界面复杂，与当地政府机关及社区打交道多，且项目距沙特公共安全形势相对严峻的卡迪夫地区较近，对项目的经营管理是一个巨大的挑战。项目开工前期，需要协调的事宜很多，Nassir在项目开工后没多久就加入到项目团队中来，为便于工作开展，他主动申请住在项目租住的公寓，和其他同事同步上下班，24小时待命，经常挂在他嘴上的是“any time in any help，you can call me”。

他严以律己，以身作则。身为项目团队中的一员，他对外履行行政经理和HR经理职责。在沙特籍员工中，他在自己带头严格遵守企业的规章制度的前提下，主动担当起了沙特籍员工与企业沟通融合的桥梁，由于文化差异等客观因素的制约，沙特籍员工的雇用和管理上出现的一些问题，他能够很好地平衡好企业利益和员工利益，圆满地化解和处理好，项目上的沙特籍员工都称他为“big brother”。他的忘我工作，也向其他沙特籍员工作了表率，他们各司其职，分别在各自的岗位上，为项目平稳运行助力。

莫道夕阳晚，担当写风华。这就是EP2项目的Nassir，在未来的日子里，他还将继续与大家一起书写精彩、铸就辉煌。

中石化南京工程有限公司

中国通Ram

“老陈，老陈，辅助锅炉吊装的作业票好了，过来拿”，南京工程安装分公司沙特硫酸项目部作业票接收员Ram又通过对讲机给起重班长带来好消息了，这样的喊话大家都听习惯了。他在大家的眼中已经是一个“中国通”了，他能听懂大部分的中国话，而且跟班组长和伙长们都打成一片，只要班组人员说出：“TG厂房高处作业”，“辅助锅炉动火作业”，“电厂管廊吊装作业”等字眼，他就能理解班组人员所需的作业票类型，迅速地完成作业票相关工作。

Ram在安装公司项目上一干就是五年，从一个普普通通的普工到现在的“管理”，成为所有外籍员工眼中羡慕的对象，然而他们却不知道Ram的付出，他已经是19个月没有休假了，领导问他为什么不休假，他说：“现在不走”，经过领导的再三追问才得知，他的新婚妻子已经出车祸半年多了，卧病在床，一直由他母亲照看，他延期是为了把假攒起来带他的妻子去印度看病，在项目领导帮助和室友的担保下，他在自己原有的假期基础上又请了10

天假。再过几天Ram就要休假了，但是他心里的弦一直绷着，他知道项目作业票接收、关闭等相关工作的重要性，他每天都在教他的小徒弟写作业票的注意事项、作业票类型，同时还教给他徒弟简单的中文对话，将工作中常用的中文用尼泊尔语写在一张纸条上，让他的徒弟加紧练习，尽快熟悉和胜任工作，这样他才能安心地回去休假。

在安装分公司沙特硫酸项目部“决战一百天、看齐总目标”的大干热潮中，每天作业票的工作量很大，有时班组会跟他发火，他都笑呵呵的，在自己平凡的岗位上简简单单，做着“不平凡”的事，极大分摊了项目施工员的工作，为项目在大干中贡献自己的力量，成为外籍员工学习的榜样。

中石化南京工程有限公司

“金牌管家”桑吉

9月16日，炼化工程集团十建公司科威特GC-32项目的照明、接地线施工正在紧张进行中。太阳朗照着整个工地，寸草不生的黄沙地，让人感觉焦躁。印度籍汉子桑吉·库玛·辛和往常一样忙着指导施工、统计电气工作量、办理工作票……

他一直是一副“大管家”的样子。

桑吉·库玛·辛来自印度的“不拉德”邦，中等身材，体型微胖，方脸。去年12月份，他应聘班长，加入科威特GC-32项目。由于性格随和，项目部的同事们亲切地喊他“桑吉”。

桑吉初到项目，如愿当上了班长。他有责任心，技术好，凡事又以身作则，很快取得了班里人的信任。尽管班里的13个人来自不同的国家，但都能支持桑吉的工作。

科威特天气炎热，为了避暑，项目部6～8月施行夜间施工。桑吉担心夜间照明条件不好，容易发生安全事故，便组织班里人在天亮前进行灯具组装，天亮后再到各个释放作业点施工。这样一调整，既保证了安全，又让施工人员发挥了最大效能。班里的13位外籍同事理解他的用心，也不因失去了借机偷懒的机会而责怪桑吉。

桑吉会英语、阿拉伯语、印地语、乌尔都语。这特长，让他和印度、巴基斯坦、尼泊尔等国家员工交流起来如鱼得水。他也因此成为项目部仪电专业的“金牌管家”。

为了更好地管理外籍员工，项目部需要了解他们的生活习性，掌握他们的思想动态，桑吉就成了架在项目部和外籍员工中间的桥梁。

项目部仪电专业每次来了新的力工，都要到桑吉的班里历练一番。桑吉很细心地观察着每个人的脾气和技术水平，并及时把每个人的情况反映给仪电专业负责人。别的施工团队需要人手了，仪电负责人会根据桑吉反映的情况，把人员安排到合适的位置上。

目前，科威特GC-32项目仪电专业有十个作业团队，人员多，结构复杂，人材机的管理是一件比较麻烦的事，桑吉就成了协助项目部做好此项工作的首选。他每天忙着帮作业团队协调机具及施工过程中的琐碎问题。工地上常看见桑吉游走于各个施工团队之间，义务为他们服务的身影。同时，桑吉每天细致耐心地帮着统计每个作业团队每天的施工完成量，汇报的“大数据”总是准确，贴近现场实际情况，为项目部工程技术人员及时调整施工计划提供了可靠依据。

桑吉工作特别积极。他主动把图纸带回宿舍，利用晚上的时间仔细研究，很快就熟悉了现场。见技术员忙不过来，桑吉就主动当替补。对外联络的事情、作业票人员的培训和考证，桑吉都要操心协调。

今年5月份，有一位印度籍工程师的亲人去世了，需要即刻回家，可得知消息时已是当地时间晚上9点钟。项目部外籍员工的护照都被暂时保存在协调中心，外籍员工如需回国，需要走流程，由相关项目经理审批后，才能拿到护照。桑吉迅速与仪电团队的负责人协调，并联系给那位工程师开了“绿色通道”，使印度籍员工及时回到了家里。

现在，科威特GC-32项目仪电专业的施工已逐渐展开，桑吉的工作面从13人增加到了135人，大家头头脑脑的琐事都爱找他，桑吉也越来越像一个称职的金牌管家了。

中石化第十建设有限公司

有他在，质检无压力

目前，科威特石油公司要对炼化工程集团十建公司承建的科威特原油处理工程水处理南部区域进行机械完工前的现场检查，电气质检人员穆赫辛·汉又一次提前完成了A类检试验记录的报验工作。总承包商派特法现场电气主管工程师巴萨姆高兴地写了一幅字“有穆赫辛·汉在，我们什么都不怕”，贴在办公桌后的墙上。

穆赫辛·汉是十建公司科威特原油处理工程项目部外聘的印度籍员工。因发展需要，中东地区成为十建公司境外业务转型与布局的重头戏。十建公司下大力气加强国际化能力建设，提升国际项目执行能力，提升人才队伍建设能力。2016年，十建公司首次进入科威特市场广开门户、网罗人才，穆赫辛·汉被十建公司科威特原油处理工程项目部选中，已在印度赋闲半年的他对公司非常感激。

来到科威特项目后，同事对他友好和善，项目部及时为他解决工作、生活中的困难，为他创造学习的平台，让他感受到项目的重视和关心。他常说："我喜欢十建公司这个年轻的团队，和我以往工作过的公司相比，在这儿工作更有激情和挑战性，有压力更能激发潜力。"两年来，他努力工作、尽心尽力，赢得了项目部的认可。2017年初，他正式加入项目管理团队。

科威特原油处理工程中心处理站项目根据工艺流程特点，水处理单元本应优先开车，从2018年4月以来，水处理单元开工以来就一直是业主关注的焦点。加上工期紧，任务重，留给质量检查报验的时间也短，且2019年3月水系统要投用，按计划1月份必须分批开始机械完工检查，这些都让总包感到"压力山大"。

穆赫辛·汉主动和施工工程师对接，确定报验的优先等级，分解报验任务，列出日完成清单，每次都能提前完成质量报验工作。

2019年1月31日起，业主对水处理单元分批进行了4次机械完工前的检查，穆赫辛·汉共完成A类检试验记录报验635份，靠自己的努力再次为总包方缓解了压力。

中东地区工程项目质量控制过程严格，按程序后一道工序开始施工前，前一道工序必须质检完毕，因此报验工作的快慢直接影响到施工进度。穆赫辛·汉心里装着公司，在工作中积极主动，与施工经理、工程师配合也默契，经常将工作中遇到的问题及一些不合理安排与工程师沟通，并提出合理建议。每次质量报验，他都以最快的速度备齐质量报验资料，促使验收检查尽快完成。

2018年底，穆赫辛·汉被项目部评为年度优秀员工。颁奖那天，他发表感言与同事和朋友一起分享成功的快乐："十分感激公司给了我施展才华的平台，希望能够和十建公司一起发展，祝愿十建公司在海外能打开更多的市场，拥有更加辉煌的未来！"

中石化第十建设有限公司

Joanna的礼物

当你走进国事中东公司的大门，就会看到一位满面笑容热情洋溢的女孩上前问道："How can I help you?"她总是身着整洁得体的职业装，步履匆匆往返于各个部门。"Joanna，这是我下周要出差的日期。""好的，没问题，我这就订机票。""Joanna，这个是我要邮寄的文件。""没问题，我现在就安排DHL寄走。""Joanna，打印机坏了。""好的，我马上派人维修。"办公室繁杂琐碎的事情，她都处理的井井有条，妥妥当当。她就是我们国事中东的前台Joanna，下面就讲述一个菲律宾女孩带给国事中东的三份礼物。

一份执着

别看Joanna文文静静，却是一个非常有主见的姑娘。有次聊天才知道她来自医学世家，受父母影响毕业后在一家医疗机构做护士，经历一年的工作她发现这并不是她喜欢的职业，于是毅然离开家乡去寻找新的生活。机缘巧合下她来到迪拜，进入国事中东公司。她说，“这五年的工作中，我可以看到自己一点点的进步，每天的工作都让我觉得充实而有挑战，我的能力得到了提升，我的潜力在工作中得到了激发，在这里我找到了自己的价值。”正是这份对职业理想的执着让她投入到了中东公司，一干就是五年。

这种执着同样体现在她的日常工作上。在与迪拜当地政府和企业办事时，时常碰到棘手的问题，但是她永不言弃，多困难多小的问题都认真积极地解决，努力给同事营造便捷轻松的工作环境。记得一位同事在使用医疗保险报销时遇到了流程上的问题，她反复查询保险公司官网的操作方法，在网站上留言，与售后电话沟通，和专职对接人发邮件，最终查明了原因，她帮助所有同事重新检查并注册保险系统。她说，当某个同事遇到了问题并耽误了他大量时间的时候，我不仅要帮助同事解决问题，还要把类似问题的解决方法也搞清楚，以免下次其他同事在相同问题上遇到困难，这是我应该做的也是必须做好的。

一份坚守

Joanna温柔娴静的外表下有着一颗坚强果敢的心。今年4月，和Joanna一起在迪拜生活的妹妹出了车祸，那段时间她一个人需要接送妹妹去医院做康复治疗，还要负责姐妹二人的日常饮食起居，但是她依旧兢兢业业地坚持在工作岗位上，高标准地完成每一项工作，也没有和任何同事提起这件事，顶着生活的压力依旧面带微笑为公司每一个人服务。工作的五年来她几乎没有因为自己的私事而耽误到工作。她就是这样一个踏实敬业的姑娘。

其实订机票来说，对于前台工作之一并不是难事。但是由于我们所处的是境外公司，加之出差地在各国，所以时差是个大问题。出差计划变动而需要更改机票的情况常有发生，Joanna曾和我说过她从进入中东公司以来就24小时不关机，把手机放在床头，好随时协助出差的同事更改机票及解决其他意外状况，经常半夜的时候回复同事的消息。这五年来她把出差同事的飞行计划安排地妥妥当当，从未有任何意外状况。正是她这一份对工作的坚守，为同事的差旅出行和日常办公提供了坚实可靠的后勤保障。

一份热爱

我曾问过Joanna，“一个小姑娘在迪拜工作，没有想家或是想离父母近一点的地方生活吗？”她笑笑说，“肯定会想家啊，但是每天清晨走进公司大门，都让我有宾至如归的感觉，SIME对于我来说不只是一个公司、一份工作，觉得用FAMILY来形容更贴切。在工作的这五年中，让在异国他乡工作的我，在中国石化大家庭中有了一份归属感，我非常爱这个大家庭。”五年来，她怀着这份对SIME的敬爱，全心全意地贡献着自己的力量和价值。

在工作之余，Joanna非常热衷于中国传统文化的学习。有天午休我看她在专注地看书，于是好奇凑过去看，是关于儒家思想的书籍。她笑笑说：“我非常喜欢中国这些思想家的言论，总是让我对生活有了新的认识和启发。”又接着说道，“我最喜欢孔子的一句名言是Choose a job you love, and you will never have to work a day in your life，你知道中文怎么说吗？”我思索了一阵，才恍悟是知之者不如好之者，好之者不如乐之者。正是这份她对工作的喜爱延伸至对中国文化的热爱。

Joanna说：“加入中国石化，对我来说不只是一份工作，更是一份生命的礼物。我珍惜这份礼物，愿意为它付出。”我们感谢这位可爱朴实的菲律宾女孩带给我们国事中东的礼物。在“一带一路”经济建设的历程中，我们不仅应看到身在前线努力开拓创新的员工，同时更要看到在他们身后一直默默从事着后勤保障工作的同事们，他们用自己的无私奉献为中国经济建设的画卷写下浓墨重彩的一笔。

中国石化国际事业（中东）有限公司

我们的“巴铁”

来迪拜前我就听说，国事中东公司有一名专家式的司机，他皮肤黝黑，一撇八字胡永远洋溢着笑容。他不仅开车技术一流，是一张迪拜的“活地图”，各种行政事务更是行家里手。他是国事中东公司最资深的员工，已经在中东公司工作了八年；他是国事中东公司加班最多的员工，兢兢业业从无怨言。他也是我们来迪拜最先见到的人。他就是国事中东公司的“巴铁”Imtiaz。

“早上好，Imtiaz。我的沙特签证今天能够拿到吗？”“没问题，我上午就去。”“Imtiaz，办公室的展板坏了。”“没问题，我马上去修”。这就是Imtiaz的日常工作对话，无论是行政事务、对外联络还是我们的日常生活，他都给我们提供了巨大的帮助。他精通阿拉伯语和英语，经常做我们的兼职翻译。他是一名虔诚的穆斯林，祷告是他每天的必修课。但只要出车，他就集中精神，保证出车安全。我好奇地问他开车过程中如果遇到祷告时间怎么办，他说工作是本分，安拉会原谅他，他会在业余时间把祷告补上。八年来，他从未迟到早退，就连病假也只有3次。每次晚上或者周末需要出车，他都随叫随到。八年来，他时时把微笑挂在脸上，最常说的一句话就是“No problem。”八年来，他怀着对中国人和工作的敬重，交给公司沉甸甸“铁”一般的贡献。

Imtiaz是一个乐观开朗的人，每天都会以微笑迎接每一位同事。他清楚地记得每一名同事的生日，给他们买蛋糕，送上生日的祝福。如果你不高兴，他还会吹着他特有的巴基斯坦胡子，跟你开一个小玩笑。他积极参加公司举办的各项活动，周末还会和我们一起打沙排，包饺子。他高兴地说：“和你们在一起我学会了很多中国功夫”。我们都不知不觉养成了一种“依赖”习惯，只要是当地事务首先请教的就是Imtiaz。在大家眼里，他不仅仅是一名司机，更是一名热心的大哥，一名真诚的朋友。相互鼓励，相互扶持，Imtiaz感动我们的是“铁”一般厚重的友谊。

有一次在去机场的路上，我跟他聊起为什么会在国事中东公司工作这么久。他说：“在来中东公司之前，我是一名出租车司机，在这个国家工作了4年，我一直觉得这里陌生，我也只是抱着挣钱的目的在这里工作。自从加入了中东公司这个大家庭，我找到了我的价值，我能做的不只是开车，还有更多。我的价值也得到了公司所有人的肯定和尊重，这是我爱中东公司的原因。”“我的孩子已经大学毕业了，他们都想让我回国享受生活。但我觉得只要中东公司还需要我，我就想继续在这里工作。”我想，正是这种价值观以及同事间的信任和友谊，铸就了这八年“铁”一般的忠诚。

人与人之间关系很简单，一个信任的眼神、一次鼓励的击掌，都能够让人在异国他乡感受到家的温暖。就像这茫茫大漠中的梭梭，互相紧抱，互相支持才能锁住沙、涵住水、咬住石，成就一片绿洲。正是一名名不同肤色、不同国籍的石化人团结努力，让我们在建设世界一流能源化工公司的征程中步伐更加坚定！

中国石化国际事业（中东）有限公司

我的俄罗斯领导

奥萨奇·米哈伊尔是中国石化国际事业（俄罗斯）有限公司的一名属地员工，“小名儿”叫米沙。2009年10月这位来自白俄罗斯的年轻大学生，凭借一口流利的汉语只身来到俄罗斯公司面试，由于无可挑剔的语言能力以及扎实的业务沟通能力，俄罗斯公司领导当即做出任聘决定。一晃10年过去了，米沙同志凭借出色的表现已经从一名普通的员工成长为俄罗斯公司的副总经理，是俄罗斯公司领导班子成员之一。

2018年8月，俄罗斯公司业务人员在市场开拓中，了解到俄石油及俄气航油公司正在寻找中国石化在俄当地注册的公司以解决为中国军队参加“东方-2018”战略演习用油料供应任务，通过详细对接及确认，该任务由燃料油舟山石油有限公司具体负责，鉴于供货时间紧急，且舟山石油在俄没有业务经验，经确认及请示军方，该供应任务委托国事俄罗斯公司在当地全权负责及完成。接到任务后，俄罗斯公司高度重视，委派米沙亲自督办，组织精兵强将，全力以赴保证任务完成。相关业务人员克服了信息传递不畅、供货现场不确定因素较多、相关产品供货经验不足等困难，从接到任务到完成1110吨航空煤油，420吨冬季柴油及现场少量用油采购供货合同的签订仅用了一周时间，并且所有油料及保障设备均按照要求提前就位。随后，根据现场情况，俄罗斯公司专门派出3名员工，由米沙副总经理亲自带队，赶赴现场进行现场服务，克服了气候恶劣、交通不便、通信不畅等困难，全程蹲守20余天，高标准完成了储罐清洗、油料接卸、加注保障等任务。

在最终用户中央军委后勤保障部军需能源局写给集团公司的感谢信中这样写道："国事俄罗斯公司米沙副总经理秉承中方立场，积极作为、尽心协调，妥善解决问题，努力工作和辛勤付出，充分体现出了贵公司的企业精神和国家担当。"

刚到现场时，由于还不熟悉，经常会听到中方战士喊"唉，那个会说俄语的兄弟"，也经常会听到俄方部队喊"唉，那个会说中文的兄弟"，经常被双方拉到一起协商解决问题。通过20几天的磨合，米沙与中方部队的战士结下了深厚的友谊，与俄方部队也建立了良好的合作关系。米沙回来后，跟同事们讲述着现场的情况和故事，对他来说，这次任务是为了共同的目标，为了深厚的友谊，为了国家和民族的互信合作，他为自己能够参加感到十分光荣和骄傲。

由于出色的表现，在刚刚完成的"2019—中部"项目中，国事俄罗斯公司按照委托，再次派出米沙及其团队，高标准地完成了现场油料供应任务。

还记得2012年，米沙负责奥伦堡钻机项目。这个项目合同执行期紧，为了工作需要，为了三台钻机能顺利发往俄罗斯施工现场，履行好合同交付任务，他一再推迟婚期。甚至在后来的婚礼筹备期间，他还在紧张地准备新项目的招标文件，以保证投标顺利进行，在婚后仅3天就又重新回到莫斯科工作。米沙的爱人是一位温柔善良的山东姑娘，两人爱情长跑长达8年。时至今日，她们已经结婚7年了，也有了自己爱情的结晶，虽然是两地分居，但是感情非常好，妻子小梦对米沙所从事的事业非常认可和支持。从他们的小家可以看到中外员工融合的大家庭的幸福。他说，"我是中国女婿，是中国石化人，中国石化就是我的家。"

中国石化国际事业（俄罗斯）有限公司

历史的活化石

2014年底，我从中国石化国际事业有限公司派到中国石化（美国）有限公司工作。临行前，有几位前派驻国事美国的同事托我向一个叫Raymond的同事问好，我欣然应允，未抵达就先感受到了这个团队真挚的感情。

抵美之后，我在办公室第一次见到了Raymond，中国人面孔，精瘦精瘦的，中等个头，戴着感觉上度数挺深的眼镜，脸上挂着真诚的微笑，微微驼着背，显着有些孱弱，从面相上看他也不过40岁，事实上他已经47岁了。我向他转达了来自老同事们的问候，Raymond简单地说了声谢谢，但我依然感受到了他眼神里流淌的喜悦，随后他便急切地但又收敛地轻轻问我："他们还好么？"语气里满是思念，那是一口不太标准的普通话，Raymond告诉我他是来自中国香港的移民。

由于工作性质，我接待过很多来自国内执行任务的团组，有一些团组成员来到我们办公室的时候总是会问"你们Raymond还在吗？"我总是好奇地带着他们去见Raymond，似乎每个人都跟他很熟悉。这样的事情发生的频率有点高，有点神奇，好像整个中国石化在美国的一切都和他有关系。

中国石化（美国）有限公司和中国石化同龄，是1984年中国石化在美国设立的第一家机构。我到国事美国工作时正好赶上一系列公司举办的30周年庆祝活动，其中有一项围绕国事美国公司“忠诚、协作、规范、创新”的企业文化开展的征文比赛，审看文章时我看到了Raymond关于公司企业文化阐述的投稿，文中有“彼等文化，自幼深植，能育成才，自有其长”这样古风满满的词句，夹杂在还多有语病的文章里却显得非常有趣，况且这句话完全没有出处，我借着改文章的理由找来了Raymond聊天，想全面了解一下他的心境。

话匣子打开，原来Raymond来自中国香港，出生于1967年，1992年留学美国，随后就移民在了美国。1997年加入了国事在美国的一家合资公司开始和中国石化结缘，2001年就到了国事美国公司，一直勤恳工作到现在。Raymond慎于言，但对于中国石化在美国的变化，Raymond却有说不完的话。“那时候我们在休斯敦还是借人家的办公室，后来我们才租了一个70多平的小办公室，就我和吴总两个在休斯敦。”“那时候，我什么都做的，行政、后勤、接待、业务、财务都是我一个人的。”“刚开始都没有几个人喽，后来人才开始慢慢多的哦。”“你看看我们现在都自己买了楼，这么多人，自己办公室都2000平，变化真的好大。”“原来就我们一家单位，现在都好多家了”。

Raymond这听似无序又朴实无华的描述让我却好像模模糊糊地触摸到了国事公司在美国30多年的发展。从30年前的几个人发展到现在将近50人组织架构清晰、管理科学规范的大队伍，从四处打游击借用办公室发展到拥有一栋办公楼，从业务空白到现在年经营规模10亿美元充满前景的国际化公司。我看着眼前弱不禁风的Raymond，心中不禁感叹这不就是中国石化在美国发展的活历史么，他可是见证和参与了这所有的变化和发展啊。

从此以后，但凡我在写材料遇到历史问题的时候，总会找来Raymond核实确认一下，顺便听他讲讲当时的轶事。由于近些年公司快速的发展，组织结构也随着历史变化不断调整以适应业务发展线的需要，员工队伍一边壮大又一边更新，当地员工也因各种原因流动得非常频繁，公司年轻人占绝大多数，整个公司都充满着青春的朝气和活力。但是在发展过程中文化和历史的传承却随着人员的频繁流动而丢失和衰减。

我们年轻人有着初生牛犊不怕虎的冲劲儿，总也看不上老一辈打下的基础，也惰于研究和学习沉淀了那么多年的经验，总想着另起炉灶按照自己的思路搞一套自己的东西，每个年轻人实验一遍，历史资料的延续就开始凌乱和中断了。有一天我在档案室查存档的文件资料，突然发现了Raymond曾经管理过的行政后勤档案，规整的不像话，清清楚楚，完完整整。我深深地为自己目前的工作质量和态度叹了口气。老同志是那么的值得尊敬。

很多年轻员工常常抱怨Raymond，有些时候也包括我，不是因为别的，其实就是因为Raymond的认真。2014年由于工作需要，Raymond从行政岗位调到了财务出纳岗位，全公司员工的报销都绕不过他。他时常突然出现在你面前，拿着你的报销单说“你的金额应该是32.31美元，不是23.23美元。”“你的报销单凭证数量和你填写的不一致。”“你的报销科目不对。”“这两张单子不能放在一起。”“按照现在规定，你的这个是超标的，不能报销超出部分的。”“你还需要一个联签。”等，然后犯了错误的我们就不得不重新填写报销。我总是在想这个老Raymond怎么这么轴呢，这又不是什么大问题，手改一下不得了。Raymond总是憨憨地一笑说一句“不行。”或许Raymond理解不到他是中国石化财务底线的守护者这么高的境界，但对Raymond来说，这就是他的原则，是他作为财务人员的职业道德。2017年那年，50岁的Raymond收获了他的女儿，在照顾他初生孩子的同时，他一口气拿下了含金量最高的美国CPA证书，成为了国事美国公司历史上最为励志的故事。

历史是胜利者书写的，但却是由一个个普通人组成的。我们总是在说中国石化的国际化要依靠一支高素质的国际化队伍来支撑，但归根结底还是需要一个又一个最基层的员工去实现。我们也总是在说铁打的营盘，流水的兵，外派员工是那一批流水的兵，铁打的营盘要靠一支忠诚的当地员工队伍，只有铁打的营盘才有历史和文化的传承，只有历史和文化的传承，我们才有企业文化的这个“魂”。

Raymond好像和我们固定思维中的“外籍员工”有些不同，没有了竖起大拇指的令人敬佩，没有了跨文化管理上的指点江山，没有了能说一口流利中文的夸赞，没有一张西方的面孔。但你看到的没错，Raymond就是我要写下的“外籍员工”，一位为中国石化在美国工作了22年忠诚的普通当地员工。

中国石化国际事业（美国）有限公司

行家里手 木村翔马

在中国石化打造世界一流能源化工公司的伟大征程中，在物装（国事）大力拓市创效的实践进程中，涌现出一大批敢于担当、善于作为、绩效突出的优秀员工。澳大利亚公司总经理助理、煤炭贸易员木村翔马就是其中非华裔外籍员工的卓越代表之一。

木村翔马（Shoma Kimura），澳大利亚籍，1983年3月出生，2014年1月入职物装（国事）。加入中国石化之前，木村翔马就职于日本伊藤忠商社。

精干内行的煤炭专家

2018年，木村翔马为物装（国事）实现煤炭业务签约数量434万吨。其中，第三方贸易实现签约数量375万吨。

艰难困苦，玉汝于成。木村翔马加入物装（国事）之初，正值国际煤炭市场“停滞的十年”，煤炭市场行情并不乐观，充满不确定性，木村翔马不等不靠，抓住一切可以学习成长的机会，向煤炭部、日本公司分管领导、BHP等国际公司资深贸易员学习请教，熟识煤炭各种物理化学特性、CIQ等商检指标、供应特征和品位判断、中国及东南亚市场进口煤炭的主要用途和指标要求，不断丰富煤炭贸易风险控制知识，掌控物流环节，跟进主要市场煤炭交易政策。同时，木村翔马积极调动业务、执行、财务、法务人员加入业务全过程，提高工作效率，全方面把控业务风险。正是木村翔马的虚心请教、反复协调，改变了煤炭业务单打独斗的局面，进入群策群力、协同发展的良性轨道。在此过程中，木村翔马俨然已经成长为洞悉中国和澳大利亚两个市场、专业扎实、嗅觉敏锐的行家里手。

不懈奋斗的外籍“80后”

木村翔马积极走访澳大利亚矿方，不懈努力，使得中国石化在澳大利亚煤炭市场的话语权不断增强。中国石化已成为中国国内澳大利亚动力煤第一大进口商，进口量接近澳大利亚动力煤中国总进口量的25%。

2017年，物装（国事）日本公司取得澳大利亚纽卡斯尔港口煤炭掺混和发运人资质，成功打造了SINOPEC自有品牌。

同时，他坚持推动煤炭业务直采直销和长约经营。目前已实现与澳大利亚所有5500大卡动力煤矿方（9家）直接签订合同，并成功开拓Jhonlin、出光、英美、Geo等印尼主流大矿直采渠道，用于保供和国内市场销售。同时，实现与澳大利亚主流矿方Yancoal、QCOAL等签订长期协议，采用API5价格指数公式定价。

不积跬步，无以至千里；不积小流，无以成江海。以上成绩的取得，正是木村翔马坚持不懈、持之以恒的结果。澳大利亚与中国地理位置遥远，石油石化行业发展薄弱，中国石化品牌影响力尚未形成，同时市场交易偏重直购直销和长约，供需关系稳定，市场开拓的难度更高。木村翔马不厌其烦地推广中国石化品牌和易派客平台，协调矿方、船方、厂方和最终用户，化解中西方企业在管理方式和业务方式中的隔阂，春风化雨，寻求双方业务合作的契合点，不断实现贸易突破。

“又红又专”的国际友人

木村翔马善于倾听物装（国事）领导、煤炭部及日本公司领导同事的意见和建议，并将物装（国事）总部的部署决策贯彻落实到实际业务中。同时，木村翔马与公司团队关系融洽，有强烈的责任担当意识。加入中国石化以来，木村翔马一直努力学习中国文化和中国石化企业文化，对中国历史和传统文化表现出了极大兴趣，利用空闲时间阅读中国历史文化书籍，并不时向中国同事询问请教。木村翔马对中国经济近几年的快速发展印象深刻、称赞有加，甚至向公司表达了希望加入中国共产党的意愿。木村翔马利用个人时间刻苦研读中国历史书籍，努力学习中文，积极融入中国石化大家庭。

多士成大业，群贤济弘绩。木村翔马是2018年拓市创效的急先锋，也是日本公司多年以来咬定青山不放松、持之以恒创效益的一个缩影。木村翔马的优异表现充分证明了物装（国事）可以让国际人才“进得来、融得进、留得下、干得好”。

中国石化国际事业（澳大利亚）有限公司

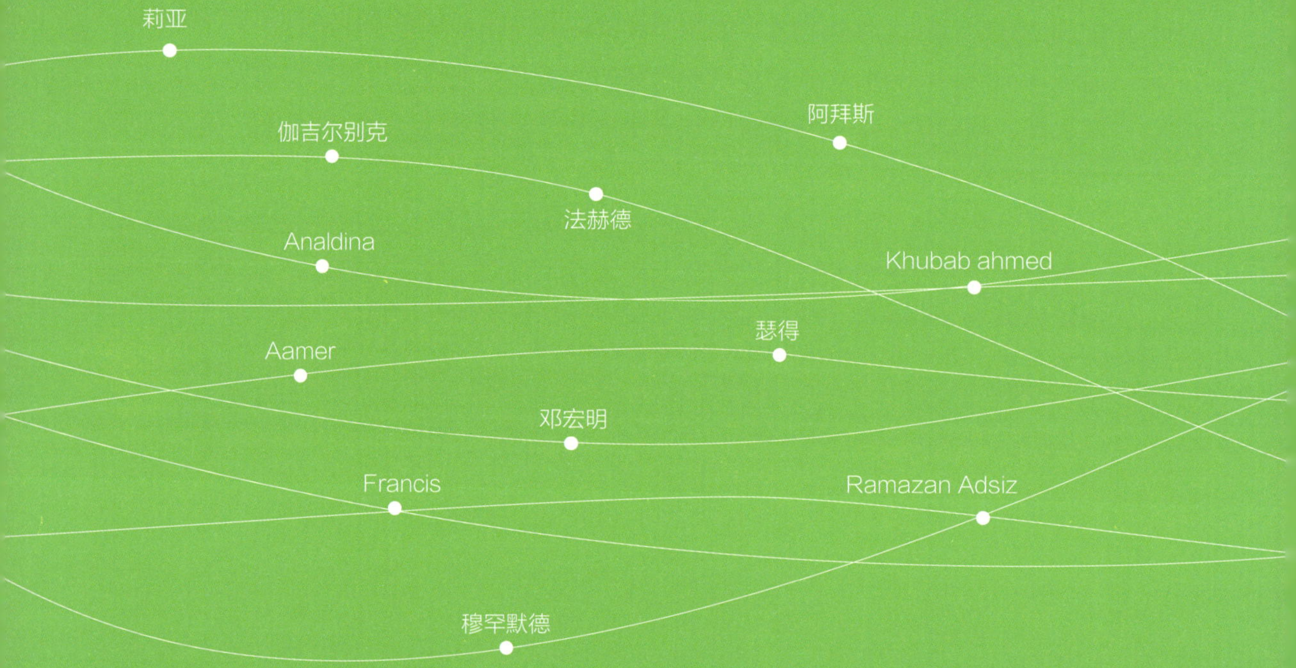
莉亚
阿拜斯
伽吉尔别克
法赫德
Analdina
Khubab ahmed
瑟得
Aamer
邓宏明
Francis
Ramazan Adsiz
穆罕默德

逐梦篇

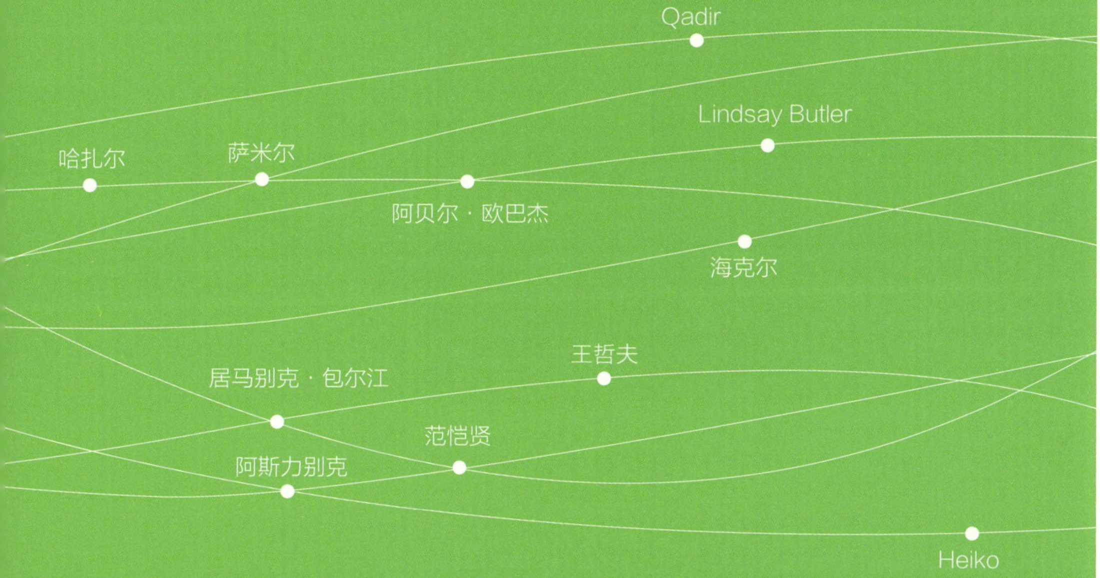

Qadir
Lindsay Butler
哈扎尔
萨米尔
阿贝尔 · 欧巴杰
海克尔
王哲夫
居马别克 · 包尔江
范恺贤
阿斯力别克
Heiko

国勘——我的筑梦之地

“莫愁前路多盘桓，只愿长做国勘人”，这是2017年10月10日北京国勘总部举行的“画好同心圆，共筑国勘梦”主题演讲决赛现场，来自哈萨克斯坦SPC子公司的莉亚（Lyazzat）激情演讲的“国勘梦”，经过激烈角逐，她荣获二等奖。获奖之后，莉亚激动万分地说：“感谢国勘温暖的大家庭，在国勘她实现了人生梦想”。

美丽开朗的莉亚，出生在哈萨克斯坦西部城市阿克纠宾，曾有幸在中国留学读书，读过中国几千年的历史文化，学过华夏优良的传统美德，对中国的文化传统十分向往；毕业之后回到阿克纠宾，她最大的梦想就是进入一家有实力的中资公司工作，利用她学到的中文，从事中哈友好工作。

2011年，由于成绩优异，莉亚如愿加入国勘大家庭，进入了哈萨克斯坦SPC子公司工作。刚进入SPC公司，正赶上SPC公司50万吨产能建设项目启动，该项目是中国石化在海外第一个“自主勘探、自主发现、自主建设”的项目，意义重大。公司成立了项目部，她是项目部成员。由于项目部中方员工人数很少，工程量大，要顺利完成工程建设，光凭中国人员一己之力，是不够的，必须团结哈方员工，充分调动哈方同事的积极性，共同努力，才能完成建设任务。莉亚充分利用自己会汉语的优势，在项目的设计、采办、施工、投产过程中，向哈方同事准确传达项目部的各种指令，及时反馈哈方员工的建议；利用自己懂得的中哈两国的风俗文化，及时化解不必要的误会。

2013年7月，在油田中心处理站施工的关键节点，当地个别警察突击检查工地现场并无故扣留我方项目部和承包商中方员工，百般刁难，威胁恐吓，企图敲诈。莉亚听到这个消息，挺身而出与警察进行谈判，在谈判过程中，她根据哈国法律，与警察据理力争，要求他们提供正式批文并解释扣留我方人员原因，警察理亏，无法出示批文。她随即向警察介绍了中国石化给当地带来大量就业机会、每年向哈国灾区捐款、对社区学校和其他公共设施进行援建或捐助等，经过解疑释惑，警察最终释放了所有扣押人员，并向我方致歉。

为了更好地促进公司中哈文化融合，莉亚加入了公司的工会和青年专家协会中，并任会长，利用自己汉语的优势，搭建中哈员工沟通的桥梁。特别是，每逢中国和哈萨克斯坦的传统节日，就能看到她活跃的身影。她牵头组织公司的“同庆中国年”“共度国庆中秋”等联谊活动，积极向当地员工宣传中国的优良传统，加深文化融合。2017年2月，莉亚带领公司青年员工，努力促成SPC公司第一届中国年活动，通过幻灯片讲解、有奖问答、歌舞表演等方式，向哈方员工介绍中国的传统文化、节日习俗、生活习惯、饮食习惯等，加深了哈方员工对中国文化的了解。许多哈方员工听了她的介绍后都说，“想不到中国节日内涵这么丰富，中国文化真是博大精深呀！”

由于莉亚的带动作用，哈方员工学习中文蔚然成风，目前，公司办公室许多员工都能用中文简单交流。由于沟通无障碍，哈方员工与中方同事相处越来越融洽，公司的凝聚力越来越强，为国勘梦的实现打好了基础。2019年，莉亚生了一位漂亮的小公主，由于她思念同事，又考虑到公司目前正处于艰难的扭亏脱困阶段，正是用人之际，她急公司所急，没有按照当地人习惯的生小孩后，一般要休假2~3年的做法，她产后三个月就上班，又加入了国勘温暖的大家庭。中哈同事们都为她的敬业精神点赞。

心有多大，舞台就有多大。莉亚常说："中国石化国勘为我们外籍员工提供了展现自我的平台，和中国员工一起工作很开心，我们互相学习，一起进步！我将继续追寻友谊之梦，让青春无悔！"

中国石化国际石油勘探开发有限公司哈萨克斯坦SPC子公司

向中国『铁人』看齐

中等身材，宽厚肩膀，一双黑色眼睛透露着智慧和坚毅，脸上总是荡漾着温文尔雅的笑容，这是Arman总工艺师伽吉尔别克给人的第一印象。说起他，中哈方同事都会由衷地竖起大拇指，称赞他是设备工艺的技术担当，攻坚克难的好手。

Arman油田联合处理站3号水罐腐蚀严重，生产上需要将2号油罐转为注水罐。这样的流程变更，一般要关停整个站来实施作业，善于钻研，精于思考的伽吉尔别克，对现有的流程进行了详细的研究，实现了不停站的情况下，成功将2号油罐转为注水罐。

Arman油田一段时间存在伴生气处理不充分，被迫燃烧部分伴生气，这增加了环保压力。为解决这个问题，伽吉尔别克到其他油田调研交流，回来自己上网查设备工艺资料，结合Arman油田工艺，提出了安装加热炉和增加一台小型气体压缩机的方案，经过实施后，提高了原油除水效率，同时确保了进入发电机前的气体压力，从而彻底把气体燃烧排空问题解决掉。

在伽吉尔别克的身上，我们能看到中国石化国勘公司PMS的安全环保、高效稳定、控制成本核心目标潜移默化的展现。

他眼光敏锐、见微知著，“为之于未有，防患于未然”。为降低外部购电成本，Arman油田伴生气全部用来发电自用，天然气处理的工艺流程为两级分离后经压缩、干燥送到涡轮发电机。有一次气体干燥装置突然发生小故障，经过简单停机修复后又投入了使用。严谨细致，对设备工艺性能了如指掌的伽吉尔别克，没有马虎大意，他赶紧组织团队进行工艺论证，提出了安装三甘醇气体脱水装置。就在原装置再次严重故障停机后，他的新装置成功投产，避免了因此造成发电机停机，给公司带来的购买外电的经济损失。

他还善于钻研，勇于创新，针对Arman油田生产工艺的特点，研发了不少小的“专利”。如他开发了“双重管换热器”，提高洗涤水的温度，有利于原油在分离器中脱水和脱盐，提升了设备效率，实现了节约电能。像这样的事例对他来说都是自己的分内事，他对工艺设备的钻研，展现了工匠精神和石油人的智慧和当担。

这样的实例不胜枚举，在解决类似于上述油气生产问题的过程中，伽吉尔别克表现出超人的智慧和果断，同事们对他的评价很高，但他始终保持谦虚低调。他说：“我在中国培训的时候知道了中国石油工人的铁人精神，知道了中国石油工人的感人事迹，他们为了石油能跳进泥浆池里，能牺牲那么多，而我所做的，都还是自己应该做的”。

他于2018年到中国培训学习，中国的高铁、城市的繁荣、中国石油工业的发展和石油人的先进事迹，给他留下了深刻的印象。当他来到地方油田时，看到自己的中国石油同行，又激发了他学习交流的热情，他特意向中国的石油同行请教了关于电泵电缆井口穿越的配件，因为这个配件他在哈萨克斯坦找了很久，都没有找到，终于在中国找到了，这样就能解决电缆在井口穿越磨损的问题了。

伽吉尔别克在生产上攻坚克难，同时他又能把自己多年的工作经验、摸索心得毫无保留全部奉献出来。他认为，他的一个主要任务就是用自己多年的经验和积累的知识来培养年轻的专业人员，培养他们的职业技能和责任心。他希望公司更多地组织哈方员工到中国培训学习、亲眼目睹中国经济建设取得的巨大成就，到中国的油田进行技术经验交流，回来后更好地解决哈萨克斯坦的石油问题。

他编制出了公司的各种操作手册，如《联合站操作工故障排除操作指南》，按照这个手册，操作工可以独立进行技术故障排除。同时还有《1号处理站工艺规范》《2号处理站工艺规范》《向〈KazTransoil〉公司交油时的换班制度》《大罐原油取样工艺规范》《第三方原油处理交油制度》《使用破乳剂缓蚀剂等化学品的制度》《启动和停止设备制度》《油井计量制度》《成本控制规范》《1号和2号消防安全说明》等等。

伽吉尔别克多次被哈萨克斯坦及曼州授予奖章：2010年获得曼格什套州石油和天然气工业发展贡献奖；2012年获得曼格什套州石油和天然气工业发展贡献奖；2015年获得“2015年度最佳领导者”；2018年参加“青年的最佳导师”竞赛，获得第一名；2018年参加“Enbek Zholy-2018”竞赛，获得“最佳青年导师”；2019年获得“哈萨克斯坦石油业120年奖章”。

中国石化国际石油勘探开发有限公司哈萨克斯坦公司

SINOPEC是我最闪亮的名片

“Analdina，我今天忘带名片了，你带了吗？”快到安哥拉国家石油公司门口，我焦急地问身边还在打电话的女士Analdina，她挂了电话，摸了摸口袋，紧张地看着我说：“天啊，我也忘带了。”突然，她眼睛一亮，指着手里电脑笔记本上贴着的SINOPEC标识兴奋地对我说：“别担心，这就是最闪亮的名片！”我们顺利地走进了办公大楼。

Analdina是安哥拉公司法律商务部“一人独挑大梁”的代理经理。我作为安哥拉公司总经理助理，协管法律商务部，与Analdina一起为提升公司风险管控、合规管理和国际化管理水平而努力工作。

那天是我们第一次参加安哥拉国家石油公司合规管理局局长Olímpia Magalhães女士召开的一个会议。当对方看到我们“中西合璧”团队后，便与我兴致勃勃地聊起中国文化，会议十分轻松活泼。Olímpia局长向我们介绍了参会人员和新成立的合规管理局的人员架构、组织职责以及目前正在编制的政策和实施细致，还欣然答应为安哥拉公司做一次合规管理培训讲座，这让我们既惊喜又荣幸。

最近，微信朋友圈广泛流传的一句话："努力到无能为力为止，拼搏到感动自己为止。"这句话让我第一个想到的人就是Analdina。这位为中国石化工作了6年的员工，也受中国文化熏陶了6年的朋友，一直勤勉工作，在任务繁重时，加班加点是家常便饭。但一次我们两个下班加班时，发现她趴在桌子上呼呼大睡，我故意大声咳嗽了几声无济于事，便用劲推了推她的胳膊，她醒了，睁着红红的眼睛愧疚地对我说："对不起，我竟然睡着了。"我惊讶地发现她好像刚刚哭过。"My good partner，你怎么了？"My good partner这是我们两个每次圆满完成任务时的庆祝词和安慰语。她眼泪止不住地流。

原来，近半个月她每天晚上都是凌晨三点多睡觉，六点半出发上班，那段时间，她一边在解读安哥拉公司所有JOA、PSA、SHA等主要合同条款，一边在理顺安哥拉公司合同管理工作的同时，保证月底亲自完成内部培训。另外，她还要准备内图大学的期末考试，这是她在工作之余攻读在职硕士学位。"多线连续作战"让她筋疲力尽，各种挑战使她对自己失去信心，在趴下来默默流泪的时候不知不觉地睡着了。听完后，我非常懊悔自己对她不礼貌的"提醒"，赶紧向她道歉，对她的工作和向上的精神给予充分肯定和鼓励。不久后，她在大学的期末考试和内部培训均取得了很好成绩。

在我和Analdina的小团队之中，经常说的一句话就是：文化不同，感情相同。因为我们是一个微型国际化团队，拥有着为中国石化海外事业"努力到无能为力为止，拼搏到感动自己为止"的一个目标，这使我们能够较好融合，持续保持较高的工作效率。更好地展现SINOPEC这张最美的名片……

中国石化国际石油勘探开发有限公司安哥拉公司

“潜力股”Aamer

埃及，散发着迷人魅力的北非国家。遍布全国的文物讲述着璀璨的埃及文明和辉煌历史，雄伟的胡夫金字塔静静地矗立在尼罗河畔，见证着这个地处战略要地的国家时代变迁，历史赋予了埃及人民引以为傲的古文明。而以油气为代表的自然资源同样丰富，令各大国际石油公司趋之若鹜，90年代进入埃及市场的阿帕奇公司便是其中的代表，2013年，中国石化参股阿帕奇1/3的资产。现在，来自中美等12个国家的外派员工与当地员工一起工作，共同开创阿帕奇合伙公司在埃及的美好未来。

在合伙公司中，有一位叫Aamer的同事，一个帅气的埃及小伙儿，在合伙公司从事战略计划工作，在管理层们的眼中，Aamer博学多才，年轻有为，是合伙公司的一支潜力股。小伙子加入阿帕奇埃及公司之后，首先从事作业生产工作近3年时间，现在又在阿帕奇埃及公司的战略计划部门工作，承担起了研究公司在埃及市场战略发展的重任。他也是个学霸，在工作期间攻读了硕士和博士学位，是一名不可多得的技术和管理并重的复合型人才。

8月下旬，Aamer被推荐参加中国石化国勘公司组织的优秀外籍员工培训班，他很珍惜这次机会，提前做了很多准备工作，专门上网了解了北京的风土人情，发展现状，等等。多次向我邮件咨询与总部相关部门座谈环节所需做的准备，一丝不苟、严谨细致的态度让我对这个小伙子心生敬佩。当然，他也担心到中国后饮食是否能够适应，毕竟远在万里之外半个月，对于一个埃及人来讲，没有比穆斯林餐更好的了。

机缘巧合，那段时间我也在石化干部管理学院参加合规性培训班，正好有机会能见到面，第一次见到他是在他们的餐厅，我上来就问他饭菜还适应吗？他说："当然，管院专门给我们提供了穆斯林餐，很合我的口味，而且手中的人民币都是管院的老师亲自带着去附近银行换的，真的感谢他们无微不至的关心。"

培训期间，公司组织中外员工联谊晚会，我作为国勘公司中方员工代表应邀参加了，"有朋自远方来，不亦乐乎"，外籍员工们似乎比中国的主人们更开心，气氛也被这些来自五湖四海的外国人搞得很热烈，Aamer被推荐为主持人，小伙子自始至终表现得从容淡定。外籍员工通过各种方式介绍自己的国家，表演富有本国特色的节目，猜具有地域特色的谜语，玩各种充满团队合作精神的游戏，虽然我们远隔千山万水，但通过这次活动，中外员工们的心更近了。

美好的时光总是很短暂，半个月后，Aamer回到了自己的祖国。回到开罗，Aamer给我发了一封邮件，除了对我前前后后给予他的帮助表示感谢以外，他也回顾了这次难忘的培训经历。他说，这是他第一次直接接触中国石化和国勘公司，在来到中国之前，他甚至搞不清Sinopec和SIPC的区别。而这次的中国之行，让他记住了几个数字：中国石化在财富500强中名列第二，中国石化的原油炼化能力世界第一，中国石化是世界第二大化工公司，中国石化的加油站数量世界第二，国勘公司在26个国家都有业务。半个月的培训、参观和访问，给他留下了深刻的印象，讲座内容丰富，感觉非常有收获，中国石化的业务面广，管理规范，计划有序，上下游多点开花，注重合规性都让人印象深刻。他们参观了中国石化集团总部、国勘公司总部和燕山石化，与国勘领导的3次见面让他感觉收获颇丰，他们共同讨论了公司发展机会、国勘公司的长远发展以及中国石化如何管理全球的100万名员工。尤其是在石油价格暴跌的6年中，国勘公司通过不懈努力将单位运营成本降低了27%，以上也是值得阿帕奇去学习的。

这次，来自15个国家的16名优秀外籍员工在一起互相学习，互相促进，也了解了多元文化以及如何在多元文化下开展团队工作。而几天的访问考察让Aamer更深入地了解了中国源远流长的历史及其发展历程。

Aamer告诉我，真的很开心能有机会参加这次培训，虽然单程10多个小时的行程会有时差和疲惫感，但是与他在这段时间的收获相比都不值得一提，他仍期待着下一次的中国之行。“海内存知己，天涯若比邻”，中国与埃及同为文明古国，两国建交以来建立了良好的双边关系，作为两国人民没有理由不把这个关系维系得更稳固、走得更近些，埃及是“一带一路”的重要国家，相信在两国人民的共同推动下，会有更多像Aamer一样的埃及同事了解并喜爱中国，为促进中埃两国共同发展奉献他们的青春和才智。

中国石化国际石油勘探开发有限公司埃及公司

Fire Hiden in Stone

Francis目前担任中国石化国勘加蓬公司合同采办部经理。他来自西非多哥，是四个孩子的父亲，拥有一个幸福美满的家庭。在工作场合，他永远身着标准的职业套装，脸上时刻挂着微笑。走起路来不声不响，微低着头，眼睛看着地面，仿佛总有思考不完的问题。中等个子偏瘦的身材，仅从外表，他与常人无异，但当你对其了解后，你才发现他是内秀于心、执着在胸的“FIRE HIDEN IN STONE”。

每当聊起过去的学习和经历，Francis总是侃侃而谈，如数家珍，言语中无不透露出自信和兴奋。“我刚参加工作时是一名土木工程师，后在西班牙IE商学院攻读MBA，获得工商管理硕士学位。记得获得土木工程师参加工作六个月后，就因工作能力突出，被任命为一家建筑公司的技术和运营总监，在随后的两年时间内，这家公司的营业收入就增长了几倍 。”当我问起，在这家建筑公司干得挺好，为什么会投身到石油行业时，Francis略加思考，便继续说道：“当时我们承担壳牌石油公司的基建项目，几年的合作，我们基建公司为壳牌公司提供了优质的服务，赢得了壳牌的认可，也就在这过程中，我的工作能力和敬业精神也得到壳牌公司的赞赏。壳牌公司认为我是有潜力的员工，在合同结束时，壳牌公司正式邀请我加入壳牌集团工作。考虑事业的发展，在征得家人同意后，我就加入壳牌公司。在接受必要的商业培训后和短时间的工作检验后，被任命为非洲地区供应链经理，业务覆盖非洲28个国家。通过几年的工作，我被列为壳牌集团公司全球人才名录。也从而使我有更多的机会了解非洲不同国家，当然包括加蓬"。说到这，Francis不好意思地笑笑。

初来加蓬公司，Francis面临诸多困难和挑战，历史合同纠纷不断显现。问题的根源是合同管理程序不能适应开发生产需要所致。他从明确责任、理顺关系入手，建立健全管理程序，凭着其不达目的不罢休的韧劲，不仅逐步化解了历史合同纠纷，更使合同采办管理水平有明显提高，更好满足开发生产建设需要。Francis认真严谨的作风不仅体现在管理程序，也体现在合同文本准备的过程，大到合同内容要合法合规，小到文字标点，无不反复斟酌、认真思考。敢于坚持、虚心接受也是他执着认真，求真务实的另一种表现。在他和善微笑的面孔下是一份对合同工作的认真严谨和执着。每当他的意见与别人不同时，不论对方职务高低、专业背景迥异，习惯性的动作是边来回摆动食指边说"No，no，no，Mr...，let me show you"。直到问题讨论清楚方才罢休。若对方意见合理，他会以一句"OK，you are right，thank you"诚恳接受并付诸实施。也正是他这种认真负责的态度，使合同采办管理更为规范、更加严谨。在Francis担任SCM部门经理后，没有新增一起合同纠纷或起诉，以实际行动维护了中国石化利益。

5年来，共招标新签、延期各类主要合同超过550份，合同额达五亿美元，没有发生与合同有关的诉讼案件。与此同时，许多非常接近诉讼的历史案件在加蓬没有支付费用的情况下得到了成功化解。在合同招标和采办中，注重成本控制。通过合同招标、延期、采办询价等各种途径，降低合同价格达数千万美元。库存材料也在同期内减少170万美元。按Francis的话说，只有当整个公司从最高领导层到最低员工都专注于同一目标时，才能将"One Team One Goal"植根于SCM团队心中，发挥越来越大的作用。

加入国勘加蓬公司团队，Francis对国勘、中国石化乃至中国有了更多的关注和更深的了解。尤其是日内瓦管理职能移交北京总部后，通过与总部的业务沟通，更能体会到中国石化作为国际化大公司的管理水平和发展理念。2019年9月，因为工作业绩突出，Francis被公司选派参加在北京举办的优秀外籍员工培训，与其他国家国际员工一起分享跨文化交流，参观中国石化总部和炼化企业，并对历史文化景点故宫、长城以及中国革命圣地延安进行实地考察。他叹服于中国历史的源远流长和文化的博大精深，更为新中国成立70年的快速发展所震撼，同时也为自己能成为位居世界财富排行榜500强前列的中国石化大家庭中的一员感到欣喜和自豪。培训归来，Francis对中国文化、美食和茶产生了浓厚兴趣，并给自己提出了新的挑战，那就是，每天学习一句中文，希望有一天能用中文进行交流。谈到未来，他充满了自信与自豪，用不太标准的中文说："我要和中国石化共同发展！"

中国石化国际石油勘探开发有限公司加蓬公司

科威特小伙成长记

初出茅庐的法赫德

夏日炎炎似火烧，高达50多度的博尔干沙漠里，法赫德依然坚守在岗位，扎根于井队，尽职尽责地完成自己的工作。

法赫德在22岁的时候进入了中国石化国际石油工程公司科威特分公司。初来石油钻井这个行业，法赫德对钻井工作并不熟悉。有同事曾经问他："你为什么来中国石化？"他的回答令人印象深刻，"我在上学的时候读到一句谚语——求知哪怕远在中国。在我的脑海里，中国是一个充满了知识且友好的国度。中国人民是勤劳、刻苦而且善良的。所以我选择来中国石化。"在岗前培训和技能培训的时候，法赫德总是最积极的一个，认真学习，从不缺勤。培训结束以后，法赫德开始在SP-185队工作，月度和年度考核都是优秀。办公室出于科威特本土化工作的需要，经过慎重考虑，将他从井队调到了机关办公室，并持续至今。

与众不同的小法

来到办公室以后，由于对业务的不熟悉，法赫德对工作有些不适应，但这可难不倒他。他开始向周围的中国同事取经，在这过程中，不断地提升自己的英语水平，还掺杂着学了几句普通话。同事们每次看到这位有着一双大眼睛的科威特同事都感到十分亲切，总是给他及时的帮助并且给他取了个昵称“小法”。自此以后，法赫德变成了小法，在对办公室的业务进行深入地学习以后，开始给予其他同事帮助。小法身为科威特人，与一些英语并不好的科威特籍员工更容易沟通，能清楚地将办公室的要求转达给每一名科威特籍员工，同时，又能将每一名科威特籍员工的诉求反馈给办公室，以便办公室做出及时的回应。办公室自从有了小法以后，所有的科威特籍员工都感到十分高兴，纷纷说小法是他们和办公室沟通的桥梁，是他们的“翻译官”。在办公室，大家总能看到永远穿着一身阿拉伯传统白袍的他在各个工位之间穿梭，忙碌不停。我曾经和他聊天时说过：“像你这样兢兢业业的科威特人可真不多，很多人不愿意参加工作，宁愿在家领着政府的高额补助。”法赫德皱了皱眉，“你说的对，现在很多科威特年轻人都是如此。正如你所看到的，科威特有很多的外籍员工，有些公司只需要支付本国员工一半甚至更少的薪水就能雇佣一名外籍员工来完成工作，这样的情况让很多本国年轻人觉得失望，并不想去当一个廉价的劳动力。但我想表达的是，身为科威特人，我们有义务去建设自己的国家，而且我们比外国人更了解我们这个国家，再加上我们自身的努力，更加能得到公司的认可，才能有更好的薪水，而不是一味地抱怨。”他的回答让我耳目一新，正如他说的那样，他来公司以后，薪水多次上涨，甚至已经翻倍，这是其他科威特籍员工不能做到的。

去年，埃米尔萨巴赫对中国进行了国事访问，与习近平主席进行了会见，两国元首决定建立战略合作伙伴关系，开启了两国关系发展的新篇章。当前，中科共建“一带一路”和“丝绸城和五岛”的合作正在稳步推进。中国石化国际石油工程公司科威特分公司作为在科中资企业的一分子，必然会更加积极地参与到“一带一路”和“丝绸城和五岛”的建设中去。未来，会有越来越多的像“小法”一样的科威特年轻人也会参与到这项让两国人民互利共赢的合作中去。

中国石化国际石油工程有限公司科威特分公司

四分之一中国血，百分之百中国心

国工墨西哥子公司有一名非常特殊的外籍员工，他叫Antonio Alvarado-Angmen，是一名优秀的地质工程师。说到特殊，不仅体现在他有一个地道的中国名字——邓宏明，还从他身上能够感受到极其丰富的“中国元素”。

邓宏明是一个有着四分之一中国血统的墨西哥小伙。他的外公是早年从广东开平来美墨打拼的第一代中国人，他的母亲早年是坦皮科中华商会会长。他的原生家庭环境和教育氛围让他从小就意识到自己身上独有的“中国元素”，并对中国充满了向往和遐想，对中国文化产生了浓厚的兴趣，“中国梦”渐渐地取代了“美国梦”。为了“圆梦”，他选择远赴中国深造，深入了解中国文化，学习中文。由于其出色的专业和语言能力，成功拿到了中国石化的offer，而这一干就是十年。在他深深爱上了中国和中国石化的同时，他也牵手了一位来自中国广西的美丽姑娘。这位姑娘不仅成了他相濡以沫的妻子，而且两人育有一对可爱的“中国宝宝”，拥有了一个美满幸福的家庭。中国血统、中国家庭、中企工作等中国元素和标签，不仅让他感到自豪和满足，还让他对中国充满了无限感恩。从小的“中国梦”变成了美丽的现实，“我是一名中国人”的归属感也愈加强烈。

2009年，实习表现优异的邓宏明正式进入了国工墨西哥子公司工作，并长期工作在钻井平台和物探工作一线。他任劳任怨，虚心苦学，成长速度远远超过其他墨西哥籍员工。每每谈到自己如何取得如此优异的成绩时，他总是归功于他有一颗“百分之百的中国心“和一帮技术精湛的”中国老师“。

他说：“与我一起在现场工作的中国同事都是漂洋过海、背井离乡来到墨西哥，他们身上艰苦奋斗的精神、一丝不苟的工作态度、永不言弃的事业心深深地影响了我的人生观和价值观”。宏明曾不止一次地对中国同事说：“我最佩服的人就是我的中国领导。工作中他像老师一样向我传道授业解惑，生活中像慈父一样帮助我解决各种困难。我从和他共事中学到了面对压力既要想办法冷静下来，也要克制自己，从容应对；面对困难既要做好‘强攻的准备’，也要思考‘绕近道’的各种可能性；面对工作中的不确定性既要做好客观全面的分析，也要学会抓住事务的重点”。通过长期的现场共事，宏明和他的中国同事们成为了工作中亲密无间的好伙伴，他们彼此信任、彼此依靠，有时候连宏明自己也很难分清他是墨西哥籍员工还是中国员工了。

为了能更深入地感受中国文化，学好中文，2011年宏明决定去北京语言大学深造。一年后学成归来，中国石化再次向他伸出了“橄榄枝”。在担任物探项目经理助理期间，他利用自己流利的西班牙语、英语和中文在市场开发业务推介、商务谈判、分包商管理等方面发挥了不可替代的作用。与此同时，宏明对业务知识的学习始终没有停下脚步，从钻井到定向井再到地球物理勘探，中国同事都夸他是“爱一行、干一行、精一行”的典型代表，为中石化开拓墨西哥市场提供了强有力的支持。

2013年5月，墨西哥EBANO油田二维物探项目正式启，这是中国石化在墨西哥运作的第一个物探项目。在项目启动之初，宏明一人多岗、身兼数职，充分发挥了自己当地人和语言沟通方面的优势，多渠道寻找有丰富经验的分包商和高级雇员，与材料供应商进行讨价还价，协调清关公司办理设备进口等，为项目的顺利启动奠定了扎实的基础。不仅如此，在项目施工过程中，宏明经常“私为公用”，动员家人帮助中国石化解决施工中出现的问题。比如：中国石化在EBANO油田进行二维地震采集工作中，经常无偿委托其母亲帮忙协调项目工农关系，加快采集工作的实施进度。项目收尾阶段，宏明再次利用家人在当地的社会关系，帮助中石化实现资金顺利回收。每次谈到他对中石化提供的帮助，宏明总是说："中国石化是他的第二个家，我为我的家做些事情，这不都是应该的嘛，不要客气。"

由于宏明长期出色的工作表现和较好的英语、中文沟通能力，2018年宏明作为国工墨西哥子公司优秀外籍员工代表，去北京参加了中国石化管理学院组织的中国石化外籍员工培训。宏明非常珍视这次宝贵的学习机会，培训前向中国同事多次请教中国石化的业务发展情况，为前往中国石化学习做足功课。培训期间，宏明努力学习中国文化和文明礼仪，了解中国石化的历史沿革和上中下游业务开展情况，与世界各地的中国石化外籍员工成为无话不谈的"国际友人"，分享自己在跨文化沟通方面的经验。回到墨西哥后，宏明制作了本次中国培训的PPT，以自己的亲身经历讲解中国，宣传中国石化，提升了当地员工的荣誉感和凝聚力，增强了中墨员工的互信和理解。

在中国石化工作的十年让宏明感到收获颇丰，他感动地说："我是墨西哥人，但我也是中国的儿子，我在中国石化得到了成长，让我成为了一个更全面更有竞争力的员工，我希望未来能够继续为中国石化工作，为中国石化开拓墨西哥市场提供支持，为中墨友谊贡献力量。"

中国石化国际石油工程有限公司墨西哥子公司

穆罕默德的故事

地球物理公司沙特物探项目部的公共关系经理叫穆罕默德，他是一位地道的沙特阿拉伯人，性格不算外向，比较沉稳。穆罕默德的父亲退休前在沙特的阿美石油公司工作，因阿美的工资高、待遇好，他父亲娶了不止一个夫人，所以他家也算是个大家族，其兄弟姊妹众多。在这个大家庭中，穆罕默德排行老大。

沙特人有一个习惯是喜欢在身上撒比较浓烈的香水。他刚来时，一进办公室，大家就闻到一股浓烈的香水味，我们中国人对淡雅一点的香水味是可以接受的，可对浓郁的香味却接受不了，有的人还会有过敏反应，忍不住要打喷嚏。项目部领导就和穆罕默德商量说："穆罕默德，我们对香水味不太习惯，你看能不能来上班时撒淡一点的香水，或者身上不撒香水？"穆罕默德爽快地说，既然你们中国人不习惯我的香水味，以后我就不撒香水了。果然，从此以后，他来办公室时就再也没有喷过香水。

穆罕默德的女儿脚有残疾，在他女儿动手术前，作业经理颜世忠曾对他说过一句话，他说："穆罕默德，你女儿如果动手术需要钱，我们中国人会帮助你的。"这句话一直很令穆罕默德感动！在他女儿动手术住院期间，物探领导买上水果到医院看望他的女儿，还为他们全家买了医疗保险；在他们的民族节日开斋节那一天，每年项目部都会给他全家送一只羊；平时也十分尊重他们民族的文化和传统：比如从不与他谈论任何政治敏感话题，和有关宗教派别纷争的问题，要是打开话匣子的话，说沙特人感兴趣的鹰和马是没有问题的；都是用右手递东西给他，接东西也是用右手（如果用左手，他们认为是不礼貌的，是不尊重他人的表现）；在穆罕默德祈祷时从不去打扰他，等等。

穆罕默德很感激我们对他的友好、尊重和信任，在工作上或是生活中不管遇到什么问题和困难，他二话不说，也总是冲在最前面帮助解决。

物探单位组织投标或新测线踏勘，穆罕默德既做向导，又兼翻译，还负责和当地沟通，办理一些进入当地考察点的许可证等所必需的文件。在整个考察过程中，他顾不上欣赏风景，一直都在跑前跑后地忙活着，还经常不顾自己的疲劳给大家当向导和解说。

在公共关系方面，他对当地的法律法规更为熟悉，一旦在人事方面遇到什么问题，只要穆罕默德出面，就会被顺利解决。同时还让我们了解一些习俗方面的不同。这也为我们清除了很多麻烦！

可能作为家中长子的缘故，穆罕默德非常喜欢帮助别人，这常常为我们带来好的运气。物探项目在动迁阶段时，测量设备在清关时遇到了麻烦。本来我们有阿美的介绍信，应该是没有问题的，可海关还要再检查和审核。项目部负责清关的人员接连跑了三趟，也没有把设备清出来，大家都很着急，因为项目施工急等测量设备的到位。不能及时开工不仅需要支付人员工资等费用，而且面临阿美的罚款。

第四次去海关时我们请求穆罕穆德同去。在海关所有进出物品的文件都要经过一名海关主要负责人的审核与盖章后，才能提取。每天等候文件盖章提取的人很多，往往要等一两个小时，也不一定能排上队，盖上章。穆罕默德陪同去的那天，我们坐在盖章官员不远的地方耐心等待着，心中焦虑万分。负责审核材料的官员很忙碌，手边有一大堆材料文件需要处理，匆忙之间，一不小心桌上的一份文件被碰落在地，穆罕默德看到此景，马上走上前去，利落地把地上文件捡起，轻轻放在审核官的手边。负责审核材料的海关官员感激地看了他一眼，并问道，“你们是哪个公司的，要取什么设备？”“我们是sinopec，中石化地球物理公司的，要提取的是一套测量设备。”穆罕默德答到，只见审核官立即从很厚的一叠材料里，找出了中石化物探公司的设备报关材料，简单看了一遍，砰的一声盖上了章，递给了穆罕默德。至此，他们急需的测量设备终于从海关提取出来了，项目施工得以顺利开工！穆罕默德在这次事件中立了一大功！

穆罕默德不断给我们带来惊喜和信任，让我们彼此的关系越来越好。在出国施工之前，我精心挑选了一件礼物，希望穆罕默德能够喜欢。

中石化石油工程地球物理有限公司国际业务发展中心

勤快认真的震源班长瑟得

“仪器，2号震源READY！”听到从中非A区块二维地震采集项目施工现场电台5频道里传出的熟悉而铿锵有力的声音，华北分公司SINOPEC3282地震队震源组的员工们相视一笑。

这个声音来自一名苏丹籍雇员——震源班雇员班长瑟得-阿布达拉（Elsaid Abdalla Almahdv）。算起来，瑟得已在华北分公司苏丹项目及中非项目的震源班工作了近6年，算得上一名“老员工”了。

瑟得是个工作认真而又勤快的人。他的工作态度时常得到现场中方职工的好评，也给中非籍震源操作手做出了很好的表率作用。

有一次，他在工地开震源头车带领其他震源操作手施工时，发现有一个炮点震源车无法到位。原来这个炮点在一棵高大的树下，清线组为了尽可能减少对自然环境的破坏，将炮点位置垂直测线横偏了10米，而测量组仍将该炮点的桩号埋置在树下。虽然震源组合中心完全在误差范围内，但他还是立即电台报告了仪器操作员，在得到许可的情况下，他和震源带点人员一块确定了横偏后的准确炮点位置，并将四台可控震源按施工技术要求对准组合中心点后，才通知仪器完成了该炮的生产。“把好现场质量关，减少返工补炮，从而才能优质高效生产”，瑟得语气自豪地说。

瑟得是震源班外籍雇员的领班，体现了作为一名管理人员的责任与担当。有一次，一名中非震源操作手没有把震源组带饭用的保温饭桶稳妥地固定在震源车上，致使保温饭桶在施工过程中掉落地上并损坏。震源班中方班长杨小楼要求瑟得对此事予以了解核实。然而，瑟得却主动请求杨小楼对他进行处罚，他的理由是尽管是其他震源操作手的工作失误，但也反映出了自己管理不到位，因此责任应该由他来承担。这件事后，杨小楼非常感慨，“虽然是一件小事，但一名雇员班长竟有如此的担当意识，实在出乎人的预料”。不仅对他进行了口头表扬，而且还通报给了其他班组成员，其他雇员的责任意识无形中得到了提高。

瑟得最初的岗位是一名司机，2010年苏丹项目在12A撒哈拉沙漠边缘施工时才首次使用可控震源施工，他通过严格测试后被选拔为一名震源操作手，由于语言和文化的差异，他当时只是被动地执行中方班组长安排的工作任务。但是经过近几年多个震源项目运作下来，他已成长为一名优秀的震源班雇员班长。

经过几年时间的磨炼，瑟得已经能够独当一面。他凭借娴熟的震源操作技术和一定的管理经验，得到了震源班中方职工和当地雇员的一致认可与好评。开工之初，中方班组长安排他从当地司机中挑选震源操作手，并培训其震源操作和驾驶技术。瑟得很高兴，他和中方班组长一块对当地司机认真进行考核，挑选驾驶技术好的司机进入震源组工作。他和中方人员一块培养教出的中非籍徒弟，大部分都成为现场施工中的中坚力量。随着震源操作手熟练程度的增加，震源每小时采集炮数由最初的每小时20多炮，增加到每小时40炮。

“在中石化物探队工作，我不但学到了更多工作技能，也受到更多的尊重。在中石化工作，我感到非常骄傲和自豪！”他由衷地感言。

中石化石油工程地球物理有限公司国际业务发展中心

外籍调度加快车轮运转

“嘟嘟嘟——”

只要哨子声一响，地球物理华东分公司加蓬项目部3668地震队的员工就知道这是阿拜斯在召唤队上的驾驶员上岗出车了。

阿拜斯是3668地震队的车辆调度员。论外形，在加蓬人中间，阿拜斯算是身材比较高大的了。自从当上车辆调度员以后，阿拜斯就开始想办法，每天琢磨如何提高自己的工作效率。

阿拜斯的调度室设在营地门口，驾驶员待命的地方是有电视可看的餐厅，餐厅和调度室中间隔着整个停车场，距离大约80米。刚当调度员那会儿，阿拜斯是靠自己的大嗓门来通知驾驶员上岗的，没几天下来，嗓子就哑了，说话只能发出嘶嘶声了。

眼看这样不是办法，阿拜斯就找了一个哨子，用哨声来呼唤司机。还别说，这招真管用，只要哨子一响，司机全从餐厅跑出来。

后来，阿拜斯又琢磨着进行了改进，根据哨声的长短和次数进行分类，明确哪个班组要用哪台车。这样一来，没有任务安排的，就不用中断自己喜爱的电视节目了，驾驶员都很高兴。

阿拜斯闲暇时，喜欢在停车场转悠，不时地用脚踢踢这儿，踢踢那儿。别看他踢这几脚，仅是6月的一个月里，阿拜斯就发现了5台车的轮胎紧固螺丝没拧紧，3次检查出轮胎胎压不足，避免"带病车"开出去，降低了地震队的事故风险。

6月中旬，队上购买的炸药运到了，HSE部门组织了15名工人到炸药库卸药。卸了一个多小时后，大家都很累，汗水湿透了工服。就在大家口干舌燥之时，一辆皮卡出现了，车门打开后，阿拜斯跳下了车。只见他从车厢搬下一个大塑料桶，拎了过来——水！劳工们都停下来冲向了阿拜斯，HSE经理走过去拍了拍他的肩膀，对这名细心周到的当地员工给予了充分的肯定。

阿拜斯是个多面手，不仅能开小皮卡，而且大卡车也能操作。有时专职司机休假，他也能开着面包车到镇上给食堂换液化气、买鸡蛋等。但一次他却被司机组长狠狠批评了。

一个周六下午，供应商用平板车运来一台推土机，平板车到现场了，推土机驾驶员还没到。平板车司机要求地震队赶紧把推土机卸下来，他们要急着返回加蓬首都利伯维尔。这当口，阿拜斯噌的一下钻进了驾驶室，准备把推土机开下来。刚刚发动，司机班长来了，命令阿拜斯赶紧下来，并当众批评了他——没有特种车辆驾驶证不能开推土机。

阿拜斯悻悻地离开了推土机驾驶室，不甘心地对着推土机看了又看。有人问阿拜斯对于被司机班长批评有什么想法，他不好意思地挠挠头说："张先生的做法是对的，不过我将来一定得学个推土机驾驶证，这家伙太'带劲'了！"

设备修理厂是阿拜斯最爱去的地方。机械师修车时，他也拿着扳手在一边干活儿。旁人经常逗他："阿拜斯，你会修吗？"阿拜斯习惯性地挠着脑袋说："我不会修，难道不会学吗？"修理工都很喜欢阿拜斯，因为有些大件设备，还得靠阿拜斯这个大个子来帮忙搬运。

"阿拜斯，安排车了！"

"嘟嘟嘟——"阿拜斯的哨声又响了起来。

中石化石油工程地球物理有限公司国际业务发展中心

入职SINOPEC，圆儿时的梦

今年29岁的Khubab ahmed，是胜利石油工程公司沙特钻井项目管理部SP124队的一名优秀安全官。儿时起，他就从电视、报纸上看到中国是巴基斯坦的好朋友。在Khubab ahmed心里，中国和巴基斯坦自始至终都是最真诚、最纯粹、相互尊重的兄弟关系。因为一直以来，他看到中国在巴基斯坦道路、桥梁、管道等基础设施建设的诸多方面都给予了最大的支持。

2012年9月，Khubab ahmed大学毕业并获得了地质学学士学位，当时的他决定要在沙特获得一份工作。幸运的是，就在沙特，他真正与中国互动结缘，结识了许多中国兄弟。

初识SINOPEC

起初，Khubab ahmed在沙特的一家硫化氢服务公司担任工程师，为沙特阿美石油公司工作。机缘巧合的是，他所服务的钻井队SINOPEC 124队，正是他日后工作的井队。

不知何故，当时的他对健康安全领域始终保持了好奇心，想成为钻机安全员。后来，他说起这段往事时，最深刻的印象就是，与中国人接触后他发现中方员工热爱自己的本职工作，积极努力。他说自己是深深地被中国人身上散发出的吃苦耐劳的精神打动了。

就是从那时起，他就更加坚定了入职SINOPEC成为其中一员的决心。沙特阿美公司对承包商安全官的经验及资质要求非常严格，他就自己学习阿美安全要求，自费报名参加NEBOSH考试，2015年他成功地考取了NEBOSH证书，为其能成功入职迈出了第一步，接下来他勇于向胜利石油工程公司沙特钻井项目部推销自己，当时的部门领导认为他是一个充满朝气、敢作敢为的年轻人，也被他坚持入职SINOPEC的决心所打动，便向他抛出了橄榄枝。

正式加入SINOPEC

就这样，他圆了儿时的梦，2016年5月，Khubab ahmed正式入职，加入了SINOPEC的大家庭，成为了SP124队的实习安全官，三个月后，顺利转正。

三年多来，Khubab ahmed是SP124队员工们工作和生活上的好帮手、好同事，他精通印巴语、英语、阿拉伯语，很好地解决了为中方员工与当地员工交流难的问题。现在Khubab ahmed也在学习中文，他开玩笑地说，“两年以后，我也可以和你们用中文简单交流了，再也不用听一些老师傅经常跟我说NO SPEAK ENGLISH 了”。

与身边同事们的日夜相处，也让他感到了温暖，他说，“加入SINOPEC 124队大家庭，让我真正地了解了身边的这群中国人，所有的人都对我非常友好，虽然甲方要求很严苛，但我始终感觉工作中充满了爱和关怀，工作起来是那么轻松，那么充满干劲”。

如今的Khubab ahmed已经是一个地道的中石化人了，无论是专业知识的传授还是生活环境的适应，他都做得有模有样。现在的他也参加了中石化的“导师带徒”活动，成为了一名老师，为新晋的中国实习安全官传道授业解惑。

SINOPEC 已成为我的第二个家

转眼间，和Khubab ahmed已经一起共事三年多。我们相互分享休班的趣事和各自的文化传统，我从他那了解到穆斯林的渊源，而他也对中国的春节、中秋节、端午节等传统节日有了深入了解。

每当聊起他的家人时，他很自豪地跟我说，作为家中的长子，他需要承担家里的衣食住行，这一切的收入来源都是SINOPEC给予他的。虽然现在还是靠着每月的工资来一点一点建造属于自己的房子，好在房子即将完工，他的父母及两个弟弟也即将搬进新房，娶妻生娃也提上了日程。

他坦言，SINOPEC已成为他的第二个家。每次休假回来后他都会感到仿佛是从一个家到了另外一个家，因为这里有他的朋友。他对我说，“中国改革开放几十年来，发生了翻天覆地的变化，已经一跃成为世界第二大经济体，我也希望自己有一天能够去中国旅游，去参观SINOPEC总部的办公大楼，真的很感谢SINOPEC，真诚祝愿‘Long Live Sinopec，Long live China，Long live China-Pakistan friendship’（中国石化万岁，中国万岁，中巴友谊万岁）。”

中石化胜利石油工程有限公司沙特项目管理部

土耳其的『父子兵』

三面环海的土耳其国家素有蓝色美誉之称，地中海气候让这个国家四季温度适宜，环境优美更为卓显。每到7月份，Dinda dagi与Vysal两座山脉之间的绿色葡萄园挂满了青紫色的葡萄，为阿克克杰里增添了无限风景，翠绿色的葡萄园里赫然屹立着一部石油钻塔，轰隆的咆哮声中谱写着胜利石油钻井人的梦想。

2012年5月，中石化胜利中标土耳其地下岩穴天然气储气库井筒建设项目，首次进入非油气高端市场领域，同时也提前响应习近平总书记“一带一路”倡议，在“中间走廊”树起了中石化旗标，完成了土耳其岩穴储气首个国家功勋项目钻探，成功实施“11+1”井筒建设项目，向土耳其国家、业主及甲方交了一份满意的答卷。2016年1月份，中石化胜利又成功中标土耳其Geo2E地热测试井项目，开辟了土耳其非油气新兴产业的第二市场。

“Sehmu Adsiz，快点上钻台，准备要起钻了。”副司钻Ramazan Adsiz在钻台上向滚着钻杆的Sehmu Adsiz高声叫喊着，“马上就来”！Sehmu Adsiz把场地一根刚甩下来的钻杆摆放到位，赶紧从钻台梯子上噔噔地跑上钻台，检查液气大钳，与其他两名钻工开始做起钻前准备工作。井架工Hasan已经登上二层台就位，Ramazan Adsiz接过司钻手中的刹把，操控游车上提钻具，起钻工作开始，钻台上全部都是清一色的外籍员工。

在土耳其要全面实现当地用工化还是非常困难的，没有地下石油和天然气，土耳其钻井行业匮乏，只有在叙利亚边境及东部才有石油，要从边远地区雇佣有经验的钻工到土耳其西部施工，从政治上、安全上及经济上条件都不允许，东部迪亚巴克的库尔德人与当地土耳其人更是水火不容。因此，土耳其项目只能在当地聘用员工来实施钻井作业。Ramazan Adsiz是中石化胜利地热井项目在当地聘用的员工，也是阿拉谢希尔市唯一有过钻井施工经验的员工，在所有外籍员工眼里可以说是个“大佬级”人物，因为Ramazan Adsiz不仅是班里的副司钻，也是他们的长辈。当地人对长辈都很尊敬，跪拜礼和吻手礼是晚辈见到长辈的首要礼行，“家长式”教育在土耳其根深蒂固。钻工Sehmu Adsiz是Ramazan Adsiz的儿子，这一对外籍“父子兵”可是当地员工的标兵组合。年轻力壮Sehmu Adsiz在老当益壮Ramazan Adsiz面前总是话语很少，每次工作，Ramazan Adsiz总是不停地给儿子Sehmu Adsiz“上课”，讲解钻井工的操作流程。同时，Ramazan Adsiz还担任班组外籍员工的管理工作，因为地域文化差异，当地用工的管理工作一直是个难点，文化不通、语言不通，在工作中外籍员工与中方员工难免会出现意见不统一。Sehmu Adsiz虽然在父亲面前少言寡语，但是父亲不在的时候非常活跃，为了维护好父亲的管理职能，Sehmu Adsiz会给班组的其他土耳其员工灌输友好思想，让他们尊重中国人，本来对钻井行业就陌生，当“菜鸟”就要做好挨训的准备。渐渐地，班里的土耳其员工开始尊重中国人，对上传下达的工作指令不再拖拉，班组气氛融洽，被评为“睦邻友好和谐班组”称号，也为中国形象在当地赢得了良好口碑。

在土耳其项目的一次“家访”中，我们来到了Ramazan Adsiz家，让Ramazan Adsiz无比激动，Ramazan Adsiz的家庭条件不太好，子女们都生活在一个没有围墙的院子里，零星散落着几个砖砌的小屋。听到我们的到来，一家人高兴的围聚过来，大人孩子争相与我们合影。一阵寒暄后，翻译将Ramazan Adsiz的意思表达给我们，他说“中石化在我们这里非常受欢迎，大家都对中石化企业很感激，招聘了我们这么多没有工作的人，给大家的生活带来了希望，我们一定会珍惜好这份工作，为中石化的发展多做贡献”。

外籍员工是海外企业生存的基础，从土耳其项目进入非油气高端市场以来，地热项目中实行操作岗位本土化，积极与土耳其民政部门协调，获取国际劳工1：1的配比标准。按照岗位定员标准，择优聘用外籍员工，从储气库项目招聘业务水平和素质较高的老员工，在土耳其边远地区招聘懂钻井实操的专业钻工，在施工地招聘高素质场地工，共招聘当地员工165人次，培养了Ramazan Adsiz父子、Hasan、Usef等大批优秀外籍员工，为后期项目的发展建立了良好外籍员工人才储备。同时，通过与当地员工的接触，也建立了深厚的跨国友谊，出门在外，无论在哪个国家，哪个地域，我们都要相互尊重，尤其是对于我们中国人，“尊重他们就是保护我们自己”的思想要灌输给每一名海外职工。

中石化胜利石油工程有限公司渤海钻井总公司

哈扎尔，中国钻井队的『洋带班』

“别看我现在只是个实习带班队长，我一定能当上真正的带班队长，像中国钻井队平台经理一样，指挥一支井队工作。”

俗话说得好，不想当将军的士兵不是好士兵。有着留美经历的SINO-18队沙特籍实习带班队长哈扎尔一直都梦想着成为一名正式的带班队长。

有着一股子倔劲儿的哈扎尔在进入中原石油工程沙特公司之前，有着丰富的求学和工作经历，在美国主修电工工程专业，回到沙特后，又进入沙特何巴特大学学习电气工程。毕业后进入当地一家知名银行，并在两年内升任银行分部运营主管和区域分公司的高级职员。但作为一名有志向的青年，他一直都想进入石油能源行业，参与建设沙特阿拉伯的民族工业。

特别是随着近年来沙特不断加大石油工程人才培养力度，哈扎尔主动放弃了高薪又舒适的金融行业，正当他踌躇满志却又不知选择哪家石油公司时，经朋友介绍有一家中国石油公司作为阿美公司的承包商，正在招聘沙特籍雇员。经过严格的面试后，哈扎尔顺利进入中原石油工程沙特公司，经过短暂的入职安全培训后，他开始从一个现场最低的岗位开始干起。

让他没想到的是，一进入沙特公司SINO-18队，平台经理黄波就主动与他签订了导师带徒协议，亲自带起了这个洋徒弟。这让哈扎尔受宠若惊，因为他身边的沙籍雇员朋友告诉他，平台经理一般情况下是不带徒弟的。

最初的新鲜感过去后，随之而来的是工作的艰辛，野外艰苦的条件、繁重的工作、钻井行业的高风险，屡次让他萌生辞职的念头。可是每当他看到中国同事们面对高温气候、沙尘肆虐等困难，毫无怨言地坚守在岗位上，他又打消了念头。最重要的是，身边的中国同事为了安全施工所做的积极努力和工作时表现出的专业精神，深深地感染了他。为了能尽快像中国同事一样更加专业的干好工作，哈扎尔踏踏实实地干，认认真真地学习，每当碰到操作不熟练、工艺流程不熟悉的问题，他总是在休息的间隙主动求教身边的同事，而中国同事则一遍遍不厌其烦地向他演示、讲解流程原理。有了这样的帮助，哈扎尔对石油钻井现场知识和经验日趋丰富。他听说要在这个行业走上高岗位，就必须取得监督级的井控IADC证。于是，他主动放弃休息时间，潜心学习井控知识，经过连续三次的考试后，终于取得了钻井监督级的井控证，他的岗位也从井架工被提拔到实习带班队长。

现在，哈扎尔不仅能带领现场沙特籍雇员开展作业，同时又是中沙员工之间的一座桥梁。他希望自己能成为更多的沙特同事的学习榜样，带动更多的沙特年轻人投入这个行业。

“我知道北京、上海、广州，我还知道中国的‘一带一路’发展倡议，中国是世界上最强大的国家之一，为世界工业的发展做出了积极的贡献，有一天我一定要去中国看看，让自己成为中沙友谊的桥梁，成为‘一带一路’的见证者。”

中石化中原石油工程有限公司沙特公司

『铁汉』萨米尔梦圆SINOPEC

7月28日，中原石油工程公司SINOPEC-185钻井队平台经理李海涛在交接班会上向全体员工宣布："经公司批准，萨米尔由钻工晋升为井架工了！"会议室内顿时响起了热烈的掌声，中外队友纷纷与萨米尔握手、拥抱，向他表示祝贺。埃及籍雇员萨米尔的眼眶被泪花打湿，激动得说不出话来。

10年来从不熟悉到真情投入，他认真工作回报井队

2010年，萨米尔加入井队，既不会英语，又不懂钻井，是名副其实的"门外汉"。他熟悉的中国面孔只有李小龙、成龙这些功夫明星。

第一次与中国人一起工作，他很快就喜欢上了心地善良、工作勤奋的中国人，喜欢上了钻井工作。在中国师父的耐心教导下，3个月后他就由场地工成长为钻工。从那时起，他心中有了一个梦想，就是想学到更多技术本领，靠自己的努力到更高的岗位上去。

平时，他在完成自己本职工作之余，还学着巡回检查设备。一次，萨米尔发现，防喷器行吊的液压管线隐蔽处漏油，于是立即上报，避免了重大设备和人员事故发生。凭借优异的工作表现和良好的作风，他曾3次当选国际石油工程公司科威特分公司优秀外籍雇员。

“铁汉”主动请缨堵漏作业，只为和中方队友同甘共苦

6月，科威特的天气特别炎热。SINOPEC-185队正在施工的井突然发生井漏，需要迅速配置大量堵漏剂进行堵漏作业。班里仅有的3名中方员工必须加完500袋堵漏剂。堵漏剂加到一半，每个中方员工都汗流浃背。萨米尔看不下去了，向司钻苏向阳强烈要求：“我没有问题的，请允许我和中方员工一起配制堵漏泥浆。”司钻拗不过他，同意了他的请求。连日配制堵漏泥浆让萨米尔暴瘦了10斤，他不但毫无怨言，反而很享受与队友同甘共苦的时光。他说：“跟中国人一起工作，我明白了勤奋是一种荣耀！”

在工友眼中，萨米尔就像“铁打”的汉子，总是充满激情和责任感。哪里有脏活儿、累活儿，他总是自告奋勇，永远闲不住。

化身“形象大使”，在井队内外传达对集体的执着与热爱

SINOPEC-185钻井队有60多名员工，中方员工只占一半左右，其他人分别来自埃及、巴基斯坦、印度、尼泊尔等国家。员工彼此肤色不同，语言、文化、生活习惯迥异，但是工友之间相互尊重，相处融洽。

古巴儿是队上的一名印度籍雇员，他准备结婚，却没攒够钱，看起来非常焦虑。萨米尔了解到情况后，把自己攒了两个月的工资借给他，还耐心疏导他的情绪。古巴儿感激地说：“你知道我不会离开SINOPEC，我知道你也喜欢在SINOPEC工作。萨米尔，谢谢你的这份信任！”

2018年3月，SINOPEC-185钻井队打破了当地钻井周期纪录，甲方科威特石油公司人员阿黛尔·阿尔赛容夫到队上访问。萨米尔作为阿拉伯语翻译陪同阿黛尔参观。他热情地向阿黛尔介绍队史，用自己的切身体会宣传中国石化队伍的吃苦耐劳和团队精神。阿黛尔参观完后，颇有感触地对随行人员说：“通过萨米尔的描述和我实地参观，我觉得中国石化的钻井队非常了不

起。他们的施工速度最快，设备干净整洁，团队精神和敬业精神令人敬佩。”萨米尔这个能说会道的“形象大使”，显然给中国石化队伍的品牌形象加分不少。

萨米尔真挚地说：“我非常感激SINOPEC，我在SINOPEC实现了价值。10年来，SINOPEC不仅给了我稳定的工作，而且给了我很多培训学习的机会，使我成长为一名井架工。现在，我有了一个新的目标，我要继续努力学习工作，争取成长为一名司钻。”

中石化中原石油工程有限公司

包尔江的“不解之缘”

第一次听到包尔江的名字，是在2015年。那一年，有一名中方人员携带井队急用配件从阿拉木图入境，行李被海关扣住，海关人员不知配件用途，要把那名员工遣返回国。我第一次来哈萨克斯坦公司工作，不知如何处理这种特殊情况，非常着急。有人指点我说，你可以找包尔江，他是公司老员工，住在阿拉木图，现在休假，可以请他想办法。我立即给他打了电话，述说了过程，他很快赶到机场，想方设法解决了问题，员工顺利带着配件入境，保证了生产的正常运行。

包尔江全名居马别克·包尔江，1981年出生，在国内上的技术学校，毕业后随父母移民到哈萨克斯坦，从此与哈萨克公司结下了“不解之缘”。2005年1月来公司上班，是公司招聘的第一批当地员工，伴随着公司成长的足迹，踏遍了哈萨克的草原和戈壁。在现场干过场地工、工长、钻工、井架工、副司钻、安全员、司钻、带班队长，现岗位是基地经理助理，负责协调工农关系、井场资料验收等工作，是公司元老级的当地员工。

包尔江个子不高，精瘦干练，是个开心快乐的人。“我清楚地记得2005年腊月，雪连续下了一周，地上积雪有半米厚，天上还飘着鹅毛大雪”，包尔江挥舞着并不粗壮的胳膊，绘声绘色，眼睛流溢着光彩，“那时，我还是个场地工，刚干完活，衣服脏乎乎的，手套上都是油污，我正往营房走去，突然许多人向我走来，拍着手，唱着生日快乐歌，我师傅手里捧着一个生日蛋糕，有一个同事拿着蒸汽管，对着天空喷着热气，将我们罩在雾气里，雪化了，我的心也化了……那天，是我25岁生日”。包尔江仰头望着天空，我随着他的目光看去，在烈日炎炎的夏日，似乎看到了在蒸汽中消融的雪，还有一个弯弯的七色彩虹……从那时起，他的心里刻上了中原哈萨克斯坦公司的名字，爱上了这个温暖的大家庭。

包尔江倒班时，经常会到办公室报到，有时从前线带回一些资料，交给相关科室的人，有时将办公室的材料或小配件带到现场，他和机关、基地的中方和当地员工都很熟悉，一会儿讲哈语、一会儿讲汉语、一会儿讲俄语，述说着现场的故事和路上的风景，给我们带来很多的欢笑。

2019年3月，我去177队处理雇员反映的一些问题，包尔江协助。当我们与雇员沟通了三个小时从队部会议室出来时，看到他手里拿着一叠纸，上面密密麻麻的写满了字，还画的有圆圈、有方框、有直线，我问他为什么这样做？他说，“当与人谈判或沟通时，我觉得态度最重要。当我认真的记下他们说的每句重要的话，对方会认为我是认真的、负责任的、是想解决问题的，有利于获得对方的认可，有利于解决问题啊”。我心中一动，问他，愿不愿意带一个徒弟，258队的萨亚哈提，石油大学毕业的大学生，专业技能还行，但在做资料和与人打交道方面有所欠缺。包尔江爽快地答应了，很快他们之间就签订了“师带徒协议”。

曾经问他，工作上有什么要求？他说，“曾经有那么多师傅带过我，仇占军、王洪卫、李小江、孙同钦……，他们用心的教过我很多知识，我一点点成长到现在，不想放下这些技术，我也喜欢现场的工作，人们相处融洽，工作虽然累些，也可以多挣些钱啊，全家人都指望我呢，大儿子现在阿斯塔纳上大学，我这次倒班回去，就到那儿买个房子，全家人相聚阿斯塔纳，也过过大都市的日子……”

中石化中原石油工程有限公司哈萨克斯坦公司

哈籍员工里的领头人

在华北石油工程公司2018年度外籍先进工作者里，哈萨克斯坦五普钻井分公司SP206钻井队队长阿斯力别克榜上有名。

2018年，华北石油工程公司哈萨克斯坦项目收获不小，分别获中国石油阿克邱斌股份有限公司最佳承包商、中国石化中亚地区2018年度境外公共安全先进单位荣誉称号。这里面，也有阿斯力别克的付出。

“хорошо（好）！”黑黑壮壮的阿斯力别克很谦虚：“我会更加努力。”

成长是自己努力的结果

其实，阿斯力别克如今业务非常熟练，SP206钻井队每次搬迁，中方平台经理王中亮只要画个草图，简单说明设备安装的技术和质量要求，他立刻就明白了，工作安排得井井有条。

他的成长，既是钻井队量才适用的成功，也有自己的努力。

2011年，华北石油工程公司项目部在扎纳诺尔招收的一批哈籍班长里，阿斯力别克是其中一人。

刚来时，阿斯力别克和中方人员不熟悉，工作热情也不高。每次给他安排工作，问他有没有问题？能不能完成？他常用一个字回答：“好”。

井队大部分都是当地人，每天的班前会上，把工作程序翻译给他们，很多标准他们不能完全领会，王中亮就要带头干。

一次，刚下过雨，王中亮和员工一起接防喷器管线，大家浑身都是泥水。中间休息，经过阿斯力别克的房间时，王中亮看见他穿着干净的衣服在喝茶，很清闲，问他为什么不一起工作。

“你都安排好了，还让我干什么？”阿斯力别克的回答，让王中亮开始重新琢磨管理方法。

第二天，王中亮试着让阿斯力别克安排工作。很快，他发现阿斯力别克有了工作热情，认真负责，管理班组有板有眼，还喜欢学习钻井知识。

看似木讷的阿斯力别克，适应能力很强，不到半个月，和班组员工们已经打成一片。每次安排的任务，都能保质保量完成。

班组员工基本都是当地人，王中亮因此有了让他管理全队哈工的想法。2015年，阿斯力别克正式聘为井队长。

“现在，我俩每天早上一起巡查，我把工作内容告诉他，其他的就不用操心了”王中亮说。

真诚沟通建友谊

“在哈萨克斯坦钻井，接触的大多是当地人。语言和风俗虽不同，但只要真诚沟通，就能化解工作中的矛盾，彼此成为朋友。”王中亮说。

井队的哈籍员工里，不少人跟项目组干了好几年，都很能干，王中亮在生活上尽量照顾他们。每逢哈国节日，他会买些羊送给他们。这一点，阿斯力别克也很感激。

“关心和尊重员工，他们会以十二分的热情回报。每年收队回家，我让他们把电话号码给王中亮，便于第二年联系。”阿斯力别克说。可是，如果有人违反纪律，也让他见识了王中亮的严肃。

在钻井队，每项规章制度都要传达给新来的哈工，签字确认。今年3月，井队新来一名班长，第一个夜班时，王中亮闻到他身上有酒味。带他到医生那儿检测，的确喝酒了，当晚没让他上班。

第二天，看着自己签过字的单子，怕被辞退，他找来阿斯力别克，一起到王中亮那儿求情。

“看在我的份上，我保证让他以后不喝酒。”阿斯力别克很想留住他。

“他是班长，如果对自己要求不严格，怎么去管一个班组？我原谅了他这一次，再有人喝酒，该怎么处理呢？”王中亮仍不依不饶。阿斯力别克脸色通红，之后连着两天不理他。

两人都住在生活区，一开门就能看到彼此。第三天早上，王中亮主动上前打招呼。礼貌的问候总能缓解紧张气氛，阿斯力别克笑着回应：“早上好！”

“他来这里还不到24小时就被开除了，看着他的眼神，我也不忍心，可制度不能违反。”王中亮说着心里的想法。阿斯力别克也理解，两人慢慢成了无话不谈的朋友。

“在一起是缘分，即使有些不愉快的小摩擦，也是为了工作。”阿斯力别克说，他喜欢用中文发音说“缘分”两个字。

尽职尽责干工作

“他能协助我做好各项工作，对生产运行、成本节约、质量及员工管理贡献不小。”与阿斯力别克一起工作多年，他的努力，王中亮由衷赞赏。

近年来，阿斯力别克的性格越来越活泼，带领哈籍员工完成的每一口井，施工质量全优。

在哈萨克斯坦，与当地人的协调工作也很重要。阿斯力别克把自己当作华北石油工程公司的一员，全力配合钻井队一次次顺利完成甲方及当地政府各部门例行的，或计划外的各类检查。

特别是当地分包商的管理，阿斯力别克总是细心与他们谈合同，讲双方责任和义务。好几次，与当地运输公司协商搬迁或泥浆外运的费用时，双方争得面红耳赤。

“不管在哪儿，不管为了谁，都要对自己的工作负责。一切按合理的价格谈，让分包商拿走他们不应该得到的，是我的失职。”阿斯力别克说。

自从担任队长以后，为了提高自己的管理能力，他没少向钻井队的翻译求助，学习各类中文管理文件，按照要求开展岗位标准化建设，还与哈籍员工一起分享学习经验。

“每个人都有了中哈一家亲的想法，工作起来更轻松。”在他的带领下，哈籍员工的工作积极性越来越高，队伍综合素质和凝聚力也越来越好。

闲聊时，问他最大的愿望是什么？他说，希望中石化华北项目越来越好，SINOPEC молодец!（好样的）

中石化华北石油工程有限公司哈萨克斯坦五普钻井分公司

尼日利亚公司的石化人

阿贝尔·欧巴杰（Abel Ogbaje），尼日利亚人，2004年加入中石化境外工程服务队伍，2005年7月成为华北石油工程公司国际公司尼日利亚公司的一员，他先后从事井架工、司钻、带班队长等岗位，十几年如一日地踏实工作，兢兢业业，Abe从一名普普通通的钻工一步步走上管理岗位，目前任尼日利亚项目公共关系经理兼生产作业副经理。

在现场生产作业工作中，Abel认真学习中石化现场安全生产作业规定，并结合甲方生产作业安全规定要求和尼日利亚语言特点，编制完善了一套适用性强、操作简便的现场作业指令。他充分发挥自己当地人的语言优势，带领尼日利亚当地员工学习中石化的安全生产作业规定，牢记现场作业指令。现场指挥生产时，他铁面无私，对出现的不严格按照安全作业指令施工的现象，毫不留情地指出，要求立即整改，以确保现场生产安全。他所负责的井队已连续安全作业8年无事故，多次获得甲方赞扬。尼日利亚气候炎热潮湿，设备易腐蚀，他带头加强对重点设备关键部位的维护保养，以确保设备正常运行，保障生产。

从事尼日利亚公共关系管理工作以来，Abel充分利用自己当地人的身份，平时注意与当地社区、警察局保持良好关系，在完钻搬家时主动出面协调，同当地警察、社区交涉，最大限度减少项目开支，为井队解决了不少棘手的问题。尤其是在2015—2016年间，尼日利亚项目遭遇市场寒冬，设备长期停靠，他利用自己多年来积累的社区人脉关系，反复沟通协调，最大限度争取社区的理解，基本免出了公共关系费用支出，为项目节约了成本。

由于自身的语言优势，Abel随时充当翻译，帮助井队管理人员传达会议内容，确保每名员工都能理解掌握。同时他注重与当地员工沟通，随时掌握员工思想动态，并将相关信息反馈到项目部，为公司外籍员工的管理，做出了突出贡献。根据项目发展需要，加上较强的工作能力，他被任命为尼日利亚项目作业副经理，业余时间他认真学习谈判技巧，补足专业知识，快速适应新岗位要求，在合同谈判时凭借自己较强的沟通表达能力为公司争取最大利益。

自加入中石化队伍以来，Abel心中时刻牢记自己是中石化的一分子，在工作中始终以公司利益为重，他主动学习，不断钻研，业务技术水平得到较快提高，在尼日利亚公司的精心培养下，从技能操作岗位一步步走到现今的管理岗位。随着尼日利亚政府本土化政策的实施，井队的尼日利亚当地员工越来越多，水平参差不齐。Abel积极响应项目部号召，带头开展“师带徒，传帮带”活动，帮助当地员工学习专业知识，提升井控安全操作技能，积累现场安全作业经验，锻炼培养出一支技术成熟、责任心强的当地员工队伍，为中石化海外项目长期稳定发展奠定了扎实的基础。由于突出的业绩，他多次被评为国际公司外籍先进个人，2017年被评为华北工程公司“外籍先进工作者”，2018年荣获中国石化外籍劳动模范称号。

成绩属于过去，未来仍需努力。用Abel自己的话说就是，今后在做好本职工作的同时，将继续加强各方面知识的学习，帮助尼日利亚项目做好外部关系协调，积极参与市场开拓、合同谈判，充分利用自己的本土优势，为公司发展贡献更大力量。

中石化华北石油工程有限公司尼日利亚公司

化验室里的“老员工”

范恺贤是一名“老员工”了，2012年9月中国石化润滑油新加坡公司成立后，他是公司招聘的第一批员工。为了尽快提高员工的素质和能力，他入职后第一件事，就是来到北京，到润滑油北京研究院学习了4个月。在这里，有先进的仪器，更有热情、专业的科研人员，他和同事们一起学习化验分析岗位操作技能，更学到了中国石化“三老四严”的工作精神，逐步成长为一名优秀的化验分析人员。

回忆起建厂初期，他说：“每天很忙，也很充实。一切都是新鲜的。”当时还是在施工阶段，他和同事一起，每天看着建筑图纸，研究各条管道路线，一同跟随承包商参与各种阀门、垫片、过滤器、泵的安装，也参与气扫线和清罐的工作，确保建设工程能在期限内完成。回到化验室，跟随厂家验收、安装各种实验仪器，确保仪器正常操作，给数准确。

公司正式投入运作后，范恺贤把之前培训学到的技能运用起来，积极配合生产部，确保入场原材料合格才入厂；对每一批调和批次认真检测质量，确保数据都在指标范围内；首件样品检测也不含糊，严格把关确保出厂产品都是合格的。每当有紧急调和和罐装任务，都会尽力配合在产品发货前完成检测工作。此外，还不断提升工作效率，缩短检测工时或多任务处理来应付日益繁重的工作。

范恺贤除了日常样品检测工作外，还参与技术含量较高的工作。配方验证工作是一项技术要求很高的工作。在每一批新产品正式投产之前，都要按照总部技术文件的要求，确保全分析项目的每一项指标都合格，如果有卡边不合格，将会对原材料的比例进行调整，直到合格后才提交配方给质量经理。回忆起自己的工作，范恺贤最自豪的是参与了奔驰MB的各类内燃机油的生产检测工作。

分析检测离不开先进的仪器与科学的管理。在实验室，他每天精心操作，确保仪器时刻都处于良好的状态，按规定进行预防性维护，从不马虎。为了确保试验所需要用到的化学试剂品齐全、完备，他做了周到细致的管理工作。他严格遵守法律规定，ASTM D2896 石油产品总碱值中有说明，二甲苯能够完全替代氯苯与冰乙酸作为样品溶剂。氯苯是《ASTM D2896 石油产品总碱值》标准方法里用于溶解样品的化学试剂。由于新加坡当地的废液回收商从2017年开始就拒绝回收氯苯的废液，所以经过验证后使用了二甲苯来替代。二甲苯是标准方法中注明唯一能够完全替代氯苯的试剂。通过他的努力，不仅解决了氯苯废液的处理问题，也实现了日常的减值试验正常进行。

他还是位好师傅。自2015年开始，陆续有实习生来化验室学习和工作。实习生到化验室报到后，范恺贤都会向他们介绍化验室工作内容、工作纪律和安全条规。经过几个月的学习和实操，实习生都能独立操作基本的工作。

在他和同事的共同努力下，公司顺利通过了年度的内外审。他先后接受ISO9001、IATA16949、ISO17025、ISO14001、ISO18001等体系培训，认真学习条款内容，确保工作都符合体系的要求。现在，他正在准备着即将来临的10月份的ISO17025的外审，顺利通过后，化验室的技术水平将会再上新台阶！

中国石化润滑油有限公司新加坡公司

SINOPEC——“90后”帅哥的“新选择”

王哲夫Jeff，出生于1991年，毕业于世界顶尖的新加坡国立大学NUS。作为90后，在创造了一个又一个辉煌的业绩后，他又有了新的选择，走进了SINOPEC。作为一名年轻人，他入职至今，已经出差40余次，前往了中国、东南亚各国、澳洲、新西兰以及墨西哥等开展业务。他积极联系在SINOPEC的八家分公司，与其他分公司一同探索在亚太地区的业务。例如他与中国石化工程建设公司研讨孟加拉天然气建设项目，与中国石化燃料油公司讨论斯里兰卡汉班托塔船用油业务，与中国石化香港培训新加坡加油站员工以及讨论未来在孟加拉开拓加油站项目等。

他精通双语并且了解中国与地方企业文化的年轻职员，他积极地为中资企业与国际市场在管理与企业文化方面可能存在的冲突进行调节，为中资企业国际化做出贡献。

他说，通过技术与销售的结合可以更好地将中国产品推向全世界，希望可以从世界最国际化的国家之一新加坡开始，把SINOPEC润滑油紧密地与支持“一带一路”建设联系在一起。并且通过与SINOPEC润滑油科研团队的紧密合作关系，把最好的中国产品、中国技术带给全世界，为美好生活加油！

中国石化润滑油有限公司新加坡公司

热爱中国企业的巴基斯坦小伙

“虽然我的国籍不是中国，但我的血管里流动的是热爱中国的血液，我胸腔里跳动的是一颗热爱中国的心。我会像中国人一样踏实认真地为中国石化工作，为中国企业工作。我爱中国石化，我爱中国！永远！”这是我的同事Qadir，一位来自巴基斯坦的小伙子时常挂在嘴边的话。

在“一带一路”倡议和“走出去”战略引领下，南京工程公司一直致力于海外工程项目的拓展，并取得了丰硕成果。随着“属地化、本土化”理念的不断深入，越来越多的外籍员工加入南京工程这个大家庭。在海外项目实施过程中，充分利用本土化资源，创新项目管理模式，招聘了大量第三方外籍人员以及项目所在国的当地人，负责安全、资料、施工、库管等工作，同时有的项目还聘请当地人担任人力资源等管理部门的负责人，充分发挥他们语言和熟悉当地资源的优势，用当地人管理当地人，属地化管理起到了很好的效果，既解决了他们的就业，又增加了当地政府的税收。

来自巴基斯坦的Qadir是沙特东部法迪里天然气处理项目的作业票接收

员。他于2012年来到南京工程公司，从一名普通的小车司机，逐步走上管理岗位，由于优秀的表现和突出的工作能力，考取了作业票接收员并成为主管。

他在工作中踏实肯干、待人热情、有强烈的责任心，得到了整个项目部的认可。他勤奋好学，来到项目不久，就学会了一些简单的汉语，可以用汉语与中国人进行日常的沟通。在施工过程中，Qadir每天带领五名外籍人员，及时准备现场每个作业点的施工及每台吊车、叉车、升降车等施工车辆的作业票，确保项目施工的顺利进行。他在高质高效完成项目作业票管理的同时，还积极、主动、及时地协助完成现场车辆及外籍司机的管理，利用语言的优势，参与到当地劳工管理、业主联络、社会责任管理等工作，帮助项目部解决正常运转中遇到的难题。

领导、同事对他的工作表现非常满意，并对他提出了殷切的希望，勉励他今后要加强自己的工作能力，提升自己的技术和管理水平，同时加强对中文及企业文化的学习，加强沟通，做好自己未来的职业规划，早日成为项目部的骨干力量。也希望在他的影响下，团结、感染其他外籍员工，努力学习、扎实工作，齐心协力做好项目。

“非常感谢公司，让我过上了幸福的生活。能为中国公司工作，我感到非常自豪、非常骄傲！感谢南京工程对我们的帮助！”朴实的话语却能感受到真诚和他眼神中所透露出来的骄傲与幸福。

中石化南京工程有限公司

潜能无限的Lindsay Butler

我梦想中的“外籍员工”应该是纯正的老外，还能讲一口流利的中文，又能理解我们的文化，总部通知一到就能麻利儿的干活，然后规整的报个材料给总部，还能落款“妥否，请批示。”然而，现实是残酷的，梦中的终归是梦中的。人才之所以称之为人才那是因为凤毛麟角，梦醒来才发现要做的是让自己入乡随俗。

我在中国石化国际事业公司人事处工作的时候，就对中国石化（美国）有限公司的Lindsay Butler这个名字非常熟悉，因为名字一看就是个“纯老外”，物以稀为贵嘛。2014年11月我被派到中国石化（美国）有限公司工作，这个纯老外成了我的直接手下，她是我们公司的前台兼行政后勤，2012年加入中国石化。

初来乍到，部门的同事们为了欢迎我的到来为我举办了欢迎小聚会，还邀请正在休产假的Lindsay。作为一个刚出国工作的土鳖，我也担心这样的打扰是否会影响一个老美对我们中资企业的看法。显然这样的想法是多余的，

Lindsay一个人带着刚刚满月的儿子按时出现。Lindsay是一个80后纯白人女孩儿，高高的鼻梁，蓝蓝的眼睛，金黄的头发，脸上挂着初为人母的喜悦而丝毫看不出一点疲倦，她向每个人表达了对他们的思念，感谢每个人在产假期间帮她分担工作，并真挚的欢迎我的加入。

到岗之后，我一直在为人员紧缺的事儿犯愁，办公室后勤保障上时常缺东少西，要紧的邮件也时有延误，总是有同事来问我Lindsay什么时候回来啊，似乎能看出来公司同事们对Lindsay的一种依赖。时间也过得很快，Lindsay结束了产假回到了工作岗位。仅仅那么两天，似乎一切都回归了正轨，办公室突然就井然有序了。而且我总是发现她一天八小时的工作时间都在忙，没有一分钟的松懈，我十分好奇她的工作量怎么有这么大？

我渐渐地对新的工作岗位熟悉起来，才彻底地清楚Lindsay在忙些什么。虽说一个小小的办公室，但细数起来竟然有数不清的服务内容，从门卡、绿植、办公用品、饮水机、打印机、网络、电话、厨房、公务用车到政府的各种文件、通知等等全要靠人来处理。美国是一个信用社会，大多数服务都是你用在前，账单在后，没有人催，没有人要，需要注意每一封信，核对每一个账单，按时付款，及时将重要的信息转给准确的人去及时处理，一个没有责任心的人，很容易给公司造成伤害。Lindsay在她的本职工作上没有出现过任何的失误，公司日常顺畅的运营离不开她的认真负责。

我们总在讨论一个职业化的概念，也时常提起职业道德，似乎很宏大、很遥远、很高尚。可是在Lindsay身上我终于明白它一点也不遥远。公司为了加强团队的凝聚力，为员工创造交流和沟通的机会，每个周五的下班时间都会组织篮球、羽毛球等集体活动，Lindsay是通知的发布人，她的每一次通知中的话语都充满了暖意的正能量，还总是配上令人舒心的图片，每一次都不一样。中国石化（美国）有限公司在美的35年，一直在对跨文化管理上持续的探索和实践，这也体现在节假日的安排上，在尊重当地节假日习惯的基础上安排了中国的中秋、端午、国庆等传统假期。每一次放假通知，Lindsay会找到对应的节日介绍并配上对应的中国风或者美国风的图片给大家进行文化上的介绍，同时也配上假日安全指引。她用自己的认识主动地去尝试融合这个国际化的团队，一切都是那么的主动、温馨和自然。什么是职业化，对待你工作的态度就是职业化。

一次我和Lindsay谈话，对她的工作表示了肯定，Lindsay却给我说了一句让我一直难忘的话，“I want more job. I can do more.”那句话是那么的真诚，在我有限职业生涯里，听到最多的可能是对工作压力的抱怨，从没有听到过这样的话。我决定把公司几乎要走入困境的《SINOPEC USA TALKS》内部刊物的编辑工作交给她，同时让她参与到了我们办公楼的管理和运营工作中去。

在工作上，我从来没有认为有什么文化上的冲突，在一个异域的文化中，如果把对工作消极的态度当作文化冲突的借口，显然是不对。Lindsay的表现不断的让我惊喜，我还记得刚工作的时候领导的教诲，工作上要事事有回应，可是Lindsay很多时候响应的速度我不得不让她缓一缓。除了TALKS内刊回归正轨，我们在公司文化的建设上又有了极其符合当地特色又成为公司传统的节日活动。每年感恩节举办当地传统的“Pot luck”员工聚餐活动，每位员工带上一道自己做的菜肴，公司员工集体分享。每年圣诞节举办不同主题的员工庆祝活动，先后举办了Secret Santa、Ornament Exchange等活动。我曾经向她提过对外派员工生活上帮助，尽快帮他们适应当地生活的想法，没过几天，她做出了一个文档，从租房、开电、开银行卡、考驾照、生活指南一应俱全。这所有的一切，都是在她前台本职岗位之外的工作，但她从未有过要涨工资的要求。在我眼里她似乎有着无限的潜力。

2018年初，公司人力资源专员由于家庭原因要求立即离职，我们已经没有时间在市场上招聘了。带着一丝犹豫，我找来了Lindsay问她愿不愿意去做人力资源工作，因为我既担心她无法用中文和总部端进行沟通，又担心她没有经验。在美国与人力资源工作合规的法律法规有将近31个，丝毫的失误可能就会对公司来了无穷无尽的麻烦。

结果我一点也不意外，我知道她一定会迎难而上，Lindsay告诉我她愿意，说她在加入中国石化之前有过相关的工作经验而且她愿意学习新的东西，一定会把这个岗位的工作做好的，脸上依然是那份让人放心的自信。但是我告诉她，因为交接的时间很短，我们也没有时间再招聘一名前台，以前的工作还需要她来做。Lindsay说没关系，她能处理得好。短短三天的交接时间，Lindsay接手了她从未在公司做过的中国石化人力资源工作。

两年过去了，在这个新的岗位上，Lindsay再一次成为公司人人都离不开的帮手，公司人力资源没有出现过合规问题，顺利地通过了州劳工部的检查，帮公司员工处理了大大小小的健康保险问题，而且总部端满是中文的各类报表，她也做得得心应手。

这就是我的外籍同事，我工作上的好帮手Lindsay Butler在中国石化成长的故事，虽然平凡，但绝不失伟大。

中国石化国际事业（美国）有限公司

德国大哥海克尔

“张瑶啊，给你个任务，集团公司要征集100个境外员工故事，咱们公司就派你当代表，写一下海克尔吧？”领导这么跟我说。我答应是答应了，但是满脑子想的都是，写海克尔啊，还真不是那么容易啊，我先看看他今天在不在公司吧。走过去一看，果真不在，问了问同事：“海克尔今天又去现场催交啦？”“对啊！今早又走啦!”得，我回到位子上，开始构思我该怎么下笔呢？

记得刚到公司的第一天，领导带着我熟悉公司环境，走到海克尔那里跟我说：“这是咱们欧洲公司的过程控制工程师Hans-Heiko Klein，德国人，大家都喊他海克尔，张瑶你也可以用德语跟他交流哈！”我在心里默念，今后要怎么跟这位德国大哥相处呢？尽管我在德国生活、学习了这么多年，也跟不少德国人共事过，但到了新环境不免仍然有些紧张。结果事实证明，我完全是杞人忧天，因为我在之后的一个月里，几乎再没看到他在公司出现。这一个月的时间里，我也了解到我们欧洲公司承担着相当艰巨的物资保供任务，每年要承担十几亿元的物资采购和上百份合同的过程控制工作。而海克尔作为欧洲公司的过程控制工程师，最重要的任务就是不停往返于各个工厂，负责合同进度催交和过程控制。

大概又过了一个月，海克尔终于在公司现身了，此时的我也和同事们打成了一片，听说了很多关于他的故事。趁着在茶水间烧水的功夫我跟他聊了起来。

“嗨，海克尔，我是张瑶，最近还好嘛？我听说你这段时间又去工厂啦！”我怕他一个月没见到我把我都忘了。

“嗨，瑶，我还挺好的，我刚从工厂回来。”海克尔用特平常的语气回答我，至少证明他没把我忘了，还算不错，我暗自想到。

“现在合同进度怎么样？会延迟交货么？你刚回来是不是很累啊？”我跟机关枪一样问了一堆。“我还好，经常这样都很习惯了，进度我昨晚回来就写了报告，还是存在迟交货啊！”我边走边问：“你有统计过每个月大概要去多少工厂么？”海克尔想了想，说道：“基本上每个月至少五六家工厂吧，项目多的情况下一个月在外面跑都是很平常的事，最多的一次是2015年7月，我差不多写了三十份催交报告。”“三十份！”我着实震惊了！平均每天一份报告，实在无法想象，这需要跑多少个工厂，无论精神还是体力，强度得多大啊！

后来我发现，这些对海克尔来说真的是平常的不过再平常了。在之后的一段日子里，我又有半个月没见到他，一问又是去催交了。整个2018年，海克尔一共出具了86份催交报告，涉及近100个合同，有些合同甚至去催交了三、四次，就是为了第一时间将合同进度告知用户，严格地做好过程控制，消除异常。

和大多数德国人一样，海克尔做事非常有计划性、条理性，从他办公桌就能看出来。他的桌子左下角永远贴着一张德国传统日历计划表。上面密密麻麻的写着每天的计划，这不才9月初，他的计划都排到12月了。我粗略地数了一下，一个月至少要去七、八个工厂，时间都精确到了几点几分。我真是打心眼里佩服。

再看看他的文件夹，一摞摞的文件夹里全是他这么多年出具的催交报告，全部按时间顺序排放，随时可查阅，我一看文件夹编号，都快到第20个了，可见他的工作量之大！

可要说海克尔吧，有些时候也不太像德国人。先不说他压根不喝咖啡，就光从对工作的态度上，就和我之前遇到的一些德国人完全不同。2019年初，我们一个市场化经合同应该在2019年2月中旬交货，但无论执行同事怎么催促供应商提供进度，工厂就是没有任何回应。凭借多年过控的经验，大家立马察觉到一定出现了异常！经过大家隔一小时一个电话的催促，工厂终于有了回应，由于采购的涂料质量出现偏差，需重新订购涂料，交货期预计推迟一个月！客户知晓后要求欧洲公司立刻赴现场催交，了解实际制造进度。海克尔刚催交回来，立马开着车直接奔赴工厂。晚上十一点左右，我的邮箱里弹出了海克尔的现场催交报告，六页纸的报告详细描述了合同现在的采购进度、制造进度、迟交货原因，现场生产环境、机加工情况，以及工厂负责人的签字、盖章。条例清晰，重点突出。我们这才知道，由于项目负责人病假一个月，合同原材料采购进度才不到一半。经过现场沟通，工厂意识到是自身原因对合同条款理解有误，保证重新规划生产，调配其他现有货源，优先满足我们的合同，缩短交货周期。两个星期后，应客户要求，海克尔再次去这家工厂催交，落实最后的交付进度。最终物资顺利抵港，赶上了客户整体设备的出口。客户为此专门发来了感谢信，表扬了欧洲公司及时的现场催交，认可了我们的服务，并加大了后续的合作力度。我也非常赞许海克尔的工作态度，要知道对于不少外国人来说，加班都不算很常见，要让他们在开车往返五百多千米后还要马上递交报告，那纯属天方夜谭。我打心眼里佩服这个德国大哥。

最近大伙邀请他参加法兰克福中资企业协会举办的乒乓球比赛，海克尔说我根本不会呀！大家都说，重在参与嘛！也许学着学着就会了！海克尔想想，最后说道："试试就试试！"这并不是海克尔第一次接触中国文化了，2018年的时候，海克尔还专门去中国接受总部外籍员工培训，参观了易派客展厅，还爬了趟长城。回来一直激动地跟我们说他在中国的各种见闻，当然也包括各种他从未见过的中国美食。

不知不觉地写了这么多，也很感慨平时和海克尔交流的时间太少，不过只要大家在一起共事，总会有机会的。这不今天海克尔又催交回来了嘛！

中国石化国际事业（欧洲）有限公司

苔花

穿过季节的群山，越过时间的隧道，金桂飘香的十月如期而至。清晨天色将晓未晓，朦胧中，当第一缕阳光撕破黑暗，投射到展会大厦砖红色的外墙，远处教堂的钟声响起，奔腾的美茵河唤醒河畔的城市。法兰克福，这座始于中世纪的欧洲大都会，这座享誉世界的金融中心，这颗国际贸易港中的明珠，被晨曦点亮，开始了新的一天。

北半球秋日清晨的空气还带着凛冽的味道，刺激着人们刚醒的神经。第一个西装革履的人如约而至，步入展会大厦。越来越多的上班族步履匆匆，渐渐汇入这座砖红色的城市地标建筑。指针指向八点五十。一头梳理整齐的金发，一身打理笔挺的西装，Heiko捧着一杯咖啡推开公司大门，提神的热气袅袅升腾，和办公室独有的墨香汇聚在一起，新的一天，新的工作，新的挑战。

和国人心目中理解的日耳曼人一样，守约，严谨是镌刻在Heiko基因里的民族印记。排列整齐的文件夹，细心规划的工作表，让人一见就能领悟出工位主人的性格。填好用车记录，Heiko带着准备充足的文件资料，匆匆踏上了本月第三次的催交之路。为了保证设备材料的供应进度，Heiko每月大半的工作时间都辗转在各个工厂车间的第一线，欧洲各国都留下过Heiko和同事们的足迹和汗水。而这份努力和严谨带来了斐然的成果，欧洲公司在保供方面做出的成绩有目共睹，而现场催交也成为了欧洲公司的一块金字招牌。

敢为人先，乐于奋斗。欧洲公司中国同事与Heiko的区别似乎只在头发和眼眸的颜色。守约严谨奋斗争先，又怎能说不是中国人的本质呢。大家相互理解，相互支持，相互学习，共同进步。每每有供应商到来考察，或是重要客户拜访，Heiko都会和其他中方同事一起打起精神，用心推介我们的EPEC平台。Heiko帮助同事理解西方思维，让大家更有目标地向国际推广自己的平台。而中国同事们也引导Heiko理解中国文化，让向外推出的EPEC国际化的同时也不失自己的精神内核。

10月1日是中国国庆，10月3日是德国国庆。中德似乎一直都有奇妙相似的地方。两个国家都经历过峥嵘岁月，三叠九折。两国人民的品格也是相似相容。谈家国似乎让人感到遥远宏大，但家国到公司也就是一转身的距离。镜头微缩到欧洲公司里，平平凡凡的工作生活中也处处能看到中国和德国文化碰撞出的花火。这花火是激情，是动力。何须浅碧深红色，自是花中第一流。不管是中国员工，还是德国员工，都在不同的岗位上闪耀着奋斗的灿烂光辉！每个人或许都很渺小，但就像即使不同肤色，也能产生共鸣的那首诗：白日不到处，青春恰自来。苔花如米小，也学牡丹开。即使看不见光，也努力寻找太阳，以奋斗不息的姿态站在新时代的顶端。欧洲公司的大家，是来自不同国家却一起协行的航海者。驾驶着欧洲公司这艘先行的“巨轮”，在国际波涛诡谲的大洋中，时而顺风顺水，时而逆流而上，乘风破浪，扬帆远航。

踽踽独行，筚路蓝缕，欧洲公司同走过70年风雨兼程的祖国一样，坚持奋斗，努力开拓海外市场，团结一切可以团结的海外力量，吸收一切可以吸收的多元文化，以推进国际化发展。鲁迅说：“敢想，敢做。这才是勇者的气概！”欧洲公司就是一个勇者，它的脚步从未停止，它的征途是星辰大海。

天色渐晚，教堂的钟声再次敲响，掬一捧秋日潋滟时光，欧洲公司还会在这样平凡又伟大的道路上继续坚定前行！

中国石化国际事业（欧洲）有限公司